Scrittori italiani e stranieri

Giuseppe Culicchia

Venere in metró

ROMANZO

MONDADORI

Dello stesso autore in edizione Mondadori

Ambarabà
Brucia la città
Ameni inganni

Questa è opera di fantasia. Tutti i personaggi, gli episodi e le battute di dialogo sono immaginari, e non vanno riferiti ad alcuna persona vivente o defunta.

www.librimondadori.it

Venere in metró
di Giuseppe Culicchia
Collezione Scrittori italiani e stranieri

ISBN 978-88-04-61618-4

I edizione settembre 2012

Venere in metró

Per B. e F. e

Ma vi sono risposte che non avrei la forza di ascoltare e perciò evito di porre le domande.

SIMONE DE BEAUVOIR

Non so vivere secondo un modello e non potrò mai servire da modello ad alcuno; invece, quel che farò sarà vivere la mia vita come mi piace, qualunque cosa accada.

LOU ANDREAS SALOMÉ

Credo che per le ragazze oggi sia difficile.

MIUCCIA PRADA

Per diverso tempo Milano venne qualificata con il titolo di Capitale morale del Paese.

WIKIPEDIA

Stamattina

Stamattina hai l'Ikeite acuta. Ti succede sempre, quando sei nei casini. Fosse per te ti ci fionderesti. Che relax, comprarti anche solo, chessò, un set di candele galleggianti Fenomen. Salvo poi ritrovarti nella shopper gialla una cifra di menate da panico, portavasi Diskret, posate Delikat, appendiabiti Bumerang. L'ultima volta ti sei presentata alla cassa addirittura con un armadio per tua figlia Elettra, il Fridolin. Ma stamattina non puoi. Non puoi, anche se col fatto che non devi andare al lavoro a dire la verità potresti. O forse no, forse non puoi proprio perché non devi andare al lavoro. Cazzo, Gaia. Cazzo. Cazzo. Cazzo. Cazzo. No. Niente Ikea. Stamattina devi guardare in faccia la realtà. Ragion per cui all'Ikea non ci vai. Per almeno tre motivi. Tanto per cominciare, perché stamattina hai perso il lavoro. Poi perché sempre stamattina ti sei giocata il marito. E infine perché stamattina Niccolò è in conference call per il lancio del nuovo Trillionaire a Dubai, un evento a cui state, cioè stavate, lavorando da mesi, e per quanto all'Ikea un uomo sia sempre d'ostacolo certe volte può rivelarsi indispensabile. L'hai imparato a tue spese la scorsa settimana, trascinandoti a casa il Fridolin. Niccolò, caro. Sempre così presente. Premuroso. Affettuoso. Attento. Al contrario di Matteo, il tuo ex Principe Azzurro. Da Cenerentola ti ha trasformata in principessa e in teoria avrebbe dovuto portarti nel Paese delle Meraviglie, ma da anni risulta disperso in quello dei Balocchi. A Niccolò hai già mandato tre sms per raccontargli cos'è capitato e come sei messa. O meglio, come *siete* messi. Ma dato che è in conference call con Dubai non può risponderti. Tra l'altro, quante volte vi siete detti che quando sarebbe arrivato questo giorno sareste andati assieme proprio all'Ikea? Dio mio che teneri. Tu e Niccolò all'Ikea. Come due fidanzatini ansiosi di arredare il loro primo nido, anche se in realtà quando verrà il momento opterete per Armani Casa. Ma ora stop, con l'Ikeite. Devi assolutamente performare. Focalizzare. Come muoverti. Che fare. Sperando che non si debba andare per avvocati. Almeno non con Matteo. Perché tu invece da un avvocato ci vai eccome, per il modo in cui ti hanno licenziata. Con un sms. E dopo mesi di mobbing. Ma ti rendi conto? Con un sms. GENTILE GAIA, DA OGGI ABBIAMO DECISO DI FARE A MENO DELLA SUA COLLABORAZIONE. Senza un minimo di preavviso. Senza nemmeno un ciao, un grazie. E senza il coraggio di dirtelo in faccia. Hai già chiamato tre volte sia il boss sia il di lui segretario, ma ai rispettivi iPhone non rispondono e in ufficio non riesci a bypassare il centralino. Del resto nessuno ti parlava più già dallo scorso ottobre: tutto perché avevi confuso Dubai con Mumbai e, quando i soci arabi del nuovo Trillionaire sono venuti a Milano per pianificare con voi della Eventi Avanti il lancio del locale, tu che li credevi indiani hai fatto uno dei tuoi pasticci e anziché prenotargli un tavolo da Shri Ganesh li hai dirottati su Mifgash, quella bettola kosher, e loro si sono offesi a morte perché era pieno di ebrei con tanto di kippah e l'operazione stava per saltare. Ma in che mondo viviamo? Sia come sia. Stamattina hai subito aggiornato il tuo status su Facebook: SBIGOTTITA. Twittando a ruota: OH MIO DIO QUANTO SONO SBIGOTTITA. Oltretutto ti stavi appena riprendendo dall'aver trovato quell'altro sms al tuo risveglio. Da parte di Matteo. EHI GUARDA CHE HAI APPENA MANDATO A ME UN SMS DIRETTO AL TUO AMANTE. COSÌ TI HA SCOPATA DA DIO EH? COMPLIMENTI SEI RIUSCITA A TRASFORMARE IL TUO IPHONE IN UN IPHUCK. SAPPI CHE TRA NOI È FINITA. Già. *Sappi che tra noi è finita.* Lui non l'hai ancora chiamato, anche se è probabile che come quegli altri due non ti risponderebbe. A parte che non muori certo dalla voglia di sentirlo.

Ma come hai fatto a mandare a Matteo l'sms per Niccolò? Dove ce l'avevi la testa? Tutto perché da quando c'è Elettra, e malgrado la tata di turno, fai sempre le cose di corsa, cazzo. Alla fine comunque forse è meglio così. Niccolò te lo ha ripetuto una cifra di volte: se solo fossi libera, lui sua moglie la lascerebbe subito. Ma tu, col fatto che c'è di mezzo la bambina, hai sempre preferito posticipare. Niccolò, caro. Ieri sera il suo profilo su Facebook diceva INNAMORATO. Appena finisce la conference call e trova i messaggi che gli hai mandato ti chiama e insieme studiate le mosse. Di sicuro tra l'altro vorrà anche parlare col boss del tuo benservito. Gli farà presente che non si sfancula la gente così. Che non si licenzia nemmeno una peruperu senza preavviso e con un sms. E che la Eventi Avanti non può pensare di fare a meno di una come te, dopo tutti questi anni in cui hai messo al primo posto il lavoro. Inventandoti, scusate se è poco, il concetto di apericena. Un format che dopo i milanesi ha contagiato tutti gli italiani. Oh, cazzo. Ma come hai fatto a mandare proprio a Matteo l'sms per Niccolò? Sei davvero una Fenomen. Perdipiù, contrariamente alle tue abitudini, l'sms non era per niente Delikat. E nemmeno Diskret. Ma di sicuro si rivelerà un Bumerang. Matteo di fisso l'avrà conservato. E se andate per avvocati e finite in tribunale se ne inventerà di ogni per farti passare per la poco di buono della situazione. Cosa che invece non sei. Non *sei*? Non *sono*.

Oggi

Oggi qui al circo per la lezione settimanale di giocoleria e tecniche circensi Elettra ho deciso di portarla io. Siamo arrivate un po' in ritardo, ma nessuno sembra farci caso e comunque è colpa mia. Ero convinta di doverla recuperare a mimo e sono rimasta più di mezz'ora ad aspettare che uscisse dal teatro, senza risultato. Allora ho chiamato Conchita, la nuova tata-donna-tuttofare, anche per chiederle l'indirizzo del circo, visto che non c'ero ancora mai venuta, e lei, che stava stirando dopo aver fatto il bucato e la spesa e bagnato le piante e lavato le tende e spolverato i mobili e la cristalleria e lucidato i rubinetti dei bagni e l'argenteria e passato il battitappeto in tutte le stanze come mi ero raccomandata, mi ha spiegato che anziché a mimo era a rafting, dove l'abbiamo iscritta anche perché così magari diventa una bambina più sicura di sé. L'anno scorso con l'hockey purtroppo non ha funzionato, si è solo fratturata una rotula, sei mesi tra tutore e fisioterapia. E mentre mi precipitavo in auto al Parco Ticino mi sono detta che in ogni caso io e suo padre dovremo fare in modo di risparmiarle ulteriori stress e mi sono chiesta come tenerla fuori dai nostri casini. Mi consola se non altro il fatto che ci siamo sempre comportati come due genitori moderni, maturi e consapevoli, a cominciare dalla decisione condivisa di crescerla in totale libertà, così che possa sviluppare la propria unicità ed esprimere le proprie emozioni. E poi sono certa che eviteremo di trasformare Elettra in un'arma da usare in caso di separazione, anche perché è già seguita dallo psicologo da quando le sono venuti i brufoli e non è davvero il caso di farle pesare i nostri problemi. Ammesso poi che ci si debba separare davvero. A noi non sarebbe mai successo, mi dicevo da fidanzata e poi da sposina. Matteo per me rappresentava tutto ciò che avevo sempre sognato. Senza un difetto. Ma forse a questo punto è davvero il momento giusto per troncare. Con Niccolò ne abbiamo parlato un mucchio di volte, in questi due anni di clandestinità. Si separerà anche lui e per prima cosa dovremo assolutamente riuscire a fare in modo che quando Elettra toccherà a Matteo nei weekend o a Natale o a Capodanno o a Pasqua o a Ferragosto anche la figlia di Niccolò tocchi alla moglie, così che noi due si riesca ad avere gli stessi giorni liberi. Questo è essenziale. Niccolò, caro. Non appena è uscito dalla conference call e ha visto i miei messaggi mi ha risposto: NON CI POSSO CREDERE ADESSO SONO PRESISSIMO PERCHÉ TRA POCO HO UN'ALTRA CONFERENCE CALL MA APPENA MI LIBERO TI CHIAMO. Comunque: Elettra l'ho vista che con le lenti a contatto rosse e gli occhi cerchiati di nero trafficava nello zainetto seduta sui gradini della scuola di rafting, felpa nera con la scritta VAMPIRE WEEKEND, jeans neri, All Star nere, chiodo nero, rossetto nero, smalto nero, capelli biondi tinti di nero, orecchini neri a forma di pipistrello, uno spesso strato bianco di cipria ad accentuare il pallore dell'incarnato. E quando ha notato la mia Range Rover Evoque con gli interni disegnati da Victoria Beckham anziché la Panda di Conchita si è sfregata il naso, il suo nuovo tic nervoso, e ha fatto per tornare dentro. Ho interpretato la cosa come una richiesta di attenzione, e perciò ho abbassato il finestrino e l'ho chiamata, come mi ha spiegato di fare lo psicologo. Lei allora ha preso e al solito è salita in auto senza dirmi una parola ma borbottando qualcosa, come fa ogni volta che il chiodo le scivola giù da una spalla. Io ho fatto finta di nulla, come mi ha consigliato lo psicologo. Secondo lui è meglio se ci comportiamo in modo che Elettra pensi che per noi genitori i suoi brufoli e il suo mutismo non costituiscano un problema, e sono più di tre mesi che non apre bocca né con me né con suo padre. È stato lui a suggerirci, devo dire giustamente, il corso di giocoleria. Anche per distrarla da questa mania dei vampiri. Elettra finora ha avuto tre fasi distinte. No, quattro. Nella prima, credeva di essere la Pimpa. Poi si è trasformata in Saetta McQueen. Quindi è diventata la sosia di Harry Potter. Mentre ora è scattata la fase *Twilight*, e rovistando nelle mie trousse si concia così, da vampiretta. Comunque: durante tutto il tragitto dal Parco Ticino fin qui ho cercato di parlare del più e del meno, anche se Elettra si è subito messa a giocare ad Angry Birds sull'iPad infilandosi le cuffiette dell'iPod e allo stesso tempo inviando raffiche di sms dal suo iPhone. Che poi, stando allo psicologo, è semplicemente il suo modo per farci capire che ha qualche problema con la scuola steineriana che frequenta dall'età di tre anni, una scuola che io e suo padre abbiamo scelto di comune accordo perché diventi creativa in tutta libertà. Tra l'altro le hanno anche insegnato a fare la maglia, ma l'iPod e l'iPad e l'iPhone sono assolutamente vietati, come i computer, del resto.

Seduta nei posti riservati al pubblico, guardo Elettra che con un tipo in calzamaglia molto fit – immagino si tratti dell'istruttore – fa del suo meglio con le clave da giocoliere. Secondo uno studio dell'università di Oxford pare che modifichino la struttura cerebrale e aumentino i poteri della mente. Speriamo bene: della Steiner siamo entusiasti, anche perché col fatto che puntano molto sull'autoeducazione e che fin dall'asilo non le hanno mai dato da mangiare carne rossa in effetti è un po' meno aggressiva di altri suoi coetanei, benché di tanto in tanto abbia ancora qualche scatto d'ira apparentemente immotivato, come quando le insegnanti cercano di farla giocare con le bambole di pezza e lei tenta di morderle sul collo. Però a volte mi chiedo se sia normale che a dodici anni praticamente non sappia ancora leggere. Secondo le sue insegnanti in ogni caso non c'è problema: quest'anno per esempio ha imparato a fare delle carinissime ciabatte di feltro grigio ornate da streghe. Nel mio specchietto Chanel verifico che i capelli e il resto siano a posto. Poi ricontrollo per l'ennesima volta l'iPhone, ma Niccolò non si è ancora fatto vivo. In compenso mia madre mi ha già chiamata tre volte, anche se sa perfettamente che io non le rispondo, e ho ricevuto tutta una serie di sms di solidarietà. FIGA TIENI DURO SEI UNA PICCOLA ROCCIA, mi ha incoraggiata Solaria. WOW COSÌ CI SI VEDE PIÙ SPESSO TANTO NON HAI CERTO BISOGNO DI LAVORARE ;-))), mi ha spronata Ilaria. ERA PROPRIO STRAMEGAORA CHE TI LIBERASSI DI QUEL MINUS HABENS DI TUO MARITO!!! SONO STRASUPERFELICE PER TE!!!, mi ha scritto Benedetta. Minus Habens? Tra l'altro: che sia il caso di aggiornare il mio profilo su Facebook? Dopotutto non credo che SPOSATA abbia ancora senso. E poi oggi non ho ancora dato un'occhiata né ai tweet di Francesca Versace né agli outfit consigliati dal blog The Blonde Salad, il mio punto di riferimento in questo mondo così confuso dopo la caduta del Muro di Berlino, l'11 settembre e le ricorrenti voci sull'omosessualità di George Clooney. Tisana drenante, penso. Devo bere una tisana drenante. Biancolatte, penso. Devo provare Biancolatte in via Turati. Pilates, penso. Devo ricominciare a fare pilates.

«Ciao.»

Alzo gli occhi dall'iPhone. L'istruttore di Elettra. Mi sta sorridendo.

«Ciao» gli dico.

«Non ti avevo mai vista.»

«È la prima volta che vengo qui.»

«Che te ne pare?»

«Ganzo.»

«Stai pensando di iscriverti?»

«Iscrivermi?»

«Sì, a uno dei nostri corsi. Ne abbiamo diversi. Acrobazia. Giocoleria. Clown.»

«No» gli sorrido. «Ho solo accompagnato lei.»

Entrambi guardiamo Elettra, che dopo aver fatto cadere per l'ennesima volta gli attrezzi li ha scagliati lontano da sé, e ostenta un'aria decisamente contrariata. Con quelle lenti a contatto rosse e le occhiaie nere di kajal non ha davvero l'aspetto di un clown, ma se non altro ha lasciato il chiodo negli spogliatoi.

«Ah, sei la nuova tata della Stramba?»

«No, sono sua madre.»

«Sua *madre*?» mi fa con un'aria un filo sbalordita mentre Elettra attacca a mordersi un braccio: ma non è altro che uno dei suoi modi per attirare l'attenzione, ci ha spiegato lo psicologo.

«Sì, sua madre. Perché?»

«No, figurati. È solo che...»

«Che?»

«Be', a dire la verità... non credevo che la Stramba avesse una madre.»

Apericena

«E insomma alla fine è venuto fuori che non credeva che Elettra avesse una madre. Ti rendi conto?»

«Figa, però ti ha scambiata per una delle sue tate. E con questo ti ha tolto come minimo dieci anni. *Dieci anni*, Gaia. Per tutte noi thirtysomething, come direbbe Ilaria, uno stralusso.»

«Grazie tante. In compenso è stato il punto più basso della mia carriera genitoriale, credimi. Mi avrà tolto dieci anni d'età ma me ne ha aggiunti altri venti di analisi.»

«Figa, ma se sei una madre esemplare.»

«Dici?»

«Di più. Una supermamma. Non è da tutte crescere una figlia come Elettra e allo stesso tempo realizzarsi nella propria professione, figa.»

«Be', realizzarsi è un'altra cosa: ti ricordo che dopo mesi di mobbing mi hanno appena licenziata.»

«Mah, io non ci credo. Figa, lo sai meglio di me che il tuo boss è una checca isterica. Vedrai che una soluzione si trova. E poi tu sei la mia piccola roccia. Non vorrai mica abbatterti, roccettina?»

Con Solaria e Ilaria, che come sempre è in ritardo, ci siamo date puntello per l'apericena, la mia invenzione, al Radetzky in corso Garibaldi. Benedetta invece ci ha dato buca, al solito oggi ha lavorato fino a tardi e poi è dovuta andare dall'avvocato per via della separazione dal marito e dell'affidamento del figlio. Non senza fatica abbiamo varcato il consueto muro di giovani della Milano bene con jeans délavé e déchiré e borchie punk e pierre che se la viaggiano una cifra e modelline postsovietiche con relativo codazzo di modellari fisicati e lampadati, e raggiunto il bancone scintillante del bar con annesso scicchissimo buffet. In sottofondo, *Far l'amore* di Raffaella Carrà remixato da Bob Sinclar. Io sono tutta in Vivienne Westwood. Solaria è un mix di Prada e Miu Miu. Stretta accanto a noi, una pierre sta dicendo a un'altra pierre:

«È una questione scientifica: una ricerca dell'università di Manchester ha provato che chi si abitua al tacco dodici soffre da bestia quando indossa scarpe basse.»

«Giura.»

«Giuro. Il tacco dodici provoca un'alterazione anatomica delle fibre muscolari del polpaccio.»

«E che cosa si può fare?»

«Be', per esempio comprarsi un altro paio di Louboutin.»

Io ho preso un Negroni. Solaria un Margarita. So già che finiremo per far cena qui, tra una tartina e un canapé.

«Figa, e se andassimo fuori sulle panchine?» mi chiede Solaria.

«No, lì ci trovi anche gli sfigati che per risparmiare prendono la birra al bar di fronte.»

«E Niccolò?»

«Niccolò sta chiudendo la questione del lancio del nuovo Trillionaire a Dubai e tra una conference call e l'altra in questi giorni è presissimo. Adesso comunque dovremo cercarci una sistemazione.»

«Figa, del tipo?»

«Be', lui ora lascerà la moglie. E Matteo non sarà certo dell'idea che Niccolò venga a stare con me ed Elettra, visto che dopotutto la casa in via dell'Annunciata è sua.»

«Ehi, girls!»

Ci voltiamo. Ilaria si sta facendo largo tra un gruppetto di altissime magrissime biondissime estoni o lettoni o lituane tampinate da un branco di maschi bruni depilati superaccessoriati, ibridi border-gay o comunque bisex ottenuti dall'incrocio tra la razza dei calciatori non di rado calabresi o comunque cafoni con quella dei rampolli meneghini, che poi è la stessa di Matteo. Ilaria è tutta in tiro, pochette Fendi tailleur Alberta Ferretti, e palesemente su di giri. Credo proprio di sapere che cosa sta per comunicarci.

«Ila!» esclamo.

«Ciao bella!» le fa Solaria.

«Girls, non potete capire» ci sorride lei, baciandoci e subito aggiungendo: «Oh my God che folla! E quanto detesto queste nipotine di Gorbaciov!».

«Quanti anni ha?» le chiedo io.

«Diciannove.»

«Figa, *diciannove*?»

«*Diciannove*?» non posso fare a meno di ripetere. «La metà esatta dei tuoi.»

«E che lavoro fa?» le chiede Solaria.

«Liceo artistico.»

«Insegna?» indago. «Così giovane?»

«No. Phil studia.» Si sporge verso di noi, abbracciandoci e sussurrandoci con aria sbarazzina: «Nel weekend mi ha fatto un ritratto a figura intera. Ho posato totally naked per due giorni filati. Non avete idea di quanto sia exciting».

«Sembri Samantha di *Sex and the City*» le faccio notare, piluccando una tartina.

«Figa, e non ti sei presa nemmeno un raffreddore?» inarca le sopracciglia Solaria.

«Ero very very hot.»

«E lui?» m'incuriosisco, controllando nel mio specchietto Chanel se i capelli e il resto sono a posto.

«Avete presente il Krakatoa?»

«Cos'è?» chiedo lumi a Solaria. «Un nuovo cocktail?»

«No, un vulcano» mi spiega lei, sorseggiando il suo Margarita. «E figa, chissà quante eruzioni» insinua.

«Un'eruzione unica, lunga due giorni. E due notti» tiene a precisare Ilaria. «Anyway, come vi ho appena detto ha diciannove anni.»

«Be', questo non vuol dire» sospiro. «Per quel che ricordo, il sesso coi diciannovenni non era granché.»

«Forse perché anche tu avevi la stessa età» mi fa lei, con aria maliziosa. «Se ben guidato, un diciannovenne come Phil dà great satisfaction. E senza confettino blu. Believe me.»

«Temo però che per quando il tuo Phil sarà un uomo adulto, figa, tu resterai solo il primo punto del suo cunnilingus vitae» le fa notare Solaria.

«Quando diventerà un uomo adulto?» ridacchia Ilaria. «Allora non corro alcun rischio. La specie degli uomini adulti ormai si è estinta da un pezzo. We know our chikens.» Scambiano uno sguardo d'intesa. Mentre loro continuano a parlare mi eclisso un attimo e raggiungo i bagni. Mi specchio. Dio mio. Se non sto attenta a quello che mangio finirò per ridiventare com'ero quando aspettavo Elettra. Tutte quelle smagliature. Dopo il parto ho cercato con tutta me stessa di tornare quella di prima. Ma da quel che vedo non ci sono ancora riuscita. Entro nel primo séparé libero. Mi caccio due dita in gola. Vomito. Dopodiché mi ricompongo e torno nel locale.

«A proposito» mi fa Ilaria. «E Niccolò? Ho visto che hai appena aggiornato il tuo profilo su Facebook, mettendo un punto interrogativo al posto di SPOSATA.»

«Niccolò è superpreso dal lancio del nuovo Trillionaire a Dubai, curato da noi della Eventi Avanti. Cioè da loro, a questo punto.»

«Adesso comunque i nostri due piccioncini dovranno trovarsi una sistemazione, figa» le dice Solaria.

«Ovvero?»

«Be', figa, lui ora lascerà la moglie» spiega a Ilaria. «E Matteo non sarà certo dell'idea che Niccolò vada a stare con lei ed Elettra, figa, visto che dopotutto quella in via dell'Annunciata è casa sua.»

«Ma wait a minute, non eravate in comunione dei beni?» mi chiede Ilaria.

«No. Mia madre me lo diceva che dovevo insistere, ma sapete

che non la sopporto e che per principio faccio sempre il contrario di quello che dice.»

«I bambini comunque li affidano sempre alla madre» sentenzia Solaria. «E non è affatto detto che sloggiare tocchi a te, figa.»

«Con quell'sms che come una cretina ho mandato per sbaglio a Matteo anziché a Niccolò? Mi sa proprio di sì.»

«Ma darling, non penserai mica che Matteo non ti abbia mai tradita?» interviene Ilaria.

«Non è il tipo. Al sesso preferisce lo snowboard.»

«Ne sei sicura?» inarca un sopracciglio Solaria. «Figa, anche Max mi giurava di andare solo a giocare a golf. Poi ho scoperto che emulava Tiger Woods non solo nello swing, figa.»

«Guarda, conosco Matteo dai tempi dell'università. E non è proprio quel genere di uomo. Quando mi dice "ciao faccio snao", va davvero a fare snao.»

«Anche in the summer?» s'insospettisce Ilaria.

«Sì, visto che su in montagna non c'è più neve nemmeno d'inverno va a Sesto San Giovanni, dove al posto delle vecchie fabbriche hanno fatto un parco dei divertimenti con due enormi hangar, uno con spiagge hawaiane e onde per surfisti, l'altro con discese innevate per i patiti dello snowboard.»

«Sarà» si stringe nelle spalle Solaria, guardandosi attorno come a sottolineare che in una città come Milano le occasioni non mancano.

Mentre l'iPhone attacca a vibrare e io, constatato che si tratta di mia madre, lo ignoro, Belén Rodriguez si palesa in compagnia di un ipertatuato che però non è Fabrizio Corona. E a un tratto me ne rendo conto. Siamo le più vecchie in assoluto tra le presenti.

«Figa, ma lo sai che oggi l'istruttore di giocoleria di Elettra ha scambiato la nostra Gaia per una giovane tata?» fa Solaria a Ilaria.

E pazienza per la selva di modelline postsovietiche altissime biondissime magrissime, tutte tra i quattordici e i diciassette anni.

«Giura?», batte le mani Ilaria.

Ma siamo ben più vecchie anche di Belén.

Solaria e Ilaria ammiccano a trecentosessanta gradi nella speranza di intercettare lo sguardo di qualche broker o pseudo tale.

«Milano? È tutta un circo» dice una pierre dietro di noi.

«Ma tu quanto paghi d'affitto?»

«Viaggi in programma?»

In auto, sola

In auto, sola, mi accendo una sigaretta e dopo aver controllato sull'iPhone il profilo di Niccolò che dice sempre INNAMORATO aggiorno il mio status, digitando: IRREQUIETA, poi twitto: OH MIO DIO QUANTO SONO IRREQUIETA, e infine penso. Penso a mio padre. Penso a quando è stato lui a essere lasciato da mia madre. Penso al fatto che mentre mia madre in fondo lo ha lasciato perché era una persona troppo seria io in fondo voglio essere lasciata perché mio marito è una persona poco seria. Penso a tutti i pranzi domenicali in cui l'ho visto scuotere la testa perché mia madre gli rimproverava l'onestà e la correttezza a cui si atteneva nel suo mestiere di architetto. Penso a come lei gli ha sempre rinfacciato di averla illusa quando era una giovane indossatrice per il solo fatto di fare un lavoro simile in società con il padre di Matteo salvo poi farci vivere a Brera in settanta metri quadri molto prima che Brera diventasse quella che è oggi e dunque quando era ancora piena di veri artisti alcolizzati poveri anziché di finti creativi cocainomani ricchi. Penso a quante volte lei ha invitato a casa nostra tutto il giro di politici conosciuti quando sfilava in passerella e lui se n'è uscito a fare una passeggiata. Penso a tutte le occasioni in cui lei lo ha accusato di essere uno stupido perché mentre i suoi colleghi facevano carriera ed erano chiamati a progettare sempre nuovi edifici e quartieri, dal Piccolo qui a Milano allo Zen giù a Palermo, lui non ha mai vinto un concorso e ha sempre sostenuto che bisognava riciclare le vecchie fabbriche, anziché abbatterle per costruire complessi residenziali orribili, e in ogni caso piantare alberi e mettere panchine e costruire aree gioco. Penso che proprio per questo a un certo punto ha preferito non avere più nulla da spartire con il padre di Matteo, suo ex compagno di corso al Politecnico, che invece da parte sua ha cementificato tutta Milano e mezza Italia. Penso a come queste cose a me sembrassero prive d'importanza, visto che ero innamorata di Matteo. Penso al fatto che Matteo per me incarnava lo stesso sogno di una vita dorata che aveva coltivato mia madre, anche se la sola idea di avere qualcosa in comune con lei mi fa star male. Penso a tutte le volte che mio padre mi ha detto che avrei dovuto continuare gli studi all'estero e non tornare più in Italia. Penso che io non ho mai dato peso alle sue parole perché dovevo sempre decidere come vestirmi per uscire la sera. Penso al senso di colpa che ho provato subito dopo aver tirato un sospiro di sollievo il giorno in cui lui e mia madre hanno divorziato, visto che col divorzio se non altro finivano le liti e le discussioni nei settanta metri quadri di Brera. Penso alla faccia che ha fatto mio padre quando io ho preferito andare a stare con mia madre, benché la detestassi, solo perché lei da un giorno all'altro si era trovata chissà come una mega casa in via Senato. Penso che mio padre nonostante tutto me l'ha perdonato, altrimenti dopo non avrebbe continuato a cercarmi e a parlarmi, senza peraltro accorgersi che io in effetti pur volendogli bene non l'ho mai ascoltato. Penso che se non altro mio padre deve avermi trasmesso il suo amore per l'indipendenza, visto che malgrado il mio matrimonio dorato con Matteo ho sempre messo il lavoro in cima a tutto. Penso che nonostante abbia sempre messo il lavoro in cima a tutto mi hanno appena licenziata dopo mesi di mobbing, e per giunta con un sms, per cui a un tratto mi ritrovo a non essere più così indipendente. Penso a quanto sono stata cretina a mandare quell'altro sms a Matteo anziché a Niccolò. Penso a che cosa dirà Niccolò a sua moglie. Penso a che cosa dirò io a Matteo. Penso a che cosa diremo noi a Elettra. Penso che sia io sia Niccolò siamo comunque pronti per questo momento, perché in fin dei conti ne parliamo dall'inizio della nostra storia, due anni fa. Penso che superato questo scoglio per noi comincerà una nuova vita. Penso che ora potremo finalmente abitare sotto lo stesso tetto e senza sotterfugi. Penso che quando ci si mette con una persona da giovani è facile commettere degli errori. Penso che ho trentotto anni e porto la taglia trentotto e non sono ancora ricorsa al chirurgo, tranne per il naso. Penso che a questo punto della mia vita mi merito di stare con una persona che mi ama davvero. Penso a una scritta che ho visto l'altro giorno su una maglietta: SHOPPING IS CHEAPER THAN PSYCHIATRY.

Devo ammettere

Devo ammettere che tra le cose che poco per volta hanno logorato il nostro rapporto c'è anche l'arredamento in stile Marvel e DC Comics voluto da Matteo, con le sedie e le poltrone e i divani fatti come La Cosa dei Fantastici Quattro e i tavoli a foggia di scudo di Capitan America e la cucina isola dello stesso verde di Hulk con il frigorifero che riprende le fattezze di Iron Man e il forno che quando lo accendi proietta sul soffitto la Torcia Umana e la doccia con idromassaggio identica alla cabina telefonica di Superman e gli specchi sagomati sulla silhouette di Silver Surfer e i tappeti che riproducono la pianta di Gotham City e il corridoio con le statue degli X-Men e le tende che non riparano dal sole perché ispirate alle ragnatele dell'Uomo Ragno. Ed è proprio dietro una delle tende ispirate alle ragnatele dell'Uomo Ragno che trovo Conchita. Fa giusto in tempo a dirmi che ha lavato, stirato, rassettato, fatto la spesa, bagnato le piante, spolverato i mobili e la cristalleria e lucidato i rubinetti dei bagni e l'argenteria, aggiungendo che mia madre ha chiamato a più riprese nel corso della giornata, poi è costretta a cercare di nuovo riparo per sottrarsi a uno degli attacchi d'ira di Elettra, che digrignando i denti acuminati le tira addosso tutto quello su cui riesce a mettere le mani, iPod, iPad, iPhone, cd, dvd, dvx, tra cui la raccolta completa di *Sex and the City*, le mie annate di "D" e "Io Donna" e "Vanity Fair", il libro di Roberto Saviano, quello di Fabio Volo e quello di Paolo Giordano, oltre che i gomitoli e i ferri da maglia steineriani, ma non mi riesce di distrarla con una scusa qualsiasi come mi ha spiegato di fare lo psicologo per evitare di traumatizzarla sgridandola, perché qualcuno si materializza dal nulla e m'afferra per un braccio trascinandomi bruscamente in cucina.

«Ma ti sembra il modo?» protesto, mentre Matteo chiude la porta alle sue spalle.

«Chi è?» mi fa lui, gli occhi iniettati di sangue.

«Chi è chi?»

«Chi è quel bastardo da cui ti fai sbattere?»

«Non lo conosci» mento. «Il suo nome non ti direbbe niente.»

«Scommetto che è quel tuo collega, Niccolò.»

«Ti sbagli.»

«Quante volte? Dove? Come?»

«Non mi pare il caso di discuterne in presenza di nostra figlia.»

«La vampira è di là che cerca di sbarazzarsi dell'ennesima tata. Ma tu di me non ti sbarazzi, hai capito?»

Non credo di averlo mai visto così alterato. Anzi, in realtà sì: quella volta che gli ho sfasciato la BMW con il logo di Batman sulle fiancate.

«Ma non mi avevi scritto che tra noi era finita, in quell'sms?»

«Be', ho cambiato idea, forse. Allora? Quante volte? Dove? Come?»

«Cerchiamo di fare le persone mature e civili» sospiro.

«Una botta e via in bagno? Oppure sulla sua scrivania, nella pausa pranzo? O magari sulla fotocopiatrice?»

«Hai intenzione di farmi il terzo grado? E poi, quanto sei volgare.»

«Tu prima ti fai sbattere e poi mandi sms hard a chi ti sbatte e quello volgare sono io?»

«Oh, stammi a sentire, Matteo. Abbiamo cominciato a frequentarci da ragazzini, ti rendi conto? Quando non bigiavo con te mi venivi a prendere all'uscita da scuola!»

«Me lo ricordo bene. E allora?»

«E allora non ho avuto la possibilità di vivermi le mie storie come invece hanno fatto tutte le mie amiche. Mentre loro si divertivano una cifra io ero già fidanzata con te, capisci?»

«E non ti divertivi?»

«Non capisci. Proprio non capisci.»

«Guarda che anch'io posso dire lo stesso. Anch'io ero già fidanzato con te quando tutti i miei amici si divertivano.»

«E non ti è pesato? Non ti è mancato qualcosa?»

«A me no.»

«Ah, a te no.»

«No. Perché avevo te.»

«Avevi.»

«Avevo, sì.»

«Avevi. Ora, a parte il fatto che ci sarebbe qualcosa da ridire sul verbo che hai scelto, visto che io non mi ritengo un oggetto...»

«Oh, non dirmi che adesso ti metti a fare la femminista fuori tempo massimo!»

«A parte il verbo, dicevo, mi pare significativo che tu abbia usato il passato.»

«In che senso?»

«Da quanti anni è che non hai uno straccio di slancio nei miei confronti, Matteo?»

«Ah, ho capito. Ora è colpa mia. Se tu ti fai scopare da quel bastardo è perché non ti mostro più la passione di quando eravamo fidanzatini, vero?»

«Una volta non eri così... anaffettivo, ecco. E non sto parlando solo di sesso, anche se visto che ho trentotto anni e non ottantatré avrei gradito un po' più di entusiasmo da parte tua.»

«Ma che vuol dire *anaffettivo*?»

«Anaffettivo vuol dire anaffettivo. Mai un complimento, non so, una coccola. Mai una parola dolce quando la sera rincasiamo dal lavoro.»

«Torno a casa distrutto e dovrei corteggiarti alla Jude Law per poi trombarti alla Russell Crowe?»

«Ma fammi il piacere. Tra l'altro stamattina mi hanno licenziata.»

«Che vuol dire?»

«Vuol dire che mi hanno licenziata. Li-cen-zia-ta.»

«Vabbè, tanto per te quel lavoro è sempre stato un passatempo.»

L'iPhone attacca a vibrare. Do un'occhiata al numero in entrata. Mia madre. Non rispondo.

«Un *passatempo*? Che intendi per passatempo?»

«Avanti, Gaia, tu e io lo sappiamo. Te l'ha trovato mio padre, quel posto ridicolo di organizzatrice di eventi.»

«Tuo padre? Non mi risulta. E comunque lo chiami posto ridicolo? Ti ricordo che sono stata io a inventarmi il concetto di apericena. Un format che da Milano si è diffuso in tutta Italia, non so se ti rendi conto. E poi ho organizzato una cifra di eventi culturali. Per esempio la presentazione dell'autobiografia di Platinette. E quella delle favole riscritte in chiave trans da Vladimir Luxuria.»

«Comunque, perché ti hanno licenziata?»

«Non si sono degnati di spiegarmelo. Me l'hanno detto con un sms. D'altronde sono mesi che mi fanno mobbing e che nessuno parla più con me.»

«Be', dopo che hai confuso Mumbai con Dubai...»

«Si fosse ancora chiamata Bombay non sarebbe successo.»

«Dopodiché, non contenta, a quegli arabi hai pure prenotato un tavolo in un locale kosher.»

«Non mi sembra un motivo plausibile per mobbizzarmi collettivamente.»

«Collettivamente tranne quel bastardo da cui ti fai sbattere, immagino. Dimmi la verità: ti hanno licenziata dopo averti beccata che gli facevi un pompino in pausa pranzo.»

«Ma com'è che adesso sei così geloso? Sono anni che passi i weekend a fare snao, come dici tu.»

«Perché? Non si può?»

«Ammetterai che non è da tutti gli uomini lasciare ogni weekend moglie e figlia per andare a fare snao.»

«Quando faccio snao mi rilasso. Quanto alla vampira, forse dovevi pensarci prima, non credi? Che le dirai ora? Papà e io ci lasciamo perché in pausa pranzo mi faccio sbattere da un altro?»

«Mah, non credo che chiederà spiegazioni. Era rimasta l'unica di tutta la sua classe ad avere ancora i genitori sposati. Più che una vampiretta, un'aliena.»

«Benissimo. Allora divorziamo.» A un tratto mi fissa con aria sospettosa. So che cosa sta per dirmi. «Ma di un po'... hai stabaccato?»

L'iPhone vibra di nuovo. Mia madre. Lo ignoro.

«Chi, io? No. Lo sai che ho smesso quando sono rimasta incinta di Elettra.»

E improvvisamente ricordo

E improvvisamente ricordo. Ricordo come mi sentivo a disagio quando aspettavo Elettra. Già al terzo mese mi sembrava di essere diventata un'altra. Avevo le nausee, cambiavo umore di continuo. Ero sopraffatta dalla paura di ingrassare. Matteo all'epoca mi dava l'impressione di essere felice di diventare padre, anche se già allora era assente la maggior parte del tempo. E quando alla terza o quarta ecografia scoprimmo che si trattava di una femminuccia ne fui inaspettatamente delusa. Come se non avessi fatto il mio dovere. Subito dopo però venni assalita dal terrore di perderla. E allora cominciai con le ricerche in Internet, senza immaginare che così facendo sarei stata inghiottita da un vortice di terrore. Ma nonostante la mia angoscia crescesse a ogni link, mano a mano che scoprivo tutti i rischi della gravidanza, non ero capace di smettere. Ossessionata dall'eventualità di contrarre una qualche malattia letale per il feto, vagavo in quel tunnel degli orrori, abitato da mostri che finivano in *osi*. Toxoplasmosi, leptospirosi, listeriosi. A un tratto presi a evitare la verdura e i formaggi e la carne e la frutta e il miele e le marmellate. E dato che non avevo nessunissima intenzione di imbottirmi di carboidrati finii per mangiare praticamente solo yogurt. Eppure anche così ingrassavo. Non era tanto una questione di piedi gonfi, o di gambe. Giorno dopo giorno, settimana dopo settimana, mese dopo mese, il mio corpo mutava. Non mi riconoscevo più. Stavo diventando una mongolfiera. Negli incubi, la notte, sognavo di partorire qualcosa di simile a Beth Ditto. I miei continui sbalzi d'umore, le mie paranoie e i miei attacchi di panico, combinati all'assenza di Matteo che quando mi vedeva in crisi faceva spallucce e usciva di casa conciato come sempre da snowboarder, contribuirono a deteriorare il nostro rapporto. Iniziammo a litigare alla minima occasione. Bastava che al ristorante ordinassi un passato di verdura e che il piatto mi venisse servito con una spruzzata di prezzemolo crudo perché mi rifiutassi anche solo di assaggiarlo, cosa che chissà perché a Matteo dava sui nervi. Pensare che quand'ero rimasta incinta mi ero convinta che la cosa avrebbe fatto bene alla nostra coppia, cementandola. Invece, fin dal concepimento, Elettra ci ha allontanati ancora di più. E il fatto che contrariamente alle mie speranze anche dopo aver espulso la placenta mi sentissi obesa non aiutò. E nemmeno le colichette di Elettra aiutarono: per i primi sei mesi non fece altro che urlare notte e giorno, senza farci chiudere occhio. Alle ricorrenti telefonate di mia madre, che metteva becco su tutto, si sommarono lo sfinimento e il nervosismo di entrambi. Ora che ci penso, io e Matteo avevamo già raggiunto il nostro punto di non ritorno.

Psicanalista

AMORE STO PASSANDO DA UNA CONFERENCE CALL ALL'ALTRA MA NON APPENA MI LIBERO PER PRIMA COSA LASCIO MIA MOGLIE. TI AMO N.

Rileggo l'sms di Niccolò mentre salgo in ascensore dalla psicanalista. Poco fa, parcheggiando in corso Buenos Aires, non ho risposto alla nuova chiamata di mia madre e ho aggiornato il mio status su Facebook, digitando ANSIOSA/EUFORICA. Quindi ho twittato: OH MIO DIO QUANTO SONO ANSIOSA/EUFORICA. Il profilo di Niccolò invece dice sempre INNAMORATO. Alzo lo sguardo dallo schermo dell'iPhone. Eccomi nello specchio. Zampe di gallina? No. Cioè, sì. Ma nemmeno tante e tutto sommato ancora sotto controllo, direi. O no? Forse. Crema? Crema. Devo assolutamente procurarmi una crema. Una crema per le zampe di gallina. Specifica. Dopotutto ho trentotto anni ed è giunto il momento che mi occupi di queste cose. Chirurgia no. O almeno non lì. Non voglio ritrovarmi con gli occhi spalancati perfino quando dormo. Però... e se mi facessi rifare le tette? Me le guardo mettendomi di tre quarti. Inspiro. Quand'ero ragazza puntavano su che era una meraviglia. Da sole. E sode. Niccolò per la verità non mi sembra un fissato. Gli piace prendermi da dietro. E preferisce tenermi per i fianchi. Dice che sono perfetti, anche se secondo me sono troppo larghi. Ma comunque non lo farei per lui. Lo farei per me. Per sentirmi... non lo so... più sicura, ecco. Ma senza esagerare. Mica come Victoria Silvstedt. Devo ricordarmi di dare un'occhiata ai tweet di Francesca Versace e agli ultimi outfit consigliati dal blog The Blonde Salad, il mio unico punto di riferimento in questo mondo così confuso, specie ora che George Clooney ha lasciato Elisabetta Canalis per una campionessa di wrestling. Tisana drenante, penso. Biancolatte, penso. Pilates, penso.

La porta dell'ascensore si apre. Suono il campanello. Uno scatto. Metto piede nell'ingresso. Prima o poi dovrò decidermi a parlare di mio padre. E del mio blackout.

«Buongiorno Gaia» mi sorride dall'uscio del suo studio la dottoressa Kullmann.

«Buongiorno dottoressa» le sorrido a mia volta, spegnendo l'iPhone.

«Prego, si accomodi.»

«Grazie.»

Mi sdraio sul lettino. Sento la dottoressa Kullmann sedersi alle mie spalle. La mia ora di cinquanta minuti è iniziata.

«Bene, Gaia. La ascolto.»

«Dunque... al momento sono allo stesso tempo ansiosa ed euforica. Euforica perché Niccolò, quel collega che le dicevo, mi ha appena mandato un sms nel quale mi comunica che domattina lascerà la moglie. Ansiosa perché ieri mattina mio marito ha scoperto la mia storia con Niccolò, e perché, dopo mesi di mobbing, sono stata licenziata. Tutto per sms. Nel senso che la sera prima mi sono sbagliata e ho mandato a mio marito un sms che avevo scritto a Niccolò, e poi, dopo che mio marito mi aveva scritto un sms per dirmi che aveva ricevuto quell'altro sms, mi hanno comunicato sempre per sms che alla Eventi Avanti non avevano più bisogno di me. Lì per lì non potevo credere né di aver mandato a mio marito l'sms che avevo scritto a Niccolò né di essere stata licenziata con un sms, ma poi sono arrivata a chiedermi: e se avessi inconsciamente mandato a mio marito l'sms per Niccolò al solo scopo di fargli sapere che avevo una relazione con Niccolò? Così da provocare l'irreparabile e farmi lasciare...»

Aspetto che la dottoressa Kullmann mi dica qualcosa, ma lei tace.

«Anche per distinguermi da mia madre, visto che è stata lei a lasciare mio padre. Loro però almeno discutevano di tutto, o meglio litigavano per tutto. Anche se poi i motivi di dissidio stringi stringi erano due: la rettitudine di mio padre, che mia madre ha sempre giudicato assolutamente fuori luogo, e il mio futuro. Mio padre ha sempre sostenuto che avrei dovuto continuare gli studi via dall'Italia. Mia madre, invece, ha sempre desiderato che come lei facessi l'indossatrice. Io ho fatto in modo da scontentare entrambi, ma questo non c'entra. In ogni caso i miei genitori hanno sempre discusso, o meglio litigato. Mentre con mio marito è impossibile, perché lui semplicemente non parla. Si rifiuta di farlo. Quando ci provo sbuffa e mi dice che non ha tempo per le mie fisime. Che tra parentesi non sono affatto fisime, mi creda, specie per quanto riguarda la sua anaffettività.»

Aspetto che la dottoressa Kullmann mi dica qualcosa, ma lei tace.

«Io ho cercato più volte di affrontare l'argomento. Ho sempre pensato che in una coppia si debba parlare di tutto, compresi i problemi sessuali. Che noi abbiamo, inutile negarlo. Voglio dire, dopo che sono rimasta incinta di nostra figlia Elettra, mio marito non ha più mostrato interesse nei miei confronti. A un certo punto, finito lo svezzamento, ho anche cominciato a indossare biancheria un po', be', sì, sbarazzina. Soprattutto Kristina Ti e Agent Provocateur, che in teoria dovrebbero fare un certo effetto. Ma lui zero, anche se va detto che per sei mesi non abbiamo chiuso occhio a causa delle colichette. Comunque già prima della nascita di Elettra frequentava assiduamente gli amici dello snowboard, passando con loro tutti i weekend. Tra parentesi ormai hanno tutti più di quarant'anni. Nel senso, quando lo vedo uscire di casa con le Vans a scacchi e i pantaloni mimetici Bastard e una T-shirt o una felpa Carhartt e una giacca Burton e un berretto Stüssy e ripenso a come si vestiva mio padre alla sua età...»

Aspetto che la dottoressa Kullmann mi dica qualcosa, ma lei tace.

«Voglio dire, capisco bene che i tempi sono cambiati e che oggi come oggi il ruolo dell'uomo sia diverso rispetto a trenta o quarant'anni fa, ma anche per nostra figlia Elettra non credo che sia molto educativo ritrovarsi con un padre che anziché occuparsi della famiglia va a fare snao con gli amici vestendosi tale quale ai suoi compagni, almeno quando non sono a scuola, perché sa, le regole steineriane da questo punto di vista sono piuttosto rigorose, secondo loro bisogna indossare capi naturali e privi di marca, niente lana ma solo cotone, anche d'inverno, e capirà bene quanta fatica posso aver fatto per convincere Elettra che il suo chiodo in pelle non avrebbe mai potuto varcare la soglia della scuola. Detto questo, per tornare alla questione dell'anaffettività, avessi almeno mai beccato Matteo che guardava un'altra. Nel senso, dopo un po' di anni di matrimonio certe cose succedono. Ma lui niente, ormai oltre che anaffettivo sembra anche asessuato.»

Aspetto che la dottoressa Kullmann dica qualcosa, ma lei tace.

«E insomma mi sembra anche comprensibile che una donna come me, arrivata a trentotto anni, a un certo punto cominci a guardarsi attorno. Se non fosse stato per l'anaffettività di Matteo, non avrei mai ceduto a Niccolò. Che da parte sua vivaddio è l'opposto di mio marito: sempre presente, attento, premuroso...»

«Molto bene» mi fa la dottoressa Kullmann. «La nostra ora è finita. Come d'abitudine, la lascio con una riflessione: le lacrime sono lo sciogliersi del ghiaccio nell'anima.»

«La ringrazio, dottoressa Kullmann.»

«Sono trecento euro.»

Stanotte

Stanotte Matteo ha dormito di sua iniziativa su un divano in stile La Cosa del soggiorno. Quando mi sono alzata me lo sono ritrovato davanti in cucina, già pronto per andare al lavoro. Senza rivolgermi la parola ha buttato giù un ultimo sorso di caffè, quindi è uscito sbattendo la porta. Sola in casa, visto che dopo aver stirato e bagnato le piante e lucidato l'argenteria e spolverato la cristalleria e passato il battitappeto e preparato la colazione Conchita aveva accompagnato Elettra a scuola, ho pensato di dare un'occhiata ai nostri conti – vuoi mai che dall'avvocato ci finiamo davvero – frugando tra gli schedari che Matteo tiene nel suo studio, una stanza inutilizzata da anni. È qui che nei weekend si chiudeva per giocare alla PlayStation, prima di darsi allo snowboard: svolta che almeno in un primo momento mi era parsa salutare, considerata la sua dipendenza da giochini tipo Grand Theft Auto e simili. La PlayStation giace impolverata sul tavolino di cristallo di fronte alla libreria con la raccolta di dvd di snowboard, al centro della quale campeggia lo schermo ultrapiatto del Sony. Su un divano in stile La Cosa, quel che resta di un pranzo McDonald's: un bicchiere gigante ma semivuoto di Coca-Cola e le confezioni in polistirolo di un paio di Big Mac.

Afferro lo schedario con la dicitura CONTI. Lo apro. Ci sono gli estratti conto mandati dalla Visa, dall'American Express, dalla Master Card, che io non guardo mai. Ci sono le ricevute delle rate dei finanziamenti per le auto, i televisori, gli elettrodomestici, i mobili, le vacanze di Pasqua a Miami, di quelle estive a Saint Barth e dello scorso Natale in Sudafrica, dove Matteo è anche riuscito a fare snowboard in una struttura simile a quella del parco dei divertimenti di Sesto San Giovanni. Anche queste non le guardo mai. Ci sono le ricevute delle assicurazioni per la casa, le macchine, i viaggi all'estero, gli infortuni, tutte cose di cui si occupa Matteo. Ci sono gli estratti conto della banca, con le rate del mutuo e la situazione dei nostri investimenti in titoli, tra l'altro deve esserci un errore perché sono sicura che abbiamo messo duecentomila euro in un fondo pensione, non duemila. E c'è anche un appunto scritto a mano, a giudicare dalla grafia credo da Matteo. Dice: "Parlare alla prima occasione con papà – siamo rovinati".

L'appunto mi cade di mano, e finisce sulla nuova tavola da snowboard della Burton che Matteo si è comprato la scorsa settimana, di fianco al tavolino.

Lo raccolgo.

Lo rileggo.

Dice sempre: "Parlare alla prima occasione con papà – siamo rovinati".

In che senso rovinati?

E le mie tette nuove?

L'iPhone attacca a vibrare. Mia madre. Chiudo la chiamata senza rispondere, quindi vado su Facebook e aggiorno il mio status: INCREDULA, dopodiché twitto: OH MIO DIO QUANTO SONO INCREDULA. Oggi su The Blonde Salad, il mio unico punto di riferimento in questo mondo così confuso, anche per via dei muscoli della wrestler con cui si è messo George Clooney, l'outfit consigliato era un total look Miu Miu. Tra l'altro, devo troppo ricordarmi di dare un'occhiata agli ultimi tweet di Francesca Versace.

Controllo

Controllo e ricontrollo il saldo del nostro conto al bancomat vicino a casa, secondo cui avremmo seimila e duecentoquaranta euro. Com'è possibile? Esco dal bancomat e chiamo Matteo, che però stacca il cellulare non appena vede il mio numero in entrata. Provo in ufficio. Risponde la sua segretaria.

«Matteo Bongiorno & C. buongiorno, desidera?»

«Buongiorno Neyla, sono Gaia. Cerco il dottor Bongiorno.»

«Buongiorno signora Bongiorno, un attimino che vedo se il dottor Bongiorno è già arrivato.»

Parte la musichetta di attesa, *The Fox in the Snow* di Belle and Sebastian. La settimana scorsa c'era *Snow* di Randy Newman. Quella precedente *Snowball* dei Devo. O forse *Snowballed* degli AC/DC, non ricordo. Collego i titoli agli autori giusto perché sulla sua auto Matteo ascolta da anni solo e sempre le stesse canzoni.

«Pronto signora Bongiorno, mi spiace ma il dottor Bongiorno non è ancora arrivato in ufficio. Vuole che gli lasci un messaggio?»

«Uhm...» rifletto. «Massì. Gli dica: parlare alla prima occasione con papà, siamo rovinati.»

«Un attimino che non so se ho capito bene. Glielo ripeto: parlare alla prima occasione con papà, siamo rovinati.»

«Ma fatti i cazzi tuoi, cretina» sento distintamente in sottofondo.

«Neyla, per cortesia, mi passi subito il dottor Bongiorno. E non mi dica che non è ancora arrivato in ufficio.»

Riparte *The Fox in the Snow* di Belle and Sebastian. Resto in attesa. Dopodiché, ecco il tut-tut-tut. Hanno messo giù. Attraverso la strada, anche se non so dove sto andando. Poi imposto la chiamata anonima sull'iPhone e rifaccio il numero.

«Matteo Bongiorno & C. buongiorno, desidera?»

«Buongiorno Neyla, sono la signora Bongiorno. Mi passi immediatamente il dottor Bongiorno e non si azzardi più a chiudermi il telefono in faccia.»

«Oh, no, guardi che deve essere caduta la linea quando ho cercato di passare la comunicazione. Ancora un attimino.»

Di nuovo *The Fox in the Snow* di Belle and Sebastian. Resto in attesa ferma sul marciapiede.

«Che vuoi?» mi ringhia Matteo, furibondo, dopo un minuto d'orologio.

«Prima di tutto non ti permettere più di chiamarmi cretina in presenza di estranei. E poi che significa *parlare alla prima occasione con papà, siamo rovinati*?»

«Chi ti ha dato il permesso di entrare nel mio studio e di farti i cazzi miei?»

«Sbaglio o sono anche cazzi *miei*, se *siamo* rovinati? Ho giusto controllato al bancomat il saldo del nostro conto, abbiamo appena seimila euro e rotti. E il rendiconto dei titoli che ho trovato nello schedario riporta un totale di duemila euro. Ma non erano duecentomila? Dimmi che c'è un errore.»

«Stammi a sentire, non ho né voglia né tempo di discutere con te di queste cose, per giunta al telefono. I telefoni degli italiani sono tutti sotto controllo, lo sai.»

«Già, ma i conti non sono sotto controllo, o sbaglio? Se non altro i nostri.»

«Così impari a iscrivere la vampira in quella carissima scuola steineriana. Lo sai o non lo sai che la figlia di Nicole Kidman a due anni sa già vestirsi e truccarsi da sola? Elettra di anni ne ha dodici e non sa nemmeno l'alfabeto. Ma quelli le insegnano a fare la maglia. Un controsenso, se ci pensi, visto che oggi come oggi siamo noi uomini a cambiare i pannolini.»

«Che c'entra?»

«C'entra, c'entra. Sul fatto che insegnino a fare la maglia ai bambini non ho nulla da ridire, ma insegnarlo ancora alle bambine è fuori dal mondo. E mi sorprende che tu non te ne renda conto.»

«Ma guarda, sto con un proto-femminista e non lo sapevo. Comunque le insegnano anche l'inglese. E a suonare la chitarra acustica» dico, andando su e giù per il marciapiede, mentre sento montarmi il nervoso.

«Già, la chitarra acustica all'epoca di GarageBand. La scorsa settimana in camera della vampira ho visto lo spartito di una canzone intitolata *Auschwitz*, di un certo Guccini. C'era anche il testo: "Son morto con altri cento, son morto ch'ero bambino, passato per il camino, e adesso sono nel vento". Com'è che diceva Mike? Allegria!»

«Sempre meglio della tua colonna sonora perenne, perennemente ispirata alla neve. Ad ogni modo non credo che se ci siamo rovinati è per via della scuola di Elettra, dove comunque l'abbiamo iscritta di comune accordo.»

«Questo non mi risulta. Ti ricordo che io volevo metterla in collegio a Le Rosey, in Svizzera.»

«Eh certo, prima di tutto per togliertela dai piedi, e poi perché lì tra le varie attività c'è lo snowboard. In ogni caso non ti ho chiamato per discutere della scuola di Elettra, ma per avere chiarimenti sulla nostra situazione economica.»

«Be', complimenti. Vedo che sei già entrata nell'ottica separazione barra divorzio.»

«Perché, non dovrei? Sbaglio o sei stato tu a dirmi che tra noi era finita? Comunque, per il momento mi stavo solo chiedendo se posso ancora permettermi la psicologa.»

«Più che altro dovresti chiederti se ha senso che tu continui ad andare dalla psicologa, visto quanto ci costa e soprattutto visti i risultati. Pari a quelli dei vari specialisti in brufoli da cui siamo andati in questi ultimi mesi per risolvere almeno uno dei problemi di Elettra, tutti con tanto di specializzazione negli Stati Uniti e carissimi ma inutili.»

«E tu? Quanto hai speso per lo snowboard in questi ultimi anni?

Ti sei appena comprato l'ennesima tavola. E tra l'altro, coi risultati che sappiamo.»

«Che vuoi dire? Quali risultati? Faccio snao da dio, me lo dicono tutti.»

«Non stavo parlando dei tuoi risultati sportivi, ma di quelli coniugali. Una moglie ogni tanto ha bisogno di sentirsi tale, Matteo.»

«Oh, no. Ditemi che non è vero. Ci risiamo con la menata...»

«Tu a me hai anteposto la tavola.»

«Può anche darsi, ma non mi pare di essere ingrassato.»

«E a me non pare il caso che tu ti permetta pure di fare battute sull'argomento. Tra l'altro non fanno ridere. Detto questo, me lo vuoi spiegare come siamo messi o no?»

Lui tace. Il che mi rende ancora più nervosa. Noto la mia immagine riflessa in una vetrina. Ma che fianchi ho? Riattraverso la strada.

«Matteo?»

Niente.

«MATTEO, CI SEI?!?» chiedo, fermandomi.

Siamo alle solite.

«MATTEO, È MAI POSSIBILE CHE CON TE NON SI POSSA PARLARE?»

Un clacson piuttosto insistente mi impedisce di sentire se per caso Matteo abbia deciso di rispondermi. È il clacson di un Suv. Il tipo al volante mi sta guardando basito.

«MA INSOMMA!» sbotto. «NON LO VEDE CHE SONO AL TELEFONO?»

«In mezzo alla strada?»

«MA SE STO SULLE STRISCE!»

«Sì, ma le strisce si attraversano, mica ci si ferma!» scuote la testa il tipo.

«EL GA EL SUV! BAUSCIA MILANEIS!» ribatto, raggiungendo il marciapiede opposto. Inspiro a fondo nel tentativo di calmarmi, col risultato che tossisco per via dei gas di scarico. Niente al mondo mi manda fuori come Matteo quando si rifiuta di parlare di un qualche problema. Mi sforzo di abbassare la voce. Riprovo:

«Matteo? Ci sei, sì o no?»

«Stai manza, Gaia. Guarda che il Suv ce l'hai pure tu» mi dice lui, mentre in sottofondo parte la sua suoneria. «Ooops! Una chiamata di lavoro importantissima sul cellulare. Ne parliamo un'altra volta.»

«Guarda che non ci casco: la suoneria l'hai fatta partire tu. Conosco il trucco, lo usi sempre quando vuoi troncare una discussione. Non penserai mica di cavartela così?»

«Tanto tu un uomo che badi a te l'hai già trovato, no?» mi fa lui. E attacca.

Seduta

Seduta davanti al mio cappuccino decaffeinato freddo in tazza grande senza zucchero ma con una spruzzata di cacao nel Garden Café di 10 Corso Como, dove mi sono spinta per vendicarmi di quello stronzo e calmarmi approfittando del fatto che Conchita dopo essersi occupata della spesa, del bucato, dell'argenteria, della cristalleria e delle pulizie ha rinunciato senza fare troppe storie alla sua mezza giornata di riposo settimanale per accompagnare Elettra sia al corso di burraco sia a quello di free-climbing, sobbarcandosi anche l'incontro con i genitori alla scuola steineriana di cui a dire la verità mi ero completamente dimenticata, aggiorno il mio status su Facebook scrivendo: GRRRRRRRRR, quindi twitto: OH MIO DIO GRRRRRRRRR. E dopo aver dato un'occhiata all'ultimo tweet di Francesca Versace, IF I MAY SUGGEST THE BEST CREAM FOR SPOTS IS @MARIOBADESCU DRYING CREAM. LOVE IT AND PUTTING TONS OF IT RIGHT NOW OPS, e al blog The Blonde Salad, dove l'outfit consigliato è una sorta di inno a Chanel, nonché aver stoppato sul nascere una chiamata di mia madre, decido di mandare una mail alle mie colleghe, anche se a questo punto forse dovrei rassegnarmi a definirle ex. Digito sull'iPhone:

> Ciao, come forse saprete lunedì scorso il boss mi ha licenziata, e con un sms. Dato che né lui né il suo segretario si fanno trovare quando provo a chiamarli, c'è qualcuna di voi che ritiene di tornare a parlarmi e che magari può spiegarmi il motivo per cui mi trovo in questa sgradevole situazione? Grazie e riciao, Gaia.

Quindi, imposto la rubrica LAVORO e premo INVIA A TUTTI. Trascorrono tre interminabili secondi. Infine, compare la scritta MAIL CONSEGNATA. Ora non mi resta che aspettare e vedere se per caso qualcuna si degna di rispondermi. Per sbollire la rabbia e concedermi una bottarella di adrenalina mi sono fatta un paio di sneakers Keith Haring for Tommy Hilfiger, uno di Converse All Star Rock'n'Roll Collection Blondie e uno di Ankle Boots Melissa + Gaetano Pesce. In tutto appena trecento euro, cioè niente, considerato quanto si spende di norma in questa città per un solo paio di sandali. Per fortuna il profilo di Niccolò su Facebook dice sempre INNAMORATO. Nell'attesa che qualcuna si degni, controllo nel mio specchietto Chanel che i capelli e il resto siano a posto e poi vado sul sito web di "Cosmopolitan". Sesso a prima vista: secondo una ricerca scientifica, l'amore eterno può sbocciare anche dopo un incontro di sesso. Segue un messaggio postato da passionata88 nell'ambito del sondaggio Fantasie Sessuali:

> Essere posseduta in maniera particolarmente spinta – non dico violenza sessuale ma comunque una cosa dove il mio uomo faccia di me quello che vuole senza chiedere nulla!!! Sarò malata?

Risposta di niceboy:

> Ma perché, solitamente ti chiede il permesso?

Nella sezione fotografica, David Beckham mostra il lato B nell'atto di cambiarsi i calzoncini. La didascalia avverte:

> Il sexy calciatore improvvisa uno spogliarello mostrandoci anche il lato A.

Nel forum Fidanzati e Mariti si sono intrufolati due uomini. Il primo scrive:

Secondo me la condizione ideale per un uomo è questa:
Dai 14 ai 25 anni: fidanzamenti sessuali a tempo determinato, avventure sessuali senza impegno, alternati a periodi da single...
Dai 25 ai 30 anni: vivere l'amore della propria vita (sesso compreso)
Dai 30 ai 40 anni: vedere primo punto
Dai 40 in poi: trovarsi una donna ventenne, illibata, paziente, ubbidiente, servizievole, ignorante, bella, possibilmente con corpo da pinup che ti faccia sentire un dio... e forse sposarla per garantirsi una badante... e una rendita sessuale fino all'andropausa.

Il secondo risponde:

Io ho capito che c'è qualcosa di ancora più interessante: convivere con una bisex tendente molto al lesbismo. Non devi muovere un dito e rimorchia in men che non si dica al posto tuo. Eppoi scopi anche in tre. Ecco, a fidanzarsi così credo che il passo convenga.

Mi chiedo perché il sito web di "Cosmopolitan" consenta l'accesso agli uomini. Voglio dire: a *questi* uomini. Niccolò è di un'altra categoria, per fortuna. E anche Matteo, che poi nel suo caso mi verrebbe da dire "purtroppo". Guardo sulla sedia di fianco alla mia i sacchetti griffati 10 Corso Como con le sneakers e gli ankle boots. Se davvero siamo rovinati, che senso ha spendere trecento euro in scarpe da 10 Corso Como? Ma del resto, se davvero siamo rovinati che senso avrebbe non spenderli? Tanto più che lui si è appena comprato l'ennesima tavola da snowboard. In realtà avrei dovuto farmi meno scrupoli. Andare sotto casa in via Montenapoleone, in via Sant'Andrea o in via della Spiga, e vendicarmi lì, a colpi di Alberta Ferretti, Dolce & Gabbana, Gianni Versace, Cesare Paciotti, Iceberg, Miu Miu, Chanel. Magari facendo anche una puntatina da Cova, e la spesa dal Salumaio. Che, ora che ci penso, quando ci sono stata l'ultima volta mi hanno detto che l'hanno sfrattato: prima o poi dovrà sloggiare, roba da matti. E dove li comprerò i vol-au-vent o il tacchino ripieno, quando sarà? Butto giù quel che resta del cappuccino. L'iPhone vibra. Una mail. Leggo:

Gaia non mi dire che non lo sai forse è ora che scendi dal pero in ogni caso cercheremo di supplire in qualche modo alla tua assenza anche se proprio non sappiamo come fare chissà se ci riprenderemo mai da un colpo simile dopotutto sei l'inventrice dell'apericena ;-D ciao Eleonora

Sarebbe? L'iPhone vibra di nuovo. Un'altra mail. Leggo:

Gaia ma tanto lo sappiamo da sempre che tu lavori solo per non annoiarti ora almeno assumeranno qualche ragazzina motivata certo avremo un argomento in meno con cui intrattenerci in pausa pranzo a proposito come va con Niccolò? P. S. Ecco un piccolo test su misura per te. Indovina quale di queste città è in Arabia Saudita: A) Dubai B) Mumbai C) Trombai. Con tanto sincero affetto, Fede

Che vipera. L'iPhone vibra ancora. Un'altra mail. Leggo:

Ma Gaia non ci posso credere non è possibile che tu ancora non abbia capito nulla... perché non chiedi al tuo Nicolino? :-P Gioia

Ma che vuol dire?

Niccolò

«Niccolò! Caro!»

«Gaia! Amore!»

Ci abbracciamo fortissimissimo e ci baciamo come pazzi di fronte alle vetrine di Nobu. Inspiro a fondo il suo profumo inebriante. Eau par Kenzo. L'adoro, così fuori dagli schemi. Niccolò è elegantissimo nel suo completo Paul Smith. Anch'io comunque non scherzo: tailleur Moschino, borsa Céline, stivali Marc Jacobs, colpi di sole perfetti fatti stamattina da Charme & Cheveux di via Broggi che tra l'altro sono tutti ex di Aldo Coppola ed essendo giovedì mi hanno offerto una coppa di champagne. Insomma, anche se da queste parti le coppie glamour certo non mancano, facciamo la nostra porca figura.

«Mi sei mancato una cifra!» sospiro, mentre entriamo mano nella mano da Re Giorgio.

«Anche tu, amore. Non puoi capire quanto.»

Niccolò conferma la prenotazione alla hostess che ci accoglie e ci accompagna al secondo piano, mentre noi sulle scale mobili continuiamo a baciarci come due fidanzatini. A un tratto sento vibrare l'iPhone. Lo ignoro. Poi, all'ingresso del ristorante, mentre io controllo nello specchietto Chanel che i capelli e il resto siano a posto, la hostess ci affida a un cameriere.

«Okaerinasai» abbozza un inchino questo, e ci conduce al nostro tavolo. Adoro Nobu e le sue luci soffuse. Ha un'atmosfera così... vibrante.

«Come sta andando il lancio del Trillionaire a Dubai?» chiedo a Niccolò mentre ci sediamo.

«Alla grande. Con gli arabi stiamo discutendo gli ultimi dettagli. Ci hanno chiesto di riempire la piscina di champagne analcolico adducendo motivi religiosi, e abbiamo sentito la Cristal, non è facile ma ci stiamo lavorando. Poi pretendono ragazze immagine vergini, e questa francamente mi sembra una richiesta folle. Vedremo. Ma a proposito di lavoro, fammi capire: perché ti hanno licenziata?»

«Non ne ho idea. Lo sai anche tu che in ufficio mi hanno mobbizzata per mesi solo perché pensavo che Dubai fosse dalle parti di Mumbai.»

«E dopo quell'sms non hai più sentito nessuno?»

«No. Il boss e il suo segretario non si fanno trovare. Quanto alle altre ragazze, c'è stato giusto uno scambio di mail. Mi sono sembrate più che altro contente di essersi sbarazzate della sottoscritta.»

«Ma va'.»

«Mi invidiano, per via di te.»

«Di me?»

«Ma certo. Sei l'unico maschio etero della Eventi Avanti. Comunque nei prossimi giorni se non ci sono altri sviluppi conto di andare da un avvocato. Sono una roccetta, io. E la mia psicanalista dice che le lacrime sono come lo sciogliersi del ghiaccio nell'anima.»

«Che immagine... potente.»

«Vero? Ma a parte il fatto che io non piango mai, perché ritengo che oggi come oggi piangere sia una cosa da uomini, si capisce esclusi i presenti, cioè tu, ho deciso di essere forte e di affrontare tutto come viene, giorno per giorno. Senza considerare che non c'è niente che mi spaventi, visto che so di potermi fidare di te.»

«Sempre» mi sorride lui, accarezzandomi un avambraccio mentre scorriamo i menu. Il tocco delle sue dita mi dà i brividi.

«Certo con Matteo sarà dura. In pratica mi accusa di essere una sfasciafamiglie, e non mostra la minima intenzione di assumersi le sue responsabilità.»

«Tipico» si stringe nelle spalle lui.

«Oltretutto, credo che abbia fatto qualche casino coi soldi. Ma non voglio ammorbarti con queste faccende, così squallide. Io ora... io ora non vedo l'ora... di fare cose nuove con te... mettere su casa... viaggiare... tutto quello che abbiamo sognato in questo nostro periodo di clandestinità forzata.»

«Anch'io» mi fa lui.

«Hai parlato con tua moglie?»

Il nostro cameriere ci raggiunge per l'ordinazione.

«Per me un ceviche di rana pescatrice» gli dice Niccolò, mentre frugo nella borsa Céline per recuperare l'iPhone e vedere chi mi ha chiamato.

«Io prenderò...» Ecco l'iPhone. Sul display vedo il numero di mia madre. «Una terrina di polpa di granchio con salsa piccante.»

«Come vino ci porti un Vintage Tunina di Jermann» aggiunge Niccolò. Poi, eclissatosi il cameriere, mi fa: «Allora? Dicevamo?».

«Ti stavo chiedendo se hai parlato con tua moglie.»

«È stata la prima cosa che ho fatto quando sono tornato a casa dopo l'ennesima conference call» mi fa lui.

«E... che le hai detto?»

«Le ho detto di sedersi, per cominciare.»

«E poi?»

«E poi che tra me e lei era finita, cioè, è finita, perché mi sono innamorato di un'altra.»

«E lei?»

«Mah, sai, lì per lì non ha esternato granché. Certo era un po'... sorpresa, direi.»

«E dopo il lì per lì?»

«Dopo?» Tossisce. «Mah, sai, le solite cose che fanno le donne in questi casi, credo.»

«Tipo?»

«Tipo... mah, sai, sì, le solite cose. Voglio dire, le solite cose.»

«Ma... e quindi?»

«E quindi niente.»

Intuisco che non gli va di raccontarmi altro, come del resto a me non va di raccontargli troppo di Matteo. Per cui sorrido, e quando noto che il nostro cameriere ci sta portando il vino dico a Niccolò: «Be', in ogni caso ormai è andata. Adesso credo che dovremmo brindare a noi due».

«Ottima idea» mi sorride.

Il cameriere arriva con la bottiglia, e la stappa. Ne versa un sorso a Niccolò. Lui prima solleva il calice, scrutandolo in controluce. Poi lo agita. Quindi lo annusa. Ripete le tre fasi dell'operazione altre tre volte. No, quattro. Infine assaggia il vino. Lo assapora a lungo. Tace. Il cameriere attende il responso. Niccolò lo guarda. Io guardo Niccolò. Il cameriere guarda prima Niccolò e poi me. Niccolò alza un sopracciglio. Solleva una quinta volta il calice, scrutandolo nuovamente in controluce. Io e il cameriere scrutiamo a nostra volta. A un tratto, è come se il tempo si fermasse. Come se tutto Nobu pendesse dalle labbra sensuali di Niccolò. Da cui dipende il destino della bottiglia, e forse chissà, anche del cameriere, o addirittura del locale. Che ne sarebbe di Giorgio Armani se Niccolò postasse sulla sua pagina Facebook che il vino di Nobu sapeva di tappo? Dopodiché, con un semplice cenno del capo arriva l'okay.

«Kampai!» ci dice il cameriere, versando il vino nei rispettivi calici.

«Kampai!» diciamo noi due, alzandoli e brindando al nostro futuro.

In albergo

In albergo a Milano non ero mai stata ma il Four Seasons è carino e poi abbiamo dovuto per forza visto che non lo possiamo più fare in ufficio sulla scrivania e a casa sua c'è ancora la moglie e a casa mia non se ne parla ma presto molto presto avremo una casa tutta nostra e poco fa abbiamo fatto il bagno nella jacuzzi cosa che mi ha molto rilassata e adesso eccoci a letto e oh mio dio vuol farlo di nuovo a modo suo ecco piano ti prego piano lo so tu preferisci così ma per me all'inizio è parecchio doloroso ahia oh ahia lui non vuole che parliamo mentre lo facciamo e vuole farlo al buio ahia oh mio dio oh a me comunque non spiace perché così posso anche toccarmi la clito cosa che chissà perché a luci accese mi frena sempre un po' ecco ah ecco ah di solito gli uomini preferiscono vedere vedere vedere voglio dire a volte la cosa può essere ahia un filo imbarazzante metti che una non ha fatto in tempo ad andare dall'estetista ahia Niccolò piano ecco bravo così Niccolò Niccolò Niccolò sì in fondo piace anche a me farlo in questo modo animale oh sì così Niccolò in questo modo animale animale animale e poi al buio sì Niccolò sì.

Apericena

«Do you remember quando il marrone era il nuovo nero? Be', tienti forte, Gaia. L'uomo è la nuova donna.»

Con Ilaria e Solaria siamo sedute a un tavolo nella lounge room del Lotus in via Monte Grappa, dove un tempo c'era la scuola di moda Marangoni. Il locale, che abbiamo scelto per non imbatterci nel solito stuolo di minorenni estoni o lettoni o lituane o ceche o polacche o serbe o russe o comunque slave altissime biondissime magrissime, è affollato di broker e sedicenti tali che sotto la luce calda dei lampadari se la viaggiano una cifra sparandosi pose a gogò nel tentativo di attirare l'attenzione delle femmine perlopiù autoctone presenti, tra cui mi pare di aver individuato Daria Bignardi e Alessia Marcuzzi, che palesemente s'ignorano. Le due che ho di fronte, al momento entrambe di nuovo single e alle prese con i rispettivi Margarita, muovono le rispettive testoline a tempo con *Far l'amore* di Raffaella Carrà remixato da Bob Sinclar e stanno cercando di convincermi che gli uomini veri non esistono più.

«Mi spiace, ragazze, ma non sono d'accordo con voi» dico, avvicinando alle labbra il mio Cosmopolitan.

«Figa, oggi gli uomini non si limitano più a farsi la lampada o i colpi di sole, si depilano gambe, braccia, torace, inguine, sopracciglia, si truccano gli occhi, si spalmano di creme e unguenti e fondotinta, si riempiono di profumo, si fanno tatuaggi tribali al fondo della schiena e ritocchi vari dal chirurgo, se calciatori si mettono pure il cerchietto, cosa che negli ultimi tempi ha contagiato perfino i rugbisti, dico i *rugbisti*, non so se mi spiego, e non escono di casa se prima non hanno passato almeno un'ora davanti allo specchio, che poi è il loro esercizio preferito in palestra» sentenzia Solaria. «Più donne di così, figa...»

«And also, ormai piangono senza pudore e nella family abdicano regolarmente al ruolo di daddy: Elton John per esempio è appena diventato mamma, proprio come Gianna Nannini. Ma non c'è solo lui. Rispetto a quando eravamo teenager» si stringe nelle spalle Ilaria, guardandosi attorno e abbassando la voce «i gay sono aumentati in misura esponenziale, believe me.»

«Questo è perché siamo a Milano, cara, che è pur sempre la capitale della moda» le faccio notare.

«Figa, Milano è Milano, e va bene. Ma ormai gli uomini di una volta non li trovi più nemmeno in Sardegna. Hai presente il giro di Lele Mora? Figa, al giorno d'oggi perfino i pastori sognano di stare a bordo piscina e fare calendari in veste di tronisti. E poi, figa, non ci hai sempre detto che tra te e Matteo il sesso era un problema, che lui è totalmente disinteressato?»

«Sì, certo. Infatti con Matteo siamo al capolinea anche per questo. Ma Niccolò è tutta un'altra cosa, credetemi. Lui sì che è un vero uomo.»

«Be', okay, rispetto al tuo hubby lui ti coccola e ha mille attenzioni ed è sempre very present... ma in bed?»

«A letto è... maschio, ragazze. Molto maschio. Molto ma molto maschio.»

«Figa, del tipo?»

«Avete presente le invasioni barbariche?»

«Che c'entra lady Bignardi?»

«Già, che c'entra la Daria?»

«Niente. Volevo solo dire che a letto è... una specie di unno, tutto lì» mi limito ad aggiungere, per tenerle un po' in sospeso.

«Come on! Ti picchia? È un maniaco dello spanking?»

«No» dico, sorseggiando il mio Cosmopolitan.

«Figa, non dirmi che vuole essere picchiato?!»

«Macché.»

«Allora... let me think... ti imprigiona alla testiera con un paio di manette Agent Provocateur rivestite di piume rosa very very gorgeous?»

«Nemmeno» sorrido maliziosa.

«Figa, dimmi che te la lecca fino a farti svenire.»

«No» scuoto la testa, «anche se ammetto che... sì, insomma, Matteo non me l'ha mai leccata e a questo punto mi piacerebbe provare l'effetto che fa. No, Niccolò ha... una sua passione speciale.»

«Ovvero?»

«Be', gli piace prendermi da dietro... perché evidentemente gli garba il mio...»

«Didietro?»

«Esatto. Dice che lo... eccita da paura.»

«What the fuck!» esclama Ilaria. «E di' un po', piccina, do you like it?»

«Già» s'interessa Solaria, «ti piace?»

«Be', passato lo shock iniziale... non ne vado proprio pazza... però è comunque un passo avanti, rispetto allo zero assoluto di Matteo. Ma non parliamo solo di me. Tu per esempio, Ilaria» dico aggiustandomi la gonna Chloé sulla poltrona rivestita di velluto marrone, «com'è che ti sei mollata col tuo artista diciannovenne?»

«Oh, drop it. Era in scimmia pure lui col confettino blu.»

«Nooo» esclamiamo io e Solaria. «A quell'età?»

«Si è difeso sostenendo che lo fanno tutti i suoi coetanei. Crazy, no? Ma anche se fosse vero, mi ha very very delusa.»

«Figa, lo vedi com'è?» mi fa Solaria. «Oggi perfino i diciannovenni hanno bisogno di additivi per fare gli uomini.»

«Forse in passato avrei dovuto mettere qualche confettino blu nei piatti di Matteo» mi stringo nelle spalle. «Ma prima avrei dovuto imparare a cucinare qualcos'altro, a parte i marshmallow.»

«Cucinare? Never ever!» esclama Ilaria.

«A noi donne in carriera ci salva il Salumaio di Montenapo!» ghigna Solaria.

«A proposito, lo sapete che l'hanno sfrattato?»

«No?!» si mette le mani nei capelli Ilaria. «Tragedy!»

«Tranque, ragazze, tranque» ci fa Solaria, pestando con la cannuccia il suo Margarita. «Il Salumaio l'hanno sfrattato, è vero, ma comunque resterà in zona. Pare si trasferisca in via Santo Spirito o in via Gesù, nel cortile di palazzo Bagatti Valsecchi.»

«Davvero?»

«Dalla prossima primavera, credo.»

«Thanks God!»

Mentre loro continuano a parlare mi eclisso un istante e vado ai bagni. Mi specchio. Dio mio. Se non sto attenta a quello che mangio finirò per ridiventare com'ero quando aspettavo Elettra. Tutta quella cellulite. Dopo il parto ho cercato con tutta me stessa di tornare quella di prima. Ma da quel che vedo non ci sono ancora riuscita. Entro nel primo séparé libero. Mi caccio due dita in gola. Vomito. Dopodiché mi ricompongo e torno nel locale. Nello specchietto Chanel controllo che i capelli e il resto siano a posto. L'iPhone attacca a vibrare sul tavolino di cristallo. Mia madre. Lo ignoro, e sbircio il profilo di Niccolò su Facebook. Dice sempre INNAMORATO.

«Sto pensando di iscrivermi a un corso di yoga sex» cambia argomento Ilaria.

«Figa, che roba è?»

«Che ne dite se dopo andiamo all'Atomic?»

Solaria e Ilaria ammiccano a trecentosessanta gradi nella speranza di intercettare lo sguardo di qualche broker o pseudo tale.

«Milano? È tutta un circo» dice una pierre dietro di noi.

«Ma tu quanto paghi d'affitto?»

«Viaggi in programma?»

In auto

In auto, una volta uscita dall'Atomic un filo sbronza, mi accendo una sigaretta e penso. Penso che alla fine ho fatto bene a sfanculare quel finto broker che mi si era appiccicato addosso fin dal Lotus. Penso che comunque l'Atomic continua a essere un posto di tendenza. Penso che però col fatto che lo è c'era la solita Milano fighetta. Penso che la musica era alternativa ma alternativa figa. Penso che di sicuro non ho capito bene quando mi è sembrato che Solaria e Ilaria mi hanno detto di essersi appena fatte rifare la figa scegliendo il modello Victoria Beckham. Penso che avrei dovuto bere di meno visto che come al solito con Ilaria e Solaria abbiamo saltato la cena. Penso che saltare tutti questi pasti per rimanere nella taglia trentotto forse non mi fa bene. Penso che dopotutto, come ho letto su "Vanity Fair", anche Crystal Renn si è lasciata alle spalle i suoi problemi legati all'anoressia e adesso fa la modella per taglie forti e porta addirittura la quarantadue. Penso che ho trentotto anni e forse dovrei imparare a cucinare. Penso che se non ho mai imparato a cucinare è per colpa di mia madre. Penso a tutte le volte che lei mi ha costretta a mettermi ai fornelli fin da bambina malgrado fosse un'ex indossatrice e detestasse la cucina. Penso al tono con cui mi ordinava fai questo fai quello. Penso al disgusto che avevo per gli ingredienti che lei mi obbligava a prendere e toccare e impastare. Penso alla sua faccia immancabilmente schifata quando assaggiava le cose che mi aveva imposto di cucinare.

Penso alle occhiate che mi lanciava pulendosi la bocca con un pezzo di Scottex quando stavamo a Brera o con un tovagliolo Armani Casa quando ci siamo trasferite in via Senato. Penso a come mi costringeva a mangiare quello che mi aveva costretto a cucinare. Penso agli sforzi che dovevo fare per non sputarle tutto in faccia. Penso a come lei si abbuffasse regolarmente ogni notte davanti al frigo per poi chiudersi in bagno e vomitare. Penso alla prima volta in vita mia che non ancora undicenne sono corsa *io* in bagno a vomitare. Penso al giorno in cui decisi di non darle mai e poi mai la soddisfazione di imparare a cucinare. Penso al fatto che se non sono diventata anoressica come mia madre e come svariate altre mie compagne di classe che da parte loro non avevano una madre come la mia ma erano ossessionate dalla triade Claudia-Eva-Naomi lo devo solo ed esclusivamente ai marshmallow. Penso a quanto mi piaceva abbrustolirli a fuoco lento. Penso alle scorpacciate di marshmallow che mi facevo tornata a casa da scuola guardando *Beautiful* in tivù. Penso a tutto il tempo che da ragazzina ho passato davanti alla tivù. Penso al giorno che in tivù hanno fatto vedere mio padre. Quante volte è venuto a trovarmi anche dopo il divorzio, per parlare un po' con me... ma io non l'ho mai ascoltato davvero. Al massimo di tanto in tanto ricordo di aver captato una parola, una mezza frase. Cemento. Tangenti. 'Ndrangheta. Assessorato. Orologi. Barche. Mi sono sempre limitata ad annuire, fingendo di prestare attenzione ma in realtà pensando ai fatti miei. Al mio nuovo taglio. Al mio nuovo paio di jeans. Al mio nuovo ragazzo. Riciclaggio, captavo. Concussione. Peculato. Corruzione. Ma poi subito mi perdevo. Best Company, pensavo. Vorrei una felpa Best Company. John Taylor, pensavo. Vorrei baciare John Taylor. Matteo, pensavo. Vorrei sposare Matteo. Così dannatamente figo. Così sfacciatamente ricco. Così intimamente parte dell'inner circle delle grandi famiglie milanesi con casa a Sankt Moritz e Porto Cervo. Un mondo che in teoria avrei dovuto odiare, visto che era il mondo per cui mia madre aveva lasciato mio padre, ma che in realtà, per quanto detestassi ammetterlo, nutriva le mie stesse fantasie, rappresentava il mio stesso orizzonte. Mio padre parlava, parlava, parlava. Estero su estero, diceva. Concorsi truccati. Varianti al piano regolatore. Affaristi eletti dal popolo bue. Cos'altro mi diceva? Vai figlia mia, mi diceva. Tu devi andartene. Via, lontano da questo Paese senza dignità e senza vergogna. Ma per me non erano altro che parole e frasi vuote. Prive di significato. Perché io in testa avevo solo i Duran Duran e il mio Principe Azzurro, destinato a schiudermi con il suo sorriso le porte dorate delle Mille e una Notte. Penso che devo aggiornare il mio status su Facebook e ricordarmi di dare un'occhiata ai nuovi tweet di Francesca Versace e all'outfit consigliato dal blog The Blonde Salad, ma adesso come adesso non ne ho voglia. Tisana drenante, penso. Biancolatte, penso. Pilates, penso.

Dove sei stata?

«Dove sei stata?»

Quando rientro e incrocio sulla porta Conchita che carica di sacchi della raccolta differenziata e con un livido violaceo sul collo sta uscendo assieme a Elettra, in preda al suo solito tic e dunque intenta a sfregarsi il naso, immagino per portarla da qualche parte, forse al corso di equitazione oppure dallo psicologo, Matteo mi aspetta in soggiorno. È vestito da snowboard dalla testa ai piedi, con la nuova tavola Burton appoggiata alla parete dietro il divano. Infatti sono le dieci di sabato mattina e in teoria dovrebbe essere a Sesto San Giovanni a fare snao. Ma invece è qui.

«Che te ne importa?» dico, buttandomi sul primo divano in stile La Cosa e accendendo la tivù sul World Fashion Channel. La replica di una sfilata autunno inverno di finti boscaioli DSquared2. Tutti palesemente gay. Spengo.

«Me ne importa perché fino a prova contraria sono ancora tuo marito.»

«Ma va'?»

«Ti sei di nuovo fatta sbattere da quel bastardo o scopi così a muzzo col primo che capita?»

«No. Sono uscita con Ilaria e Solaria.»

«Ma per favore.»

«Se vuoi puoi chiamarle» gli dico beffarda, porgendogli l'iPhone. «Abbiamo fatto l'apecena al Lotus e poi seratina all'Atomic.»

«Seratina un po' lunghetta, considerato che sono le dieci del mattino.»

«Ma chi sei? Mio padre?»

«No, tuo marito, te l'ho già detto. E già che ci siamo ti ricordo che hai anche una figlia.»

«Ah ah ah, mi ricordi che ho anche una figlia! Proprio tu, che la chiami vampira e te ne freghi. Come di me, del resto.»

«Non me frego, io, di mia figlia. E nemmeno di te. Sennò non sarei qui ad aspettarti.»

«Bravo! Complimenti» esclamo, abbozzando un applauso. «Ma se sono anni che non sai nemmeno che esistiamo e sparisci ogni weekend con i tuoi amici. Se te ne fregasse davvero qualcosa di noi per cominciare mi spiegheresti come siamo messi coi soldi.»

«Cos'è, ti ha istruita l'avvocato?»

«Non ci ho ancora parlato, con un avvocato. Preferirei parlare con te, prima. Solo che non si può.»

«Stiamo parlando, mi pare.»

«Ottimo. Allora dimmi come siamo messi coi soldi.»

«Non bene. Ma non è colpa mia.»

«Ah, no? E di chi è? Mia? Di Elettra?»

«Della borsa. Dei mercati. Abbiamo perso quasi tutti i soldi che avevamo investito. Non li leggi i giornali?»

«No. Però ho occhi per vedere e vedo che anche malgrado la borsa e i mercati alla tavola nuova non rinunci.»

«Oh, ancora con 'sta tavola. Ma cosa credi? Sai quanto spendiamo ogni mese per Elettra e la scuola e i corsi e le tate e le au-pair? E sai quanto spendi tu?»

Il mio iPhone attacca a vibrare. Controllo il numero in entrata. Mia madre. Stacco.

«Che coraggio!» esclamo. «Si fa presto in questa casa a rinfacciare! Solo che è abbastanza ridicolo, da parte di uno che per esempio senza la sua razione quotidiana di cocaina non va nemmeno in ufficio.»

«A parte il fatto che come dice il proverbio chi è senza peccato scagli la prima pietra o, se preferisci, da che pulpito, sai bene che *nessuno* a Milano va in ufficio senza cocaina, Gaia. Nessuno.»

«Be', sarà anche vero. Sta di fatto che ormai sei un padre di famiglia, anche se ti conci da ragazzino. Mio padre non si è mai sognato di andare in giro così.»

«Oh, ti prego, risparmiami i soliti paragoni.»

«Non ti conviene, eh?»

«Guarda, al di là di tutto e con tutti i miei difetti, preferisco non somigliare a un architetto sfigato con la fissa di piantare alberi e piazzare panchine dappertutto e costruire aree gioco anziché villette a schiera o centri commerciali. Infatti un bel giorno mio padre si è rotto e l'ha spedito.»

«Non è stato tuo padre a spedirlo. È stato mio padre ad andarsene.»

«Libera di crederci. Sta di fatto che aveva ragione mio padre. Milano ormai è tutta sua, e dire che è partito dalla riqualificazione della Bicosa.»

«Già, e poi ha...» cerco di ricordare che cosa mi ha detto un milione di volte mio padre. «Cementificato, sì, tutta la Brianza e la Liguria e un bel pezzo di... Veneto, e poi metà Sardegna, e... e ha fatto lo Zen a Firenze e le Piagge a Scampia e le Vele a Palermo. Tutti quartieri modello, giusto?»

«Ma taci, va', non sai nemmeno di che parli. Comunque certo, puoi ben dirlo. Quartieri modello. Progettati da fior di architetti per il bene del proletariato.»

«E tu ci vivresti?»

«Che c'entra? Mica sono un proletario, io. Anche se mi sa che sto per diventarlo.»

«Che vuoi dire?»

«Oggi a mio padre ho chiesto un prestito, ma dice che mi sono già mangiato i soldi dell'eredità all'epoca del mio anno sabbatico dopo la Bocconi, che secondo lui è durato un po' troppo.»

«Be', uscivamo già assieme e se non sbaglio gli anni sabbatici sono stati cinque.»

«Avete la memoria lunga, tu e quel vecchio taccagno.»

«E quindi?»

«E quindi stavolta il prestito non me lo fa» mormora. E a un tratto attacca a frignare, anzi, si mette proprio a piangere. «Mi ha anche detto... che se mi azzardo ancora... a chiedergli dei soldi... oltre a quelli che mi passa con lo stipendio... mi licenzia... che tanto... un agente immobiliare... migliore di me... lo trova di sicuro... tu mio padre non lo conosci... è capace di questo e altro» singhiozza.

«Tuo padre a me non è mai piaciuto, e tu lo sai. Ma se si è stufato di foraggiarti mi sembra che non si possa fargliene una colpa. In fin dei conti hai più di quarant'anni, o sbaglio?»

Lo fisso negli occhi. Lui si asciuga le lacrime e abbassa lo sguardo.

«Matteo, dimmi sinceramente come stanno le cose.»

«Stanno che...» esita, asciugandosi le lacrime.

«Stanno che?»

«Stanno che non ci sto un cazzo dentro... siamo nella merda, credo» e attacca di nuovo a piagnucolare.

«In che senso, scusa?»

Si alza, afferra la tavola.

«Matteo!»

Lo seguo con gli occhi fuori dal soggiorno.

«Matteo, dove vai?»

«Oh, stai manza. Oggi è sabato. Lo sai che nei weekend io faccio snao» mi fa lui. Tira su col naso ed esce di casa sbattendo la porta.

L'esame della situazione

L'esame della situazione, mi dico mentre mi immergo nell'acqua calda della jacuzzi a forma di Batmobile. L'esame della situazione. Prendo il bagnoschiuma di Etro che contrariamente alle mie abitudini ho sottratto al Four Seasons perché sapevo che mi avrebbe ricordato Niccolò, e ne verso un bel po' nella vasca. Quindi inspiro a fondo e chiudo gli occhi. L'esame della situazione, mi ripeto. Devo fare l'esame della situazione e prendere in mano le redini perché qui altrimenti non andiamo da nessuna parte. Forse Ilaria e Solaria hanno ragione. Proprio come qualche stagione fa il marrone era il nuovo nero, oggi l'uomo è la nuova donna. Però, senza palle. Ragion per cui fare l'uomo tocca a me. Come si può a quarant'anni suonati andare a fare snowboard conciati da adolescenti dopo aver ammesso di fronte a se stessi e alla moglie che la propria famiglia è sull'orlo del disastro? Roba da matti. Qui devo inventarmi qualcosa. Prima di tutto devo studiare meglio quegli incartamenti nello schedario di Matteo. Se solo ci capissi qualcosa. Però per esempio potrei dare un'occhiata agli estratti conto delle varie carte di credito e risalire a come abbiamo speso i nostri soldi. È da lì che si deve partire, no? Tagliando i costi superflui, come in Parlamento. L'altra sera mentre facevo zapping ho intravisto su Sky tg24 che ormai risparmiano su tutto, infatti un carpaccio di filetto al ristorante di Palazzo Madama costa tipo due euro e settantasei, e un piatto di spaghetti alle alici uno e sessanta. A parte il fatto che comunque abbiamo la separazione dei beni e quindi se Matteo ha combinato qualche pasticcio mi spiace ma come si dice sono un po' cazzi suoi. Inspiro a fondo il profumo del bagnoschiuma Etro. Che meraviglia. Mi ricorda il Four Seasons. Mi ricorda Niccolò. Mi ricorda l'ultima volta che ho fatto l'amore con lui. No, a questo punto è inutile cercare di correre ai ripari. Matteo ormai sa di Niccolò. E Niccolò sta mollando sua moglie. Quindi amen. Faccio proprio bene a mollare Matteo e a rifarmi una vita con Niccolò. Elettra capirà. Dio come mi inebria questo profumo. Niccolò. Ho voglia di te. Niccolò. Sì. Ecco. Così. Le tue dita. Tu che giochi con la mia clito. Oh, Niccolò. Oggi ho controllato il tuo profilo su Facebook e diceva sempre INNAMORATO. Sento crescere qualcosa dentro di me, Niccolò. E anche fuori. È come se... una schiuma... profumatissima... mi avvolgesse... tutta.

Oh.

Mio.

Dio.

Sto.

Proprio.

Per.

Ven...

Un momento.

Ma perché sento la schiuma fin nelle narici?

Apro gli occhi.

«CAZZO!»

La stanza da bagno è piena di schiuma! La schiuma del bagnoschiuma Etro! Mi tiro su, cercando di non scivolare nell'enorme bolla che è tracimata dalla jacuzzi a forma di Batmobile coprendo il pavimento e che arrivata all'altezza del lavandino continua a crescere come un blob. Dov'è finito il pulsante di spegnimento della jacuzzi? Non lo trovo più. È tutto una schiuma! E certo che è tutto una schiuma! Non si mette il bagnoschiuma nella jacuzzi! Ma dove ce l'ho la testa?

«CONCHITA!» urlo. «CONCHITA!»

La peruperu non risponde. Ma poi ricordo che poco fa, quando ha finito di passare il battitappeto in tutte le stanze e bagnare le piante e riordinare il soggiorno e lucidare i rubinetti dei bagni e l'argenteria e spolverare i mobili e la cristalleria e stirare e fare il bucato e le pulizie, l'ho vista uscire di casa carica di sacchi per la raccolta differenziata. Con Elettra. L'avrà accompagnata al corso di pugilato. O dallo psicologo. Maledizione. La schiuma continua a crescere! Oh signoriddio! Come faccio a spegnere questa cazzo di jacuzzi adesso?

Così per fare qualcosa

Così per fare qualcosa, mentre in accappatoio aspetto il ritorno di Conchita nella speranza temo vana che la jacuzzi a forma di Batmobile la pianti di fabbricare tonnellate di schiuma, dato che non ho più trovato il pulsante di spegnimento e alla fine sono uscita dal bagno chiudendomi la porta alle spalle, aggiorno il mio status su Facebook digitando: DISTRATTA, e subito twitto: OH MIO DIO QUANTO SONO DISTRATTA. Dopodiché, anche se sono tentata dal dare un'occhiata agli ultimi tweet di Francesca Versace e al blog The Blonde Salad così da vedere qual è l'outfit consigliato per oggi, torno nello studio di Matteo dove recupero le scartoffie con gli estratti conto eccetera, e su un divano in stile La Cosa comincio a scorrere in soggiorno le voci di addebito sulle note riassuntive delle varie carte di credito. Vediamo per esempio... la Visa di lui dello scorso mese di... dicembre. Allora:

Sport Mission Milano 1.492,90 euro
Nobu Milano 270,36 euro
SnowSurfSkateTeam Milano 890,45 euro
Pedro Snowboard Milano 750,99 euro
Radetzky Milano 110 euro

Continua così per altre due pagine. Vabbè. Ho capito. Vediamo la sua American Express... sempre di dicembre.

Esso Sesto San Giovanni 150,18 euro
Armani Privé Milano 220,54 euro
Settimo Snowboard Settimo Milanese 340,81 euro
Noon Milano 880 euro
Sport Mission Milano 605,27 euro

Continua così per un'altra pagina e mezza. Vabbè. Ho capito. Vediamo la mia MasterCard di... dicembre, anche questa. Allora:

Radetzky Milano 110 euro
Nobu Milano 220,81 euro
Il Salumaio Milano 412,18 euro
10 Corso Como Milano 840,09 euro
Chloé Milano 2.350 euro
Céline Milano 4.170,45 euro
Marc Jacobs Milano 75 euro

Un momento, ma come ho fatto a spendere solo settantacinque euro da Marc Jacobs? Che ho comprato per settantacinque euro? Deve esserci un errore, per fortuna a mio favore. Speriamo speriamo speriamo. Ah, no. Ora ricordo. È stata quella volta che... mi sono presa solo il beauty fucsia di Marc by Marc Jacobs perché per il resto avevo già tutto. Okay. Dato che l'elenco prosegue così per altre due pagine, prendo il resoconto della mia Visa:

Il Salumaio Milano 412,54 euro
Radetzky Milano 110,63 euro
Atomic Milano 215 euro
Prada Milano 3.200 euro

Cos'era? Una borsetta, nello store di via Sant'Andrea. Ricordo ancora la botta d'adrenalina pazzesca al momento dell'acquisto. Proseguo:

Agent Provocateur Milano 325,27 euro
Il Salumaio Milano 412,99 euro
Mondadori Milano 10 euro

Mondadori Milano? E che ci sono andata a fare da Mondadori? Va bene che vendono anche riviste di moda, ma per quelle di solito vado da Armani in via Manzoni. Un momento. Non vorrei che mi avessero addebitato per errore l'acquisto di un altro cliente. O che qualcuno mi avesse sottratto gli estremi della carta di credito e la stesse usando a mia insaputa. Mondadori Milano? Dieci euro? Non è poss... aspetta. Non sarà mica... ci sono, ci sono: è stato quando ho comprato quel libro, che credevo fosse la biografia di Irene Grandi... *Bruci la città*... e che poi invece era un romanzo illeggibile, pieno di parolacce ma soprattutto di pagine stampate uguali identiche tre o quattro o cinque volte, gliel'ho anche portato indietro spiegando che era fallato e la commessa gentilissima ha controllato le altre copie che aveva in negozio ma tutte avevano lo stesso difetto di stampa con quelle pagine che tornavano uguali identiche... Rob de matt, diciamo noi a Milano. Alla fine l'ho lasciato su una panchina del metró in San Babila, credo che il book-crossing funzioni così. Ma andiamo avanti. Passo al resoconto della mia Diner, questa volta di gennaio:

Moschino Milano 812,54 euro
Il Salumaio Milano 412,63 euro
Radetzky Milano 110 euro
Alberta Ferr...

Vengo interrotta dalla vibrazione dell'iPhone, posato sul tavolino a forma di scudo di Capitan America. Controllo il numero in entrata. Mia madre. Stacco. Ma... da quando in qua la schiuma passa sotto le porte?

Per fortuna

Per fortuna Conchita è tornata appena in tempo, carica di borse della spesa: Elettra oggi era dallo psicologo, non al corso di pugilato, e così nel giro di un'ora e mezza erano a casa. Non appena mi ha vista che in soggiorno cercavo di aspirare la schiuma con l'aspirapolvere, la mia preziosissima peruperu ha capito al volo il problema ed è corsa a staccare l'interruttore della luce, chetando la maledetta jacuzzi. Peccato solo che subito dopo si sia licenziata anche lei come le altre: non per via della schiuma, ma a causa di Elettra, che quando è uscita dalla seduta con lo psicologo ha cercato di staccarle a morsi un'orecchia. Aveva già fatto cose simili in passato con quella filippina minuta e gentile, Bonita, e poi con l'altra peruperu, Chiquita, e prima ancora con tutte le varie Evita, Pepita, Rosita, Marita, Danita, Tarita, Chupita, chi se le ricorda. Ho cercato in ogni modo di convincere Conchita a tornare sui suoi passi, tra l'altro promettendole una mezza giornata libera in più la settimana e aiutandola a medicarsi visto che è senza permesso di soggiorno e non si fida ad andare al pronto soccorso, ma non c'è stato nulla da fare. Mi ha mostrato il livido violaceo sul collo, i graffi sulle braccia e sulle gambe, le unghie di una mano che avevo pensato fossero viola di smalto e che invece Elettra a quanto pare le ha chiuso apposta in una porta, e insomma alla fine dopo aver ripulito non so come dalla schiuma il soggiorno, il corridoio, la sala da pranzo e il bagno padronale ha preso le sue cose nella stanzetta dove ospitiamo le ragazze, che in origine era un ripostiglio, ma abbastanza spazioso e molto silenzioso grazie al fatto che è senza finestre, e con una buonuscita di cinquanta euro che per lei sono una piccola fortuna se n'è andata. Quindi ho chiamato Niccolò, per sentire come stava e per sapere se avesse sistemato le cose con sua moglie, ma lui non mi ha risposto. Sarà stato in conference call. Tra l'altro, devo ricordarmi di andare da un avvocato per capire come muovermi per farmi reintegrare al lavoro. Ma dato che è sabato, bisogna rimandare a lunedì. Cheppalle. Mi sa che intanto dovrò dire a Elettra che al momento siamo rimasti senza tata. Immagino che stasera toccherà a me leggerle le favole, prima che si addormenti. Sull'iPhone aggiorno il mio status su Facebook: IN ANSIA e subito twitto: OH MIO DIO QUANTO SONO IN ANSIA. Dopodiché imposto sul cellulare la funzione "chiamata anonima", e chiamo Matteo. Una prima volta non risponde. Riprovo. Zero. Riprovo ancora. Ciccia. Riprovo di nuovo.

«Bella zio, chi sei?»

«Tua moglie.»

«Gaia, in questo momento sono in riunione» mi attacca il telefono.

Rifaccio il numero.

«Gaia, ti ho detto che in questo momento sono in riunione.»

«Ma se è sabato! E poi in sottofondo sento *Snow* dei Red Hot Chili Peppers.»

La musica cessa di colpo.

«Che vuoi?» mi fa.

«Un'altra tata.»

«Non dirmi che anche questa ci ha mollati.»

«L'ha appena fatto.»

«Be', meglio così. Non ce la possiamo più permettere noi, una tata, coi problemi che abbiamo.»

«Eh no, caro. Problemi di soldi o no, io ho bisogno di una tata. Cioè, Elettra ha bisogno di una tata.»

«Stammi a sentire, potevo capire prima, quando lavoravi, se così si può dire.»

«Che vuoi insinuare?»

«Niente. Comunque: prima che lavoravi la tata ci stava. Ma ora che non lavori più e che siamo messi come siamo, che senso ha prenderne un'altra?»

Segue un lungo momento di silenzio.

«Io...» esito. «Io non ci sto dentro... non ho idea di come si faccia... a crescere una figlia, Matteo. Specialmente una figlia come la nostra. Ecco perché anche se non lavoro più ho bisogno di una tata.»

«Gaia, se vuoi una tata disposta a occuparsi al posto tuo della vampira trovati qualcun altro che ti passi uno stipendio e pagatela. Ciao.»

Riattacca.

Che faccio? Mi sa che mi tocca parlarne con Elettra. Spiegarle che almeno per ora non possiamo permetterci una nuova tata non sarà facile. Le abbiamo sempre dato tutto ciò di cui aveva bisogno, senza che nemmeno dovesse chiedercelo. Ma ormai è grande. Capirà. Inspiro a fondo. Mi dirigo verso la sua stanza.

Quando entro piano piano, dopo aver bussato più volte senza ottenere risposta, noto una serie di poster alle pareti. Poster del vampiro di *Twilight*, Robert Pattinson, che hanno sostituito i precedenti con Harry Potter, Saetta McQueen e la Pimpa. In teoria, e anche in pratica, so di non doverla sgridare per il fatto che Conchita ci ha mollati, su questo punto lo psicologo è stato molto chiaro. Mai rimproverarla. Per nessun motivo. La guardo. Elettra, che contrariamente alle regole steineriane sta giocando ad Angry Birds sull'iPad con una cuffietta dell'iPod infilata in un'orecchia e una cuffietta dell'iPhone infilata nell'altra, le lenti a contatto rosse puntate come due visori notturni, si sfrega il naso ma non alza gli occhi dallo schermo. Indossa il chiodo nero. Devo riuscire a farmela amica. Ma come? Ho paura di sbagliare l'approccio. Di usare parole che potrebbe non gradire. Forse prima avrei dovuto consultare il forum www.mammenellarete.it. Troppo tardi.

«Che ne dici» esordisco, «ti va se parliamo un po'?»

Non mi risponde.

«Dài, che così diventiamo amiche» le sorrido.
Niente.
«Pensa che da ragazzi io e tuo padre avevamo i tuoi stessi identici problemi.»
Zero.
«È normale alla tua età pensare che i tuoi genitori siano distanti e non possano capirti.»
Macché.
«Poi però, quando diventerai genitore a tua volta, capirai che non è così.»
Nessuna reazione.
«Se vuoi possiamo anche parlare di ragazzi.»
Non batte ciglio.
«O di sesso» azzardo.
Sospira.
«Oppure di canne.»
Aggrotta la fronte.
Ecco. Forse ci siamo. Prima ha sospirato, poi ha aggrottato la fronte. Potrò sbagliarmi, ma si è aperto uno spiraglio. Devo aver toccato due argomenti che per qualche motivo la interessano. Ora basta trovare le parole giuste. Che le dico?
«Da ragazzi, quando ci siamo conosciuti, io e tuo padre all'inizio facevamo solo petting. Hai presente?»
Inarca le sopracciglia.
«E ci fumavamo cannoni incredibili. Figurati che avevamo messo su una vera piantagione, sai? Sul terrazzo della nonna, in via Senato.»
Strabuzza gli occhi.
«Noi, prima che essere tuoi genitori, noi siamo tuoi amici, Elettra.»
Mi lancia uno sguardo obliquo da dietro i brufoli.
«E voglio che tu sappia che non abbiamo pregiudizi contro l'uso di certe sostanze. Tutti i creativi le usano, e a noi piacerebbe moltissimo se tu un giorno diventassi una creativa.»
Mette su una faccia come a dire ma questa che vuole.

«Ecco perché io e tuo padre abbiamo scelto di mandarti alla scuola steineriana. Vedi, nella formazione steineriana non c'è traccia di nozionismo.»

Elettra, digrignando i denti, torna a concentrarsi su Angry Birds.

«E questo dovrebbe portare a uno sviluppo ottimale della personalità e delle componenti umanistica, scientifica, culturale oltre che artistica dello studente.»

Elettra continua a giocare, digrignando i denti e sfregandosi il naso.

«Inoltre non sono previste bocciature o altri rallentamenti nel percorso scolastico, poiché l'insegnamento è in relazione all'età dell'alunno.»

C'è da dire che con i pollici è davvero brava, malgrado alla Steiner non le permettano di usare questi aggeggi.

«Comunque non sono qui per parlarti di questo. In realtà, volevo dirti che...»

Mi arriva un sms sull'iPhone. Do un'occhiata. Niccolò. Leggo: MIA MOGLIE HA SCOPERTO TUTTO NON MI CHIAMARE PIÙ.

Niccolò!

«Niccolò!»

Si guarda attorno. Non mi vede.

«Niccolò! Sono qui!»

Abbassa gli occhi. Scruta una per una tutte le auto parcheggiate lungo il marciapiede di corso Venezia. Vede la mia. Vede me. Si guarda di nuovo attorno con l'aria di uno in sbattimento totale. Tira dritto.

«Niccolò, dove vai?»

Scendo dalla mia Range Rover Evoque. Malgrado lui abbia accelerato il passo e nonostante il tacco dodici, lo raggiungo.

«Niccolò, ma perché mi eviti?»

«Gala, abbi pazienza ma non ho tempo, sono reduce da una conference call con Dubai e ora devo andare alla Fondazione Prada dove ho appuntamento con un rampollo della famiglia Gancia per chiedergli se possono farci un mille litri di brut analcolico, perché con lo champagne non se ne esce...»

«Sono due giorni che non rispondi alle mie chiamate e ai miei messaggi. Si può sapere perché?»

«Perché mia moglie ha scoperto tutto di noi e dobbiamo chiudere.»

«Dobbiamo chiudere? Ma non mi hai sempre detto che non vedevi l'ora di lasciarla e che se solo fossi stata libera l'avresti fatto?

Anzi: non mi avevi detto che dopo che Matteo ci aveva sgamati lo *avevi* fatto?»

«Volevo farlo, Gaia. Sul serio. Ci ho provato. Ma poi lei... lei... lei...» Torna a guardarsi attorno senza diminuire l'andatura. «Tu non la conosci!» si mette a frignare. «Se mi becca che parlo con te sono cazzi.»

«Ma Niccolò! Io con Matteo mi sono praticamente lasciata ormai...»

«Già. *Praticamente*, eh?»

«Senti, stasera quando torna a casa lo lascio e stop. Ma tu non puoi non lasciare tua moglie. Me lo hai promesso.»

Alza una mano nel tentativo di fermare un taxi di passaggio, ma non siamo a New York e il tassista lo ignora.

«Niccolò, prima ho controllato il tuo profilo su Facebook e c'è sempre scritto INNAMORATO! Non ti ricordi quando parlavamo di mettere su casa assieme?»

«È stato molto bello, Gaia» sospira, asciugandosi le lacrime.

«E allora perché non lo facciamo?»

«Perché siamo due adulti responsabili... e perché tu hai una figlia... e anch'io... e non possiamo non assumerci le nostre responsabilità nei loro confronti... e poi io a casa ho una montagna di libri di moda e design... e se lasciassi mia moglie dovrei pagarle gli alimenti... e non potrei mai permettermi un'altra casa abbastanza grande da contenere tutti i miei libri di moda e design... e...»

A un tratto ci troviamo nel bel mezzo di un gruppone di modelle altissime magrissime biondissime dirette a una sfilata o a un casting e per un istante lo perdo, ma poi ce le lasciamo alle spalle e io lo aggancio nuovamente e gli dico:

«Ma Niccolò! Saremmo in due a lavorare.»

«Gaia, tu al momento non lavori e comunque il discorso è chiuso» tronca lui, tirando su col naso. «Mia moglie è stata categorica, non vuole che tu e io ci si veda ancora, nemmeno per sbaglio.»

«Per sbaglio? Lo sbaglio l'ho fatto io, a pensare che tu fossi diverso dagli altri!» sbotto, fermandomi quando ormai siamo in Porta Venezia.

Lui prosegue senza aggiungere nulla, e io me ne resto lì come una cretina a guardarlo, finché il gruppone di modelle non mi fagocita di nuovo e lui non si eclissa dietro la sagoma di un autobus. Mi verrebbe quasi da piangere, non fosse che piangere è una cosa da uomini, e per quanto mi riguarda non si fa.

Psicanalista

AMORE DOMATTINA VADO A DUBAI PER CHIUDERE IL CONTRATTO PER IL LANCIO DEL NUOVO TRILLIONAIRE MA PRIMA DI PARTIRE LASCIO MIA MOGLIE. TI CHIAMO AL PIÙ PRESTO. N.

Rileggo l'sms di Niccolò mentre salgo in ascensore dalla psicanalista. Ma che succede? È impazzito? Prima mi dice una cosa, poi il contrario, poi il contrario del contrario. Poco fa, parcheggiando in corso Buenos Aires, non ho risposto alla nuova chiamata di mia madre e ho aggiornato il mio status su Facebook, digitando BASITA. Dopodiché ho twittato: OH MIO DIO SONO VERAMENTE BASITA. Quanto al profilo di Niccolò, continua a proclamare: INNAMORATO. Alzo lo sguardo dallo schermo dell'iPhone. Eccomi nello specchio. Rughe della bocca o pieghe d'espressione? Mah. Esserci ci sono, ma tutto sommato mi sembrano ancora sotto controllo. O no? Forse. Crema? Crema. Devo assolutamente procurarmi una crema. Una crema per le rughe della bocca o pieghe d'espressione che siano. Specifica. Dopotutto ho trentotto anni ed è giunto il momento che mi occupi di queste cose. Chirurgia no. O almeno non lì. Non voglio ritrovarmi tirata con gli angoli delle labbra che toccano i lobi delle orecchie. Però... e se mi facessi rialzare i glutei? Me li guardo mettendomi di tre quarti. Li stringo. Quand'ero ragazza erano alti come quelli di Naomi. Tondi. E sodi. Niccolò a dire la verità apprezza quello che c'è. Ma comunque non lo farei per lui. Lo farei per me. Per sentirmi... non lo so... più sicura, ecco. Però senza esagerare. Mica come Jessica Simpson. Devo ricordarmi di dare un'occhiata agli ultimi tweet di Francesca Versace e agli outfit consigliati dal blog The Blonde Salad, il mio unico punto di riferimento in questo mondo così confuso, specie ora che George Clooney pare avere smentito ogni legame con la campionessa di wrestling ma non dà segno di avere mezza intenzione di tornare con Elisabetta Canalis. Tisana drenante. Biancolatte. Pilates.

La porta dell'ascensore si apre. Suono il campanello. Uno scatto. Metto piede nell'ingresso. Prima o poi dovrò decidermi a parlare di mio padre. E del mio blackout.

«Buongiorno Gaia» mi sorride dall'uscio del suo studio la dottoressa Kullmann.

«Buongiorno dottoressa» le sorrido a mia volta, spegnendo il cellulare.

«Prego, si accomodi.»

«Grazie.»

Mi sdraio sul lettino. Sento la dottoressa Kullmann sedersi alle mie spalle. La mia ora di cinquanta minuti è iniziata.

«Bene, Gaia. La ascolto.»

Ero venuta qui con l'intenzione di spiattellarle gli ultimi sviluppi della mia storia con Niccolò, ma l'sms di poco fa mi ha confusa non poco. Che dico?

«Ehm» tossicchia la dottoressa Kullmann.

«Dunque... sì, vede, mia madre ha ricominciato a perseguitarmi. Cioè, in realtà non ha mai smesso, ma in certi periodi mi chiama veramente di continuo. L'ha fatto quando mi sono fidanzata con Matteo, quando ho deciso di sposarlo, quando abbiamo messo su casa, quando ho cominciato a lavorare alla Eventi Avanti, quando sono rimasta incinta di Elettra, quando è nata, insomma in tutti i momenti importanti della mia vita. E dire che io non la cerco mai. Anche perché da parte sua non ho ricevuto altro che rimproveri.»

Aspetto che la dottoressa Kullmann mi dica qualcosa, ma lei tace.

«Pensi che quand'ero bambina cercavo di stare in casa il meno possibile, perché in sua presenza mi sembrava sempre di fare qualcosa di sbagliato. Quando me la ritrovavo di fronte avevo perfino paura di muovermi. Se facevo una cosa in un certo modo, sbagliavo. Se la facevo al contrario, sbagliavo ancora. Se non la facevo, sbagliavo lo stesso. Per tutta l'infanzia e l'adolescenza sono vissuta con un'angoscia senza nome. Sapevo che da un momento all'altro lei avrebbe trovato un nuovo motivo per sgridarmi, per farmi sentire un'incapace. Ho sempre pensato che era per colpa mia se lei aveva dovuto rassegnarsi al fatto che non la facevano più lavorare come modella. La gravidanza per lei era stata l'inizio della fine. Niente più foto sulle riviste. Niente più sfilate.»

Aspetto che la dottoressa Kullmann mi dica qualcosa, ma lei tace.

«Io dovevo sempre essere in ordine. E magra. Ricordo che mi ha sempre razionato il cibo. Non mi toglievo mai la fame. Se mi beccava che aprivo la dispensa scattavano le punizioni. Però pretendeva che imparassi a cucinare. Mi costringeva letteralmente ai fornelli. Poi, quando assaggiava quello che avevo preparato, metteva su un'aria schifata e mi obbligava a mangiarlo. Dopodiché la sentivo alzarsi ogni notte per andare a svuotare il frigo e a ruota a vomitare. Mi dica lei se non mi è toccata una madre... contorta. A me piaceva tanto il Moncler arancione, che alcune mie compagne di scuola avevano già, e che però all'epoca costava parecchio. A casa nostra non giravano molti soldi, ma un Natale mio padre me l'ha regalato, aveva appena ricevuto una specie di buonuscita dal padre di Matteo nel momento in cui se n'era andato dalla società. Un giorno che lei mi ha trovato dei tegolini del Mulino Bianco nello zaino me l'ha preso e l'ha tagliato in mille piccoli pezzi con un paio di forbici.»

Aspetto che la dottoressa Kullmann mi dica qualcosa, ma lei tace.

«Per quel che ricordo stavo bene solo d'estate, in colonia, dalle suore. Era una colonia marina, in Liguria, nel savonese. Lì, malgrado le giornate fossero scandite da orari e doveri precisi, messe e preghiere e pasti comuni e gite nell'entroterra, c'erano altre ragazzine della mia età con cui parlare, per esempio dei Duran Duran, e mi sentivo finalmente libera... libera dal controllo di mia madre, dal suo sguardo, dalle sue manie, dalle sue parole di rimprovero... nessuno mi trattava come un'incapace...»

Aspetto che la dottoressa Kullmann mi dica qualcosa, ma lei tace.

«Sono stata davvero molto sola fino al liceo, dove per fortuna ho conosciuto Solaria, con cui sono amica ancora oggi anche se col tempo devo dire che il nostro rapporto si è fatto più superficiale. Comunque fino a quando non ho avuto quattordici anni qui a Milano non uscivo praticamente mai se non per andare a scuola, non sapevo nulla del mondo. Mia madre non mi permetteva di frequentare le mie compagne di classe, perché secondo lei anche se facevano ancora le medie erano già tutte delle poco di buono. Quando poi un paio di loro abortirono in seconda liceo non fece altro che rafforzare queste sue convinzioni.»

«Molto bene» mi fa la dottoressa Kullmann. «La nostra ora è finita. Come d'abitudine, la lascio con una riflessione: anche un orologio fermo segna l'ora giusta due volte al giorno.»

«La ringrazio, dottoressa Kullmann.»

«Sono trecento euro.»

Dato che

Dato che a quanto sembra dobbiamo fare qualche risparmio e che oggi non ho proprio voglia di pensare alla cena, anziché la spesa dal Salumaio di Montenapoleone vado a fare uno spuntino da Maio sul roof garden della Rinascente, che sarà anche cheap e straturistico ma proprio per questo ha il vantaggio di essere un posto dove non si corre il rischio di incontrare nessuno che si conosca. Ho voglia di stare un po' per conto mio e di schiarirmi le idee e poi c'è una gran vista sulle guglie del Duomo e magari l'aria pura che si respira lassù mi aiuterà.

Dire che sono nel pallone dopo l'ultimo sms di Niccolò è poco. Stamattina mi sono chiusa fuori di casa lasciando le chiavi nella toppa ed Elettra, che malgrado sia giovedì non è andata a scuola perché da quello che mi è sembrato di capire sta battendo il suo record personale su Angry Birds, si è rifiutata di aprirmi. Per cui, finché Matteo non torna dall'ufficio, non posso nemmeno rientrare. Come se non bastasse, Solaria e Ilaria mi hanno entrambe dato buca: ci siamo messaggiate almeno un'ora per metterci d'accordo su dove fare l'aperitivo stasera senza riuscirci, una esce troppo tardi dalla maison e l'altra ha per le mani un nuovo toy boy, quanto a Benedetta, che è la più workaholic di tutte, non ho nemmeno provato, e poi da quanto so è alle prese con la separazione dal marito Luca e con l'affidamento del figlio.

Lungo le scale mobili, affollate di ragazzine brufolose come Elettra che hanno bigiato la scuola e turiste degli Emirati cariche di borse Vuitton e Chanel e D&G e Versace ma coperte da burka neri sotto cui di solito nascondono gli acquisti fatti nei sex shop, mi impongo di resistere alla tentazione di entrare da Agent Provocateur e sbarco al quinto piano, dove c'è il reparto alimentari. Alla fine, mi sono imposta di non cercare Niccolò per chiedergli il perché di queste sue giravolte. Il fatto che abbia deciso di lasciare davvero sua moglie è la sola cosa che conti. E dato che si tratta comunque di un passaggio delicato, visto quello che mi ha detto l'altro giorno per strada, ho pensato di non disturbarlo. Inoltre in amore vince chi fugge, per cui ritengo che la tattica migliore sia aspettare che a farsi nuovamente vivo sia lui. Marmellate inglesi Tiptree di fragole di bosco in edizione limitata, deliziose con gli scones e la clotted cream come usa al Ritz di Londra, anche se l'ultima volta che ci siamo stati io e Matteo la qualità lasciava un po' a desiderare. A ventuno euro il barattolo non mi sembrano particolarmente care, ma a dire la verità non ricordo quanto le pago dal Salumaio. Mi sa che d'ora in poi dovrò fare più attenzione ai prezzi delle cose. Magari potrei segnarmeli sull'iPhone oppure fotografarli e poi confrontarli prima di procedere all'acquisto. Vediamo: cioccolatini Lady Godiva trenta euro, tutto sommato mi paiono convenienti. Pasta di Gragnano un chilo cinque euro, praticamente regalata. Avvisto al di là degli scaffali l'Oyster Bar Perrier-Jouët e MySushi. In effetti le ostriche accompagnate da champagne sono una discreta tentazione, mentre di sushi non ho voglia e poi qui giammai. Ma forse è meglio una centrifuga antistress al Juice Bar. Valli a capire, gli uomini. Prima mi dice che l'ha già lasciata quando è tornato a casa dopo la conference call, poi che ha provato a lasciarla ma non c'è stato niente da fare e dunque tra noi è finita, poi ancora che ha deciso di lasciarla prima di partire per Dubai. Ma si può? Sta di fatto che ho una voglia mostruosa di chiamarlo, ma sarà lui a cercarmi e non voglio assolutamente mettergli addosso troppa pressione, ne deve già avere una cifra. E poi, meglio farsi un po' desiderare. Quindi non lo farò. Sto per afferrare d'impulso una confezione di tartufi quando a un tratto focalizzo due cose. Prima cosa: per sedersi nel roof di Maio con vista Duomo bisogna fare una coda della madonna. Seconda cosa: tra i turisti in attesa di sedersi nel roof di Maio con vista Duomo c'è anche la moglie di Niccolò, con la bambina. Le riconosco perché una serie di foto dove sono ritratte in Costa Smeralda fa da salvaschermo del Mac di lui nel suo ufficio, e almeno un paio di volte, quando scopavamo nella pausa pranzo, mi è capitato di dover chiudere il computer giusto per non trovarmele davanti mentre Niccolò mi prendeva da dietro dopo aver sprangato la porta, spento le luci e abbassato le veneziane. Per sicurezza m'infilo subito i Gucci oversized, ma dato che con la signora non ci siamo mai incontrate sono quasi certa che lei non possa riconoscermi. Forse farei meglio a imboccare le scale mobili e scendere, ma per quanto mi riguarda oggi ho già resistito a un discreto numero di tentazioni. Voglio farmi un quadro della stronza, anche se a dire la verità un'ideuzza me la sono fatta. E magari cercare di capire se lui l'ha già lasciata oppure no.

Sguscio fuori dagli scaffali colmi di vere o presunte prelibatezze e attenta a non entrare nella visuale della moglie di Niccolò mi avvicino e mi metto in coda dietro a lei e alla bambina, devo dire graziosa, dall'apparente età di cinque anni. La bambina ha l'aria irrequieta e somiglia a qualcuno, anche se sul momento non saprei dire a chi.

«E perché non me le compri?» sta dicendo alla madre.

«Perché adesso stiamo per fare la pappa nel roof garden» le risponde quest'ultima, con un tono un filo nervoso.

«Ma io le voglio!»

«E allora devi aspettare almeno altri dieci anni, perché non le fanno ancora della tua misura.»

«Non è vero!»

«Sì che è vero.»

«No che non è vero!»

«Sì che è vero, Shakira.»

Shakira?

«No che non è vero!»

La bambina attacca a frignare. Ora che ci faccio caso, porta un paio di grossi orecchini con strass e pietre viola alla zingara, indossa un top di strass sempre viola che le lascia scoperto l'ombelico e una mini di jeans scolorita a vita bassa che lascia intravedere... un tanga di pizzo ancora viola, non ci sono dubbi. A tracolla porta una borsettina argentata con su stampate le Winx, e ai piedi ha un paio di sandali dorati sempre delle Winx.

«Le voglio! Le voglio! Le voglio!» frigna la piccola.

«Shakira! Piantala perché altrimenti te le suono!» sbotta sua madre, cosa che lo psicologo di Elettra troverebbe profondamente diseducativa.

«Ma a me piacciono!»

«Chei couse tei piaccionou?» si intromette un turista che dall'accento deve essere americano, in coda davanti alla madre e alla figlia di Niccolò.

«Tacco dodici!» strilla la piccola, mettendo una mano su un fianco, sporgendo il sedere di lato e infilandosi un indice in bocca dopo essersi leccata il labbro superiore, rivolta all'americano. Ecco chi mi ricorda: l'hanno chiamata Shakira, ma avrebbero dovuto chiamarla Belen.

Sua madre sbuffa, e si volta verso di me. Per un istante mi si gela il sangue.

«Ma le pare che una bambina di cinque anni possa pretendere un paio di décolleté Christian Louboutin con tanto di tacco dodici a stiletto?»

«Be'... non saprei» dico, sollevata, visto che evidentemente non ha davvero idea di chi io sia. «Sa, la mia è fissata coi vampiri.»

«Eh, lei non sa quant'è fortunata, signora» alza gli occhi al cielo la moglie di Niccolò.

«Dice?»

«Guardi, io la mia finché è andata al nido l'ho tenuta ben lontana dalla tivù. E le assicuro che era un gioiellino di bambina. Poi, quando ha compiuto tre anni, l'ho iscritta alla materna. E lì, grazie alle sue compagne, ha scoperto le Winx.»

«Sììì! Le Winx!» esclama la bambina, improvvisando un balletto sotto gli occhi del turista americano. «E da grande farò la tronista! E la corteggiatrice! E la naufraga sull'Isola dei Famosi! E la pubblicità della Tim!»

«Morale: nel giro di tre giorni, me l'hanno rovinata. Per carità, si tratterà anche degli ormoni negli omogeneizzati o dei gadget tecnologici, che anticipano lo sviluppo di due anni. Ma non appena messo piede alla materna, ha cominciato a pretendere di vestirsi come una velina e a comportarsi, specie in presenza di maschi adulti, come una vera lolita, anzi a dirla tutta proprio una zoccoletta, scusi la parola ma quando ci vuole ci vuole. Le pare possibile?»

Allargo le braccia, cercando di farmi venire in mente come chiederle senza insospettirla se per caso ha anche qualche problema col marito, ma poi il turista americano comincia a scattare foto alla bambina, che da parte sua ha interrotto il balletto per mettersi in posa sollevando la mini di jeans e mostrandogli il tanga di pizzo viola. Faccio segno alla moglie di Niccolò che alle sue spalle sta succedendo qualcosa.

«EHI! MA CHE FA?» lo fulmina lei. «CHI LE HA DATO IL PERMESSO? COME SI PERMETTE?» Attacca a prenderlo a borsettate. «POLIZIA! AIUTO! UN PEDOFILO!»

E a quel punto, mentre tra le grida di sconcerto della gente in coda un buttafuori del Maio si avventa sul turista, facendolo cadere a terra a pochi metri dall'agognato roof garden, sgattaiolo via pensando che sì, forse è meglio avere per casa una vampiretta, anziché una zoccoletta.

Quando certe sere

Quando certe sere mi succede di accendere la tivù al plasma del soggiorno o della camera da letto e di imbattermi per sbaglio in una qualche trasmissione di quelle che si occupano di politica, chessò, Santoro, o Fede, o "Ballarò", o perfino la De Filippi, da cui certi politici vanno per riabbracciare commossi la loro vecchia tata, ogni volta ringrazio il Cielo per averci dato Sky. Cambio immediatamente canale ed evitando "Supertata", che mi deprime, mi sintonizzo su Fashion TV o World Fashion Channel o Fashion One, o al limite su High Life TV, il canale del lusso dove se non altro girano ospiti che hanno qualcosa di interessante da dire, tipo la top-model Eva Riccobono, che una volta ha dichiarato che la sua vera passione è la psichiatria. Poi certo c'è la Bignardi con le "Invasioni barbariche", ma per i miei gusti invita troppi scrittori o presunti tali, perché non è che tutti sono bravi come Saviano o Volo o Giordano, e insomma le sfilate sono senz'altro più rilassanti, benché qui a Milano non se ne senta propriamente la mancanza, anzi domani ci vado. Se nella mia vita non ci fosse stato quel blackout durato tre anni, avrei potuto sfilare anch'io. Col risultato però che oggi mi sentirei anche più vecchia di quanto già non mi senta. Comunque secondo me la tivù deve rilassare, no? Andiamo già in sbattimento di default, perché dovremmo farci del male infliggendoci ulteriori ansie? Di sfuggita, saltando da un canale all'altro, mi sono già beccata una crisi tra le due Coree che potrebbe sfociare in un conflitto nucleare, in una prossima influenza che farà milioni di vittime, nei sette gradi di aumento delle temperature che per la fine del secolo renderanno l'Italia un luogo inabitabile, nella misteriosa moria di corvi e pesci da qualche parte in Arkansas che secondo un tipo con la faccia da esperto non prometterebbe nulla di buono, nella progressiva scomparsa dei bombi che mette a repentaglio il 13 o il 30 per cento dei raccolti mondiali esponendoci al rischio di un nuovo crollo dei mercati e qua e là addirittura di carestie, in un terremoto con tanto di tsunami e incidente nucleare in Giappone, e nella probabilità crescente che uno di questi giorni un asteroide centri la Terra facendo sparire per sempre il genere umano. Ma perché? Io voglio solo rifarmi una vita con Niccolò, mi dico, guardando Karl Lagerfeld che fotografa Lara Stone in topless per il nuovo calendario Pirelli e versandomi un altro bicchiere di Vodka Lemon. Io voglio solo sapere se Niccolò ha già lasciato sua moglie oppure no. Io voglio solo andare all'Ikea con Niccolò come due fidanzatini e mettere su il nostro nido però da Armani Casa. Io voglio solo fare un altro figlio con Niccolò che mi venga meglio di Elettra, in fin dei conti ho ancora trentotto anni e se ce l'ha fatta Gianna Nannini ce la posso benissimo fare anch'io e male che vada affitto un utero come Elton John o Nicole Kidman. Io voglio solo rifarmi le tette per sentirmi più sicura. Io voglio solo che il Salumaio non chiuda mai i battenti perché non intendo assolutamente dare a mia madre la soddisfazione di imparare a cucinare. Io voglio solo un'altra tata.

Io.

Voglio.

Solo.

Un altro.

Vodka.

Lemon.

Oggi

Oggi mi ero decisa ad andare dall'avvocato per capire quali mosse intraprendere per farmi reintegrare al lavoro dalla Eventi Avanti, ma poi mi sono ricordata che è sabato e che con Ilaria e Solaria ho puntello qui davanti a palazzo del Senato per la sfilata di Moschino, e dopo Moschino dobbiamo andare da Just Cavalli, Marni, Fendi, La Perla, Miu Miu, Les Copains, e più tardi in serata a un party organizzato da Italia Indipendent per il lancio di non so che cosa, ma so che di qualsiasi cosa si tratti sarà scicchissimo e ci saranno tutti, dalla Sozzani in giù. Su Facebook il profilo di Niccolò continua a dire INNAMORATO. Da stamattina mia madre mi ha già chiamata almeno otto volte, di cui tre nel giro degli ultimi cinque minuti, durante la Fashion Week fa sempre così, intensifica il suo ritmo già notevole, ma purtroppo non posso spegnere il cellulare perché altrimenti quelle due chi le becca? C'è già uno stuolo incredibile di gente, Anna Piaggi col suo classico cappellino e Matteo Marzotto con l'immancabile cronografo, e poi Marco Tronchetti Provera con Afef Jnifen, Javier Bardem con Penélope Cruz, Francesco Renga con Ambra Angiolini, Alessia Marcuzzi con Digei Francesco, Stefano Accorsi con Laetitia Casta, Martina Colombari con Alessandro Costacurta, Victoria Beckham che ha disegnato gli interni della mia Range Rover Evoque ma senza David Beckham, Melissa Satta ma senza Bobo Vieri, Davide Boosta Di Leo ma senza Fernanda Lessa, Raoul Bova ma senza non mi ricordo chi, e poi ancora in ordine sparso Anna Wintour, Ellen von Unwerth, Victoria Cabello, Benedetta Mazzini, Pierre Casiraghi, Platinette, Nina Senicar, Nina Lubarda, Nina Moric, Dejan Stankovic, Zlatan Ibrahimovic, Sinisa Mihajlovic, un'irriconoscibile Courtney Love... e Guia! Guia Soncini!

«Gaia! Solaria! Darlings!»

«Figa Gaia, e anche tu Ilaria, non vi trovavo!»

«Solaria! Ilaria! Vi stavo cercando!»

Ilaria e Solaria si sono materializzate d'incanto proprio lì dove fino a un istante prima c'era Guia Soncini. Tutte e tre ci sorridiamo dietro i nostri Moschino oversized, poi però ce li togliamo e i rispettivi sorrisi si spengono. Io squadro dalla testa ai piedi prima Solaria e poi Ilaria mentre Ilaria squadra dalla testa ai piedi prima me e poi Solaria e Solaria squadra dalla testa ai piedi prima Ilaria e poi me. Siamo tre cataloghi ambulanti Moschino. Tutte e tre sfoggiamo uno riuscito mix tra vintage e novità. Ma nonostante Moschino abbia festeggiato di recente i suoi vent'anni, e dunque offra numerosissime alternative, tutte e tre abbiamo scelto la stessa identica gonna, quella vintage con la bandiera svizzera di una qualche collezione fine anni Novanta.

«Be', forse è meglio se entriamo separatamente» sibilo io.

«Figa, e dentro occupiamo posti separati» sibila Solaria.

«Maybe it's even better se ci separiamo già qui» sibila Ilaria.

Detto, fatto. In un amen ci disperdiamo e io mi ritrovo in coda dietro il cappellino di Anna Piaggi, che come sempre funge da bersaglio per i flash dei fotografi. Gli addetti alla Security fanno entrare il cappellino senza esigere l'invito. Io invece devo frugare nella mia enorme shopper Moschino mentre mia madre mi chiama per l'ennesima volta al cellulare. E sarà perché non trovo l'invito, sarà perché sono ancora inviperita con Solaria e Ilaria a causa delle loro gonne Moschino con la bandiera svizzera, fatto sta che stavolta d'impulso rispondo.

«Che vuoi?» mi sforzo di non gridare mentre il tipo della Security mi sposta cortesemente ma inflessibilmente di lato, visto che intralcio il passaggio.

«Hai messo a dieta Elettra?»

«A DIETA?» urlo. Poi vedo Matteo Marzotto che mi lancia un'occhiataccia e subito abbasso la voce. «Ma che dieta e dieta, mamma?! Non voglio certo che Elettra da grande faccia la modella!»

«Spero che prima di uscire di casa tu ti sia ricordata di spegnere il gas.»

«Lo sai che non cucino, mamma.»

«Hai chiuso le finestre?»

«Sì, mamma.»

«Hai inserito l'allarme?»

«Sì, mamma.»

«Comunque Elettra ha già dodici anni e dovrebbe sfilare, anziché frequentare quella scuola di fricchettoni radical-chic! Già sono stata delusa da mia figlia, vorrei che almeno la nipote mi desse qualche soddisfazione!»

«Per tua informazione la Steiner non è una scuola da fricchettoni radical-chic» sibilo posando a terra la shopper Moschino e continuando a rovistare come un'invasata. «Per tua informazione ogni bambino è un concentrato di caratteristiche uniche e di potenzialità pronte a sbocciare, che attende solo di trovare il terreno fertile e le cure giuste. Sempre per tua informazione il metodo steineriano permette di dare libero sfogo alla creatività che ognuno porta dentro, così che i bambini possano liberarsi da schemi predefiniti ed esprimere le proprie emozioni, scoprendo che c'è sempre da imparare e da divertirsi. E poi» aggiungo abbassando di nuovo la voce, «se proprio ci tieni a saperlo non voglio certo che mia figlia diventi una puttanella drogata!»

Mia madre tace per un lungo istante. Poi mi fa:

«Scommetto che anche quest'anno ti sei dimenticata di pagare il bollo dell'auto.»

Chiudo immediatamente la comunicazione. Con la bava alla bocca, anche perché sta per venirmi il ciclo, rovescio sull'asfalto tutto il contenuto della shopper Moschino alla disperata e rabbiosa ricerca del maledetto invito, un'orgia di astucci e occhiali e chiavi e fazzoletti e assorbenti e spazzole e collant e fard e rossetti e smalti e merendine ipocaloriche e mascara e oh mio dio ecco dov'era finito il dildo rosa leopardato che mi ha regalato quella cretina di Ilaria per il mio compleanno. Un fotografo attacca a bersagliarmi di flash.

«Ma con tutta la gente che c'è deve fotografare proprio me?» cerco di dire in modo urbano al deficiente dietro la Canon.

«È per la rubrica "Buccia di Banana" di Giusi Ferré» mi risponde lui.

A quel punto, sull'orlo delle lacrime, focalizzo dove ho messo l'invito. Moschino. Giubbino. Taschino. Cazzo. Cazzo. Cazzo. M'infilo l'invito sotto un'ascella, rimetto tutto alla rinfusa nella borsa, dildo rosa leopardato compreso, già che ci sono faccio una linguaccia al fotografo, mi ricompongo, corro con l'invito sempre tra i denti dal tipo della Security e finalmente entro. Per ultima.

Buio pesto in sala luci strobo in passerella musica house a palla. La processione di rotule è già in corso.

Ecco Bianca Balti.

Ecco Toni Garrn.

Ecco Anja Rubik.

Ecco Charlotte di Calypso.

Ecco Liberty Ross.

Ecco Alyson Le Borges.

Ecco Giedre Dukauskaite.

Ecco Rianne Ten Haken.

Ecco Eliza Cummings.

Ecco Hanne Gaby Odiele.

Ecco Anne Vyalitsyna.

Ecco Doutzen Kroes.

Ecco Caroline Winberg.

Ecco Karolina Kurkova, di nuovo fit dopo la gravidanza, anche se quelle foto con la cellulite che mesi fa giravano in rete l'hanno marchiata per sempre.

Ecco Lara Stone.
Ecco Suvi Koponen.
Ecco Frida Gustavsson.
Ecco Edita Vilkeviciute.

Poi non ne escono più. Applausi. Poi escono tutte assieme. Ancora applausi. Poi escono i due che hanno disegnato la collezione. Di nuovo applausi. Poi la sfilata è finita. Nel brusio generale ci si affretta verso l'uscita dietro il cappellino di Anna Piaggi, diretti in massa da Just Cavalli. Una hostess pallidissima e magrissima, più magra ancora delle modelle che hanno appena sfilato in passerella, praticamente uno scheletro sui tacchi, mi blocca. Faccio per scostarla perché da Just Cavalli voglio entrare per prima, ma lei mi mette in mano una shopper più grossa della mia.

«Che roba è?» le chiedo.

«È la famosa shopper dell'iniziativa Food is Fashion and Health: come può vedere, si tratta di una borsa molto carina, ma anche molto importante, soprattutto di questi tempi.»

«La regalate per salvare il mondo dai sacchetti di plastica?»

«No, è per sconfiggere l'anoressia e i disturbi alimentari! La moda può fare molto!»

«È verissimo. Grazie» le sorrido.

Tiro dritto con le mie due shopper ripensando alle foto che in rete hanno eternizzato la cellulite della Kurkova. Devo dire che nemmeno io ne ho messa su così tanta, quando sono rimasta incinta di Elettra. E mentre mi precipito fuori dal palazzo del Senato attenta a non incrociare le altre due bandiere svizzere e controllo nello specchietto Chanel se i capelli e il resto sono a posto, questo pensiero mi fa tornare almeno un po' di buonumore. Spero che Niccolò a questo punto abbia davvero lasciato sua moglie e stia per tornare da Dubai e mi chiami. Speranzosa, ecco come mi definirei ora come ora. Malgrado il ciclo in arrivo, e mia madre, e quelle due cerebro che potevano anche messaggiarmi prima di scegliere l'outfit per oggi. Non appena riesco a salire su un taxi devo ricordarmi di aggiornare il mio status su Facebook, twittare qualcosa di originale, controllare gli ultimi tweet di Francesca Versace e dare un'occhiata agli outfit consigliati dal blog The Blonde Salad, il mio unico punto di riferimento in questo mondo così confuso, soprattutto adesso che di George Clooney sono uscite certe vecchie foto di quando portava i capelli lunghi. Se l'avessi fatto prima di uscire di casa, non sarebbe successo questo disastro. Tra l'altro di sicuro alla sfilata c'era anche Chiara, l'autrice del blog. Peccato che non ci siamo incrociate. O forse, pensandoci, è meglio così.

«Taxiii!!!»

Quando rincaso

Quando rincaso, esausta dopo una giornata trascorsa a correre dietro al cappellino di Anna Piaggi cercando di evitare le altre due svizzerine, sento in soggiorno due voci maschili che non riconosco. Hanno un accento slavo, direi. Ladri? Non ho chiuso le finestre? Non ho messo l'allarme? A un tratto sento addirittura degli spari.

«AIUTO!» non riesco a impedirmi di gridare. Non faccio in tempo a recuperare l'iPhone nella shopper Moschino che un tipo grande e grosso sbuca in corridoio e mi viene incontro.

«Buonasera signora Bongiorno» mi fa, sorridendomi. «Non si preoccupi, stiamo solo giocando alla PlayStation 3 con sua figlia.»

«Mia figlia? Dov'è mia figlia?»

«Di qua, in soggiorno. Prego, prego, si accomodi» ridacchia. «Come se è casa sua.»

«Elettra!» chiamo. «Sei lì?»

«È lì, è lì.»

«Come faccio a saperlo, se non mi risponde?»

«Venga vedere, prego.»

In effetti Elettra non mi risponde mai, perciò probabilmente quest'uomo dice la verità. Avanzo lungo il corridoio. L'uomo, vestito di nero dalla testa ai piedi, mi precede. Quando mi affaccio in soggiorno, Elettra c'è. Seduta sul divano, sta giocando alla PlayStation 3 di suo padre con un altro uomo. Anche questo vestito di nero dalla testa ai piedi. Sembra quel Lucarelli, non il calciatore, l'altro, il giallista che in tivù mi fa subito cambiare canale perché parla solo di cose efferate circondato da sagome di cartone. Forse, se avessi letto i suoi libri, ora saprei come uscire da questa situazione. Ma al contrario di Saviano, Volo e Giordano non l'ho mai trovato sexy.

«Elettra, li hai fatti entrare tu i signori?»

Elettra anziché rispondermi digrigna i denti, sparando a più non posso.

«Sì, signora. Ci ha fatto entrare lei. Ma non ha colpa. Lei è solo vampiretta gentile. E anche noi siamo gentili, eh, Roman?»

«Da» esclama l'altro.

«Chi siete? Che volete?»

«Veramente, siamo noi a fare domande» mi sorride il primo uomo. «Come polizia, ah ah ah!»

«Ah ah ah» ride di gusto anche l'altro.

«Ci dica, signora, dov'è marito?»

«Mio marito?»

«Matteo Bongiorno. Non è marito?»

«Sì, ma... ci stiamo separando.»

«Oh, quanto mi dispiace. Dispiace anche a te, Roman?»

«Tanto tanto tanto» dice l'altro.

«Ma succede» si stringe nelle spalle il primo uomo. «Pensa che marito, pardon, ex marito, tornerà a casa, questa sera?»

Esito. Se dico di sì, probabilmente lo aspettano. Se dico di no, sicuramente mi violentano. Anzi, ci violentano.

«Non si preoccupa, signora» mi dice il primo uomo. «Non siamo qui per fare male a lei e nemmeno a figlia. Vogliamo solo parlare con marito. Pardon, ex marito.»

«Oggi è... sabato, giusto?» chiedo conferma.

«Giusto.»

«Allora non verrà. Lui nel fine settimana va sempre a fare snowboard, a Sesto San Giovanni.»

«Snowboard? A Sesto San Giovanni?»

«Sì, dove c'era la Breda o forse la Falk, non lo so. Però so che c'è un parco dei divertimenti con degli hangar. In uno... in uno hanno ricreato una spiaggia con tanto di mare mosso per i surfisti, nell'altro una collina innevata per quelli che come mio marito praticano lo snowboard.»

«Un parco dei divertimenti a Sesto San Giovanni, con mare e neve... tu conosci, Roman?»

«Niet» scuote la testa Roman, senza mollare neppure per un istante la PlayStation 3, gomito a gomito con Elettra.

«Strano, Roman conosce tutto di questo hinterland, come dite voi. Specialmente ragazze che lavorano lungo strade, eh, Roman?» L'altro si limita a ridacchiare. «Ma non importa. Mi sta a sentire, signora: noi per momento qui non abbiamo niente che fare, e ora andiamo.»

«Momento!» esclama Roman, gli occhi incollati allo schermo rigurgitante di zombi.

«Zitto tu. Dicevo, noi ora andiamo. Ma quando vede marito, pardon, ex marito, lei dice lui che siamo venuti cercarlo. E dice anche che prossima volta non saremo tanto gentili. Non giocare PlayStation 3. Dice che prima che noi cerchiamo di nuovo lui, lui deve cercare noi.»

«E dove vi trova?»

«Lui sa. Vieni, Roman.»

«Momento!»

«Roman, vedi anche tu che vampiretta è più forte di te. Ti sta stracciando. Lascia stare, che poi per brutta figura non riesci nemmeno dormire.»

L'altro dice qualcosa in una lingua incomprensibile, poi scuote la testa, molla i comandi e sorride a Elettra.

«Brava, campiona!» le fa.

Ed Elettra, incredibile ma vero, alza gli occhi dallo schermo e si sfrega il naso e sorride a sua volta, cosa che non ha mai fatto né con me né con suo padre, e per giunta gli dice:

«Grazie, Roman!»

«Buonasera signora Bongiorno» mi fa il primo uomo, dando qualche pacca sulle spalle all'altro come per consolarlo e dirigendosi con lui verso l'uscita. «Allora mi raccomando per favore, lei ricorda e dice quello che sa a marito. Pardon, ex marito.»

E non appena escono, come in trance, recupero una sigaretta nella shopper Moschino. Ma fatico ad accendermela, tanto mi tremano le mani.

Matteo

«Matteo, tu mi devi spiegare.»

«Stai manza, è tuttoabboston» minimizza lui.

«Matteo, piantala di parlare come se avessi diciassette anni. Ti dico che mi devi spiegare.»

«Spiegare cosa?»

«Come, cosa? Torno a casa e con Elettra trovo due energumeni russi o albanesi o croati o kossovari o rumeni che mi spaventano a morte e per poco non ci violentano, che ti cercano e mi fanno capire nemmeno tanto velatamente che se non sarai tu a cercarli la prossima volta torneranno e ci faranno qualcosa di brutto, e tu non sai che cosa mi devi spiegare?»

«Quando sono entrato poco fa ti ho beccata che stavi buttando nel cesso una sigaretta.»

«Non è vero.»

«E la puzza di stabacco che sento?»

«Erano quei due a stabaccare. Uno di loro. Ma adesso non cambiare discorso. Tu mi devi spiegare, Matteo.»

«Hai il ciclo, vero?» mi fa, mettendo su un'aria rassegnata e lasciandosi cadere sul divano lì dove poco prima erano seduti Elettra e quel Roman.

«Che c'entra il ciclo?»

«C'entra, c'entra» borbotta, lo sguardo perduto nel vuoto.

«Non mi pare proprio. Allora, com'è che sei salito su dieci minuti dopo che quei due se ne sono andati? Non dovresti essere a Sesto a fare snao? Non mi dirai che sapevi che quei due erano qui con tua moglie e tua figlia e che tu, anziché entrare in casa e difenderci come sarebbe stato tuo dovere, sei rimasto fuori ad aspettare che con loro comodo i signori se ne andassero?»

Matteo fa per dirmi qualcosa, poi rinuncia. Si mette le mani nei capelli.

«Allora?» insisto.

Lui si mette le mani sulla faccia.

«MATTEO! CAZZO! SII UOMO! PARLA!»

«Non gridare. Lo sai che non lo sopporto» mi fa.

«IO NON STO AFFATTO GRIDANDO! QUESTO È IL MIO TONO DI VOCE NORMALE! SEI TU CHE TE NE STAI ZITTO E NON PARLI!»

«Ma stai manza... guarda che svegli la vampira.»

«LA VAMPIRETTA NON DORME! GIOCA CONTINUAMENTE AD ANGRY BIRDS E ADESSO PURE CON LA TUA PLAYSTATION 3! ANCHE CON GLI ESTRANEI! E GLI PARLA ANCHE! E GLI SORRIDE! E LI CHIAMA PER NOME! TUTTE COSE CHE CON NOI, CHE IN TEORIA SAREMMO I SUOI GENITORI, NON FA!»

«Lo sento, io, quando ti viene il ciclo. Ormai ti conosco troppo bene. E ora che ci penso, Elettra si è trasformata in vampira con l'arrivo del menarca. Non può essere casuale.»

Inspiro a fondo. Non posso fare il suo gioco. Devo assolutamente calmarmi.

«Stammi a sentire, Matteo, qui non si tratta del mio ciclo. Qui si tratta della nostra incolumità. Tua, mia e di nostra figlia. Due estranei sono entrati in casa nostra, a sentir loro perché volevano te. Da quello che hanno detto, tu sai chi sono e perché sono venuti a cercarti. Perciò vorrei che mi dicessi: A – chi sono; B – perché sono venuti a cercarti. Puoi, per favore? O preferisci far finta di niente e aspettare che a me e a Elettra accada una di quelle cose orribili che raccontano di solito a "Studio Aperto"?»

Matteo sospira. Si alza. Comincia a camminare avanti e indietro per il soggiorno, facendosi schioccare le nocche.

«Ebbene?»

«Ebbene... sì, li conosco. E credo anche di sapere perché sono venuti.»

«Dimmi.»

«Sono russi, hai ragione. Che se vuoi è anche una piccola fortuna, nel senso che almeno non sono calabresi. E lavorano, se così si può dire, nel settore recupero crediti.»

«Ce li ha mandati la Visa?»

«No» scuote la testa lui.

«American Express? Diner? Master Card?»

«Nemmeno» sospira.

«Allora qualche banca? Quel fondo d'investimento in cui abbiamo perso tutti i nostri soldi? Equitalia?»

«No, Gaia. Ce li ha mandati un pojana.»

«Un che? Ti ricordo che siamo a Milano e che sia tu sia io siamo milanesi da generazioni, per quanto mi risulta.»

«Appunto. In milanese un pojana è un usuraio.»

«Un usuraio?»

«Sì.»

«E che vuole da noi un usuraio?»

«Be', immagino che voglia indietro i suoi soldi, con un interesse del 300 per cento.»

«Ma perché li chiede a noi?»

«Perché... perché io li ho chiesti a lui.»

«Tu? Tu sei andato da un usuraio?»

«Sì.»

«Per la tavola da snowboard?»

«No. Per il Texas Hold 'Em.»

«Per cosa?»

«Il Texas Hold 'Em.»

«E che è?»

«Uhm... una variante del poker.»

«Tu giochi a poker?»

«Già. Cioè, a Texas Hold 'Em.»

«E quando?»

«Quando vado... a Sesto.»
«Nel parco dei divertimenti?»
«No» mi fa, fermandosi. «Quella è un'idea che ho avuto io e che ho proposto a mio padre, anche per approfittare dei mega finanziamenti in arrivo per l'Expo, ma che lui non intende realizzare, perché dice che a Sesto c'è già la magistratura che indaga e a parte questo con i mega finanziamenti per l'Expo ha in mente ben altro. Non c'è nessun parco dei divertimenti, a Sesto San Giovanni.»
«Dunque quei due avevano ragione. E dimmi, com'è nata la tua passione per questo svago?»
«Giocando online.»
«Online?»
«Sì. In rete.»
«E quando?»
«In ufficio.»
«In ufficio?»
«In ufficio.»
«Scusa, ma non capisco. Se giochi online in ufficio durante la settimana, che ci vai a fare nei weekend a Sesto?»
«Diciamo che... giocando online, su siti americani, ho conosciuto degli altri giocatori che stanno a Sesto... così poi ci siamo messi a giocare tra noi, e loro mi hanno messo in contatto con questo usuraio che mi ha prestato i soldi per ripianare i debiti che avevo fatto giocando online. Solo che poi ne ho fatti altri giocando lì a Sesto. E poi c'è il mutuo per la casa, e ci sono le carte di credito. In questo momento uso la Visa più che altro per prelevare contante da mettere sul conto, così da poter pagare la Diner e l'American Express... il mese scorso invece ho prelevato contante con la Diner per poter pagare la Visa e l'American Express. E quello prima ho prelevato contante con l'American Express per poter pagare la Visa e la Diner. Solo che le commissioni che applicano le società di emissione delle carte di credito per prelevare il contante sono piuttosto alte, e quindi si finisce per entrare in un circolo vizioso, e per indebitarsi sempre di più...»

Comincia a piangere.

«E perché se a Sesto vai a giocare a Texas Hop Men o come cavolo si chiama, solo un paio di settimane fa ti sei comprato una nuova tavola da snowboard? Capisco che lo snowboard sia solo una scusa, ma perché spenderci altri soldi?»

Continua a piangere sommessamente.

«Perché, Matteo, quella nuova tavola, se hai già fatto tutti quei debiti?»

«Perché... anche se... non vado... a fare snao...»

S'interrompe. Singhiozza.

«Perché anche se non vai a fare snao?»

«Non lo so... vedi... non è facile capirlo... se non ci sei dentro... alla fine... io... io mi sono fatto prendere dall'immaginario...»

«Dall'immaginario? Da quale immaginario?»

«Dall'immaginario... dello snowboarder... che si lancia a folle velocità... incurante del pericolo... come gli eroi della Marvel e della DC Comics... e dato che nel Texas Hold 'Em... tutti i giocatori hanno come... uno pseudonimo... sì, cioè... un nome di battaglia...»

S'interrompe di nuovo.

«Allora?»

«Io... ecco... nel giro... sono conosciuto... come... Mister Fantastic The Snowboarder.»

«Ah, tu nel giro sei conosciuto come Mister Fantastic the Snowboarder.»

«Sì.»

«Non come Mister Super Testa di Cazzo.»

«No.»

Inspiro a fondo. Non devo dargli la soddisfazione di mettermi a urlare di nuovo, così che possa tirare fuori un'altra volta il ciclo. Faccio uno sforzo sovrumano.

«Benissimo, Matteo. Chiedo scusa, Mister Fantastic The Snowboarder. Mi fa davvero molto piacere che finalmente tu e io si sia potuto parlare come due uomini adulti. Cioè, l'uomo in teoria sei tu, ma direi che a questo punto hanno ragione Solaria e Ilaria, il marrone è il nuovo nero...»

«Che significa?» m'interrompe lui, sempre piagnucolando.

«Lascia perdere. Ora che la situazione è un po' più chiara, comunque, sappi che per me non esisti più. Non intendo certo aspettare che quei tipi tornino a cercarti e rapiscano Elettra per ottenere una specie di riscatto che tra l'altro non potremmo permetterci di pagare, o che mi violentino per vendicarsi della tua inadempienza nei confronti di quell'altro tipo a cui devi dei soldi...»

«Ma quell'altro tipo pretende il 300 per cento, non capisci?» frigna.

«Immagino che sapessi a che cosa andavi incontro, quando ti sei rivolto a lui. Lo so perfino io che bisogna tenersi alla larga dagli usurai. Domani vado dall'avvocato e divorziamo.»

«Ma domani è domenica.»

«Allora ci vado lunedì.»

«Ma io ti ho aiutata, quando tu hai avuto quei tre anni di blackout, ricordi?»

«Che c'entrano quei tre anni di blackout? Lo sai che non ne voglio più parlare.»

«Aiutami, Gaia...»

«Certe donne hanno la vocazione dell'infermiera. Io di difetti ne ho tanti, confondo Dubai con Mumbai e agli arabi prenoto tavoli dagli ebrei e metto il bagnoschiuma nella jacuzzi, ma per fortuna questo difetto non ce l'ho. Nessuno può aiutarti, Matteo, se non ti aiuti tu. Nemmeno io. Mi spiace.»

Non lo so cosa mi prende

Non lo so cosa mi prende, ma dopo che a scanso di equivoci ho buttato un cuscino e una coperta per Mister Fantastic The Snowboarder alias Mister Super Testa di Cazzo su uno dei divani in stile La Cosa del soggiorno e dopo essermi fatta una doccia calda nella cabina di Superman senza neppure sfiorare il bagnoschiuma Etro, sento un bisogno irresistibile di chiamare Niccolò, malgrado ormai sia quasi mezzanotte. So che non dovrei, ma alla fine non resisto. E constatato che il suo profilo su Facebook continua a dire INNAMORATO, lo chiamo. Lascio squillare una decina di volte. Non risponde. Allora mi pento subito di averlo fatto, perché può benissimo darsi che anche lui proprio in questo momento stia litigando con la moglie dopo averle detto che tra loro è finita. Sento montare una rabbia cieca nei confronti di Matteo. Ma anche verso me stessa. Alla fin fine non mi ha obbligata nessuno. Ho fatto tutto da me. Io. Io. Io. Io. Sono stata *io* a voler sposare a tutti i costi questo bambino viziato. Cocainomane. Giocatore. Vigliacco. Perché l'ho fatto? Perché era il primogenito di uno dei maggiori costruttori e immobiliaristi di Milano, nonché ex socio di mio padre. Che da parte sua, giustamente, non è nemmeno voluto venire al matrimonio in veste di ex marito di mia madre per venire additato oltretutto come il perdente con la P maiuscola dalla Milano che conta. I soldi. Il lusso. Le comodità. Posso girarla come voglio, ma mi sono fatta fregare dai soldi, dal lusso, dalle comodità. E adesso mi si presenta il conto. Brutto bastardo vile bugiardo. Mi viene una voglia spasmodica di fargli del male. Di vendicarmi. Tra l'altro, è da un po' che non faccio shopping in rete con la sua Visa Gold. Afferro l'iPhone e mi connetto. Vado su Style.it e da lì su Yoox.com. Sento montarmi una botta d'adrenalina pazzesca, quasi come quando entro da Prada in via Sant'Andrea.

Compro.

Tre paia di stivali Uggs, di cui uno foderato di ermellino, da paura.

Un completo da sci D&G, anche se non ho mai sciato in vita mia.

Un impermeabile Aquascutum, che so già non metterò mai.

Una sciarpa di cachemire sempre Aquascutum da abbinare all'impermeabile.

Un paio di ballerine Miu Miu.

Un paio di ballerine Marc Jacobs.

Sette paia di ballerine Kartell.

Un paio di jeans trattati come se fossero stivaloni alla pescatora di DSquared2.

Una pochette Fendi.

Due gonne tartan Burberry.

Un paio di Manolo Blahnik dorate.

Una giacca da motociclista Belstaff che ho già in tre colori diversi, però di un quarto colore.

La serie completa delle bambole e dei bambolotti Barbie ispirati alla serie tivù *Mad Men* della Mattel.

Una cassa di vodka Absolut Glimmer *limited edition*.

Dopodiché mi fermo, perché l'adrenalina, arrivata a mille con le Manolo Blahnik, sta calando. E perché mi rendo conto di non volere nient'altro che Niccolò.

Niccolò.

Niccolò.

Niccolò.

Niccolò.

Niccolò.

Tu sì che ci stai dentro.

Tu sì che sei un uomo.

Sì pronto

«Sì pronto.»

«Pronto, è la signora Bongiorno?»

«Sì, chi parla?»

«Buongiorno, signora Bongiorno, qui è la segretaria del dottor Kranz.»

«Il dottor Kranz?»

«Sì, lo psicologo che segue la vamp... cioè, sua figlia Elettra.»

«Ah, certo, che sciocca. Mi scusi ma... ero un po' soprapensiero» dico, anche se in realtà stavo ancora dormendo. Ma a che ora telefona la gente? Do un'occhiata alla sveglia, facendo cadere la bottiglia di Absolut Glimmer dal comodino. Le undici. Per fortuna la bottiglia è vuota. Ho un mal di testa mostruoso. «Mi dica, prego.»

«Il dottor Kranz sabato mattina ha aspettato sua figlia per l'appuntamento settimanale, ma sua figlia non si è presentata.»

Oh, cazzo. Me n'ero totalmente dimenticata.

«Ah, la mia... segretaria non vi ha avvertiti?»

«No, signora Bongiorno.»

«Mi rincresce tanto. Sa, mia figlia ha... la varicella, e purtroppo in questi giorni non può uscire di casa. Avevo dato istruzioni alla segretaria perché vi chiamasse, ma evidentemente se n'è dimenticata. Chieda scusa da parte mia al dottor Kranz, non si ripeterà più.»

«Certo signora Bongiorno, non si preoccupi. Volevo solo dirle che tuttavia, com'è nostra regola in questi casi, le addebiteremo comunque la seduta. Sa, come le avevamo spiegato all'inizio della terapia, bisognerebbe disdire con almeno quarantotto ore di anticipo.»

«Certo, ci mancherebbe. La ringrazio per avermi chiamata.»

«Allora arrivederci signora Bongiorno.»

«Arrivederci.»

Tisana drenante, penso. Ma niente Biancolatte. E nemmeno Pilates. Oh mio dio, che mal di testa.

Sì pronto

«Sì pronto.»

«Pronto, è la signora Bongiorno?»

«Sì, chi parla?»

«Buongiorno signora Bongiorno, qui è la presidenza della scuola Steiner. Un attimino che le passo il signor Preside.»

Parte la musica di *Momenti di gloria.*

«Pronto?»

«Sì, pronto.»

«Con chi parlo?»

«Sono la signora Bongiorno.»

«Oh, buongiorno signora Buongiorno, cioè, Bongiorno, sono il Preside della Steiner.»

«Buongiorno.»

«Senta, signora Bongiorno, cioè, Buongiorno, mi corre l'obbligo di chiamarla per informarla del fatto che sua figlia Elettra ormai da una settimana non si presenta alle lezioni. E a noi non è pervenuta alcuna comunicazione in merito ai motivi di questa sua assenza alquanto prolungata.»

«Oh, mi rincresce tanto, avevo dato istruzioni alla mia segretaria perché vi chiamasse ed evidentemente se n'è dimenticata. Elettra ha... gli orecchioni.»

«Oh, mi dispiace.»

«Non appena starà meglio, credo già... domani, sì, domani, tornerà a scuola.»

«No, ecco, signora Buongiorno, cioè, Bongiorno, io in realtà la chiamavo anche per questo.»

«Dica.»

«Vede, signora Bongiorno, volevo dire, Buongiorno, nella formazione degli insegnanti steineriani è fondamentale il percorso di autoeducazione.»

«Autoeducazione.»

«Già. Ed è per questo fine che qui da noi esistono i seminari di formazione, che hanno anche lo scopo di risvegliare interesse, entusiasmo e spirito di iniziativa in campo pedagogico.»

«Capisco.»

«No, signora Buongiorno, cioè, Bongiorno, non credo che capisca. Perché vede, per quanti seminari di formazione noi si faccia, ultimamente i nostri insegnanti questo interesse, questo entusiasmo, questo spirito d'iniziativa in campo pedagogico l'hanno perduto.»

«Ah, sì?»

«Sì. E sa perché?»

«Perché?»

«Perché sua figlia me li ha piallati!»

«Piallati?»

«Piallati. Annichiliti. Distrutti. Le dico che qui da noi non si sono mai registrati casi di bambine aggressive come la sua. All'insegnante di Euritmia è venuta la depressione. A quella di Articolazione e Dizione un disturbo psicosomatico per cui sta perdendo tutti i capelli. L'insegnante di Recitazione, a cui un tic nervoso stravolge di continuo i lineamenti, ha già fatto domanda di trasferimento. Quella di Musica e Pittura soffre di attacchi di panico ogni volta che deve entrare in classe. Quello di Ferri e Uncinetto minaccia un giorno sì e l'altro pure di darsi fuoco come i bonzi vietnamiti all'epoca della guerra con gli americani. Io sul diario di sua figlia l'ho convocata più volte nel corso di questi anni, ma lei non si è mai fatta vedere.»

«No?»

«No. E a questo punto mi rincresce ma devo scegliere, signora Bongiorno, no, Buongiorno: o rinuncio a tutti i miei insegnanti, oppure rinuncio a sua figlia.»

«E io che cosa devo fare?»

«Non ne ho idea, signora Bongiorno o Buongiorno che sia. Le chiedo solo una cortesia: non me la mandi più, grazie.»

«È sospesa?»

«No. Espulsa.»

«Fino a quando?»

«A vita.»

Psicanalista

TI PREGO NON MI CERCARE PIÙ. N.

Rileggo l'sms di Niccolò mentre salgo in ascensore dalla psicanalista. Ma che succede? È impazzito? Prima mi dice una cosa, poi il contrario, poi il contrario del contrario, poi il contrario del contrario del contrario. Poco fa, parcheggiando in corso Buenos Aires, non ho risposto alla nuova chiamata di mia madre e ho aggiornato il mio status su Facebook, digitando: ESTERREFATTA. A ruota, ho twittato: OH MIO DIO QUANTO SONO ESTERREFATTA. Tra l'altro il profilo di Niccolò proclama sempre: INNAMORATO. Alzo lo sguardo dallo schermo dell'iPhone. Eccomi nello specchio. Ho il collo rugoso? Mah. Un paio di rughe ci sono ma tutto sommato mi sembrano ancora sotto controllo. O no? Forse. Crema? Crema. Devo assolutamente procurarmi una crema. Una crema per le rughe del collo. Specifica. Dopotutto ho trentotto anni ed è giunto il momento che mi occupi di queste cose. Chirurgia no. O sì? Non voglio ritrovarmi come una specie di gallinaccia. Però... e se mi facessi ritoccare gli zigomi? Me li guardo mettendomi di tre quarti. Li pizzico. Quand'ero ragazza erano alti come quelli di una slava. Tondi. E sodi. Di sicuro a questo punto non lo farei davvero per Niccolò. Lo farei per me. Per sentirmi... non lo so... più sicura, ecco. Ma senza esagerare. Mica come la Ferilli. Devo ricordarmi di dare un'occhiata agli ultimi tweet di Francesca Versace e agli outfit consigliati dal blog The Blonde Salad, il mio unico punto di riferimento in questo mondo così confuso, specie ora che il vicino di casa di George Clooney ha dichiarato che quando George ed Eli soggiornavano nella famosa villa sul lago di Como non ha mai sentito urla di passione o roba del genere. Forse facevano pilates. O erano da Biancolatte. O sorbivano in silenzio una tisana drenante.

La porta dell'ascensore si apre. Suono il campanello. Uno scatto. Metto piede nell'ingresso. Prima o poi dovrò decidermi a parlare di mio padre. E del mio blackout.

«Buongiorno Gaia» mi sorride dall'uscio del suo studio la dottoressa Kullmann.

«Buongiorno dottoressa» le sorrido a mia volta, spegnendo il cellulare.

«Prego, si accomodi.»

«Grazie.»

Mi sdraio sul lettino. Sento la dottoressa Kullmann sedersi alle mie spalle. La mia ora di cinquanta minuti è iniziata.

«Bene, Gaia. La ascolto.»

Ero venuta qui con l'intenzione di spiattellarle gli ultimi folli sviluppi della mia storia con Niccolò, ma da un punto di vista pratico ormai l'urgenza è Elettra.

«Ehm» tossicchia la dottoressa Kullmann.

«Dunque... sì, vede, l'ultima volta le ho parlato del mio rapporto complesso e conflittuale con mia madre, che l'altro giorno mi ha nuovamente telefonato otto volte nell'arco di una mattinata e alla nona ho fatto l'errore di risponderle, col risultato che mi sono sentita dire le stesse cose che mi dice da quando ero bambina, forse perché per lei sono rimasta fondamentalmente una bambina...»

Aspetto che la dottoressa Kullmann dica qualcosa, ma lei tace.

«Tuttavia non sono venuta oggi a parlarle dei miei problemi di figlia rispetto a mia madre, ma dei miei problemi di madre rispetto a mia figlia. Anche perché di recente Elettra ha fatto scappare l'ennesima tata-domestica-tuttofare, e si è anche fatta espellere da scuola, di modo che io, pur avendo puntato tutto sulla carriera perché nella vita non volevo certo fare la mamma di professione, per un bizzarro scherzo del destino a un tratto me la ritrovo come si dice sulle croste...»

Aspetto che la dottoressa Kullmann dica qualcosa, ma lei tace.

«Il fatto è che ora che sono rimasta senza tate... io... be', ecco, diciamo che non ho idea di come si faccia a fare la madre, nel senso, quando Elettra era molto molto piccola mi sono letta un mucchio di libri, il Dottor Spock eccetera, e però più libri leggevo e più mi sentivo confusa, dicevano tutto e il contrario di tutto...»

Aspetto che la dottoressa Kullmann dica qualcosa, ma lei tace.

«Allora, come succede a molte madri giovani, credo, che come me non hanno un buon rapporto con la loro madre e che arrivando da un'infanzia e da un'adolescenza difficili non hanno alcun esempio da seguire in famiglia, ho cominciato a cercare risposte su Internet. Ma nel giro di quarantotto ore ho ripetuto l'esperienza fatta all'epoca della gravidanza, nel senso che a ogni clic la mia angoscia aumentava. Stando a quel che si diceva nei vari forum, era un miracolo che io e mia figlia fossimo ancora vive...»

Aspetto che la dottoressa Kullmann dica qualcosa, ma lei tace.

«Così ho deciso di chiedere consigli alle mie amiche e colleghe. Una mi diceva che non dovevo farla dormire con me, e io non la facevo dormire con me. Una mi diceva che dovevo farla dormire con me, e io la facevo dormire con me. Un'altra mi diceva che dovevo lasciarla piangere che così si faceva i polmoni, e io la lasciavo piangere che così si faceva i polmoni. Un'altra mi diceva che non dovevo lasciarla piangere che così diventava più intelligente, e io non la lasciavo piangere che così diventava più intelligente. Una mi diceva di toglierle il seno e io le toglievo il seno. Un'altra mi diceva di darle il seno, e io le davo il seno. Solo che poi ho focalizzato che nessuna di queste mie amiche e colleghe che avevano tutte le idee molto più chiare di me su come si crescono i figli... aveva figli... capisce? Nessuna di loro si era mai trovata a crescerne uno... Allora sono tornata a cercare in rete. Ho scoperto che madri distanti possono causare l'obesità dei figli. Ma che c'erano regole per evitare l'obesità infantile, anche se non ho capito bene quali. E che comunque i momenti più difficili per una mamma lavoratrice erano l'inizio della giornata e l'inizio della settimana. E che avrei dovuto procurarmi un logopedista, perché la figura del logopedista ha ormai acquistato un ruolo centrale per il benessere e la crescita sana del bambino. C'era chi si dichiarava pro o contro l'asilo nido. Pro o contro la scuola materna. Pro o contro gli antibiotici. Pro o contro l'omeopatia. Qualcuna era per l'asportazione immediata delle adenoidi alla prima otite perforante. Altre invece la sconsigliavano caldamente in base al principio che se le adenoidi ci sono devono servire a qualcosa. Ma a cosa? Nessuna ne aveva la più pallida idea. In un post, una delle iscritte alla discussione diceva: l'unico consiglio che posso darvi è di non seguire nessun consiglio. Elettra intanto piangeva, piangeva, piangeva. Sempre. E io non capivo perché. Un giorno mi sono resa conto che mia figlia era per me una sconosciuta. Un'aliena. Un oggetto urlante non identificato. Finché...»

«Molto bene» mi fa la dottoressa Kullmann. «La nostra ora è finita. Come d'abitudine, la lascio con una riflessione: chi ha imparato ad ascoltare gli alberi, non desidera più essere un albero. Desidera soltanto essere ciò che è.»

«La ringrazio, dottoressa Kullmann.»

«Sono trecento euro.»

Buccia di banana

BUCCIA DI BANANA, c'è scritto semplicemente nell'sms che ricevo da Ilaria mentre esco dalla psicanalista. BUCCIA DI BANANA, ribadisce l'sms che mi manda un istante dopo Solaria. Io che bene o male in vita mia non ho mai avuto attacchi di panico, nemmeno l'altra sera quando mi sono ritrovata in casa quei due tipacci vestiti di nero, mi sento mancare. Con l'iPhone mi collego subito al sito di "Io Donna", e cerco il link per connettermi alla pagina di Giusi Ferré. Lo trovo in alto a destra. Col cuore in gola, clicco. Ma poi compare una pagina dove ad Alessia Fabiani viene assegnato il Tocco di Classe, mentre la Buccia di Banana se la porta a casa Sandra Bullock, una recidiva. Embè? Francamente non capisco. Vado a MESSAGGI e digito: EMBÈ? SUL SITO WEB C'È LA SOLITA SANDRA BULLOCK. Invio sia a Solaria sia a Ilaria. In un nanosecondo entrambe mi rispondono con: NO WEB – EDICOLA. Oh, cazzo. Cazzo. Cazzo. Cazzo. Mi guardo attorno. Avvisto un'edicola dall'altra parte della strada. Attraverso.

«Il "Corriere", grazie» dico all'edicolante, cercando di non fare caso alla sparata di riviste porno proprio sopra la sua testa.

«Dello Sport?» mi fa lui.

«Ma le sembra? No, della Sera, con l'inserto "Io Donna".»

«Sa signora, da com'è vestita...» allarga le braccia lui, porgendomi il quotidiano.

«Guardi che questa è una tuta di ciniglia Star Chic disegnata da

Simona Ventura, tempestata di Swarovski e da portare col tacco dodici, come può vedere. Mica ci si va in palestra!»

Pago, prendo il supplemento lasciando il quotidiano e mi allontano, a questo punto con le palpitazioni.

«Signora, il suo giornale!» mi grida l'edicolante.

Lo ignoro, guardandomi attorno. Tra i passanti, perlopiù giapponesi, nessuno che conosca. Vorrei comunque aprire "Io Donna" sulla mia Range Rover Evoque dagli interni disegnati da Victoria Beckham, ma non resisto. Sfoglio febbrilmente la rivista alla ricerca della pagina con la rubrica di Giusi Ferré, ma mi tremano le mani e non la trovo. Poi ho un colpo di genio. L'indice, l'indice, devo trovare l'indice. Cerco l'indice. Pagine e pagine di pubblicità Blumarine e Armani e Chanel e Chopard e Missoni e La Perla e Intimissimi e Triumph e Prada, e infine ecco l'indice. Pagina... pagina... pagina... ma come cazzo li fanno 'sti indici? Sento vibrare l'iPhone. Controllo il numero in entrata. Mia madre. Stacco. Torno all'indice. Vediamo vediamo vediamo... Rubriche! Ecco... "Buccia di Banana", di Giusi Ferré. Pagina... quarantotto. Mi ci fiondo. Prima di tutto, leggo:

> Non solo la vita ma anche lo stile comincia a quarant'anni: per chi lo ha, l'età non può che accrescerlo.

E fin qui, tutto bene.

> Ma non sempre le donne a quarant'anni decidono di dare una svolta al proprio stile. C'è chi, imperterrita, continua a perseverare nei propri errori: è il caso della socialite meneghina Gaia Bongiorno, la donna che ha inventato l'apericena e sposato il giovane e rampantissimo Matteo, erede della nota dinastia di immobiliaristi e costruttori.

Segue una mia foto a colori, scattata da quel deficiente davanti a palazzo del Senato. Spettinata, me ne sto in piedi su una gamba sola, perché con la coscia dell'altra reggo la shopper Moschino, nella quale sto infilando... il dildo rosa leopardato regalatomi da quella cretina di Solaria. Sto anche facendo una linguaccia al fotografo, e come se non bastasse alle mie spalle si riconoscono benissimo Franca Sozzani e Guia Soncini, che mi guardano con aria... sconcertata, direi. Alla foto segue la disanima, no, disamina, nemmeno, quel che l'è:

> Spesso, si sa, bisogna stare attenti a non esagerare. Ma a quanto pare Gaia Bongiorno se n'è dimenticata, a cominciare dagli accessori che porta con sé alle sfilate della Fashion Week milanese.

Segue un ingrandimento della mia mano con tanto di dildo rosa leopardato.

> Strizzata in un catalogo completo di Moschino, tra capi e accessori indossa vent'anni di creazioni del marchio, con un effetto a metà tra il mercato delle pulci e l'albero di Natale inevitabilmente accentuato dalla gonna con la bandiera svizzera.

Segue un ingrandimento della gonna con la bandiera svizzera.

> Come se non bastasse, la nostra socialite difetta ahinoi anche di originalità: e non solo per il fatto di indossare vent'anni di capi e accessori Moschino alla sfilata di Moschino. Vedi l'elevatissima percentuale di gonne Moschino con la bandiera svizzera presenti nella medesima occasione a Palazzo del Senato.

Seguono due altre fotine, nelle quali sono immortalate Solaria e Ilaria. Le scruto con attenzione. Almeno hanno i capelli a posto. E non stanno infilando un dildo rosa leopardato nelle rispettive shopper. Chiudo la rivista. Dov'è una pala, che mi scavo una fossa? Sospiro. Perché proprio me, Giusi Ferré? Che ti ho fatto? E poi scusa, ma tu ti sei vista? Oltretutto all'ultima edizione di Italian Next Top Model hai pure votato a favore di un trans di nome Adriana, che checché ne dica Marrazzo non mi sembrava per nulla rassicurante. Mi avvio a dir poco distrutta in direzione del parcheggio dove ho lasciato la Range Rover Evoque, e mentre mormoro tra me e me *perché, perché, perché, perché,* mi arriva un sms. Controllo l'iPhone: CIAO GAIA COMPLIMENTONI PER LO SPUTTANAMENTO NAZIONALE – ELEONORA. Non faccio in tempo a mandarla a cagare che me ne arriva un secondo: AHI AHI AHI LA NOSTRA CARA SOCIALITE STAVOLTA È SCIVOLATA – E CHE BOTTA!!! FEDE. Non faccio in tempo a mandare a cagare neanche lei che me ne arriva un terzo: EVVAI! GIUSI FERRÉ UNA DI NOI!!! Questo non è firmato, ma la mittente è Gioia. Non faccio in tempo a mandare a cagare tutte e tre che me ne arriva un quarto: OH MI DISPIACE TANTO PER LEI SIGNORA – CONCHITA. Non ci posso credere, l'ha visto anche la peruperu. E se l'ha visto lei, l'hanno visto proprio tutte. Mi arriva un altro sms. Non lo guardo nemmeno. Spengo il cellulare.

Guia Soncini

Guia Soncini. Quando tutto ma proprio tutto va a rotoli, l'unica è tornare all'edicola dove magari si è appena comprato "Io Donna", ignorare l'edicolante che dietro la sparata di riviste porno vuole di nuovo rifilarvi il quotidiano allegato che avevate lasciato di proposito, comprarsi "D" lasciando di nuovo l'altro quotidiano allegato all'edicolante medesimo che non si rassegna e vuole rifilarvi sia il quotidiano che gli avete lasciato di proposito poco prima sia quello che gli avete lasciato di proposito ora, e una volta tornate in auto leggersi la rubrica di Guia Soncini, "Affacciati alla finestra amore mio", che questa settimana si intitola *Tra finte bionde – Lady Gaga e Mrs. Love? Meglio la tossica*. Adoro Guia Soncini, mi fa sentire più intelligente per il solo fatto di leggerla, anche se in genere non sono mai sicura di capire fino in fondo che cosa vuol dire, un po' come mi succede con Saviano, con Volo, con Giordano e con "Vanity Fair". Per il solo fatto di leggerla, comunque, e per il solo fatto di essere donna a mia volta com'è donna Guia Soncini, quando leggo Guia Soncini mi sento meglio. Qualsiasi cosa significhi quello che scrive.

Con l'Ikeite

Con l'Ikeite altissima mi fiondo sulla Range Rover Evoque e facendomi coccolare dagli interni disegnati da Victoria Beckham raggiungo l'Ikea di Corsico, che non so bene perché preferisco una cifra sia a quella di San Giuliano sia a quella di Carugate. Ma poi, una volta lì, mi ritrovo a girare per cucine e bagni e soggiorni e camere da letto e camerette con una gran confusione in testa. Sarà che mi sono appena letta la rubrica di Guia Soncini senza capirci un'acca, sarà che ci sono i saldi e c'è una gran folla, sarà che al solito i nomi mi lasciano interdetta. Perché chiamare Kulla una lampada? E Gatten un tappeto? E Kassett una scatola? Sia come sia, prendo le candele galleggianti Fenomen, le posate Delikat, il portavasi Diskret e gli appendiabiti Bumerang. Poi mi metto in coda a una delle casse prese d'assalto dal cosiddetto popolo dei saldi, e controllo i capelli nello specchietto Chanel. Alle mie spalle, scorgo una coppietta in preda a un attacco di effusioni. Di sicuro sono fidanzatini. Sul loro carrello hanno caricato ogni sorta di complemento d'arredo e si baciano e flirtano guardandosi negli occhi, mano nella mano. Allora ci faccio caso. Per un bizzarro scherzo del destino, oggi all'Ikea di Corsico ci sono quasi solo coppiette di fidanzatini come quella alle mie spalle. Ne ho davanti e ai fianchi, vicine e lontane, a sinistra e a destra, a nord e a sud, a est e a ovest. Coppiette, coppiette, coppiette in ogni dove. Giovani. Innamorate. Tutte impegnate a flirtare mentre realizzano il loro sogno di venire all'Ikea e mettere su casa. Perché, Niccolò? Perché non sei qui con me? Perché mi hai illusa così? Poi saremmo andati da Armani Casa, lo so. Un addetto al Servizio Clienti si avvicina, e mi fa:

«Qualche problema, signora?»

Dice proprio *signora*, benché sia qui sola, senza né marito né figlia.

«No» scuoto la testa. «Perché?»

«Scusi, sa, ma ho visto che si è accesa una sigaretta. Se è per la coda, visto che ha meno di dieci oggetti nel carrello può andare direttamente alla cassa automatica. Però, come saprà, qui da noi è vietato fumare.»

«Oh, è vero, mi scusi» mi sforzo di sorridere, spegnendo la sigaretta sotto un tacco. «Sa, ho trovato un pacchetto aperto su un tavolino nel reparto salotti...»

«Un pacchetto aperto su un tavolino nel reparto salotti?»

«Già. Ho immaginato che fosse per accrescere l'effetto realistico, e non ho resistito alla tentazione di prendere una sigaretta.»

Mi guarda perplesso, poi afferra il walkie-talkie e chiama qualcuno. In effetti alla cassa automatica non c'è coda. Ma l'unica volta che ho provato a usarla mi sono talmente incasinata con la pistola che legge i codici a barre da pagare tre o quattro volte le stesse cose. Quando me ne sono accorta ormai ero a casa, e dato che non avevo voglia di tornare fin qua alla fine non ho nemmeno provato a chiedere il rimborso. Oh, Niccolò. Niccolò. Niccolò. Niccolò. Con te riuscirei anche a passare per la cassa automatica. Lo so, dovrei farcela da sola. Essere più forte. Ma vedere tutte queste coppiette mi ha proprio messa in crisi.

Finalmente arriva il mio turno. Poso gli oggetti acquistati sul nastro trasportatore. La cassiera li fa avanzare e poi legge i codici a barre con la penna ottica.

«Carta o contanti?» mi chiede.

«Carta» rispondo, porgendole la Diner.

Lei la inserisce nell'apposita macchinetta. La macchinetta non dà segni di vita.

«Col fatto che è periodo di saldi, c'è un po' da aspettare» mi dice la cassiera.

«Non ho fretta» le rispondo.

A un tratto la macchinetta si mette a stampare qualcosa. La cassiera dà un'occhiata.

«Mi spiace, ma mi dà autorizzazione negata.»

«Strano.»

«Ne ha un'altra?»

«Certo. Eccola.»

Le porgo la Visa Gold mentre lei mi restituisce la Diner. La guardo inserirla nell'apposita macchinetta. La macchinetta non dà segni di vita.

«Col fatto che è periodo di saldi, c'è un po' da aspettare» mi ripete la cassiera, inarcando le sopracciglia.

«Aspettiamo» le rispondo.

A un tratto la macchinetta si mette a stampare qualcosa. La cassiera dà un'occhiata.

«No, anche questa mi dà autorizzazione negata.»

«Strano. Non è che la macchinetta non funziona?»

«No no, funzionare funziona. Ne ha un'altra?»

«Certo. Eccola.»

Le porgo l'American Express di platino mentre lei mi restituisce la Visa Gold. La guardo inserirla nell'apposita macchinetta. La macchinetta non dà segni di vita.

«Col fatto che è periodo di saldi, c'è un po' da aspettare» torna a dirmi la cassiera, stringendosi nelle spalle.

«Amen» le rispondo.

A un tratto la macchinetta si mette a stampare qualcosa. La cassiera dà un'occhiata.

«No, anche questa mi dà autorizzazione negata.»

«Sarà che siamo a fine mese» abbozzo.

«Veramente siamo all'inizio. Ha per caso un bancomat?»

«Sì, naturalmente. Eccolo.»

La cassiera lo inserisce nell'apposita macchinetta. La macchinetta non dà segni di vita.

«Col fatto che è periodo di saldi...» dice la cassiera alle coppiette in coda dietro di me, allargando le braccia.

«Già, ma noi a questo punto abbiamo un po' fretta» rispondono le coppiette, in coro.

Non posso fare a meno di notare che la coppietta alle mie spalle ha smesso di flirtare per guardarmi in cagnesco. Anche le altre coppiette dietro la prima coppietta hanno smesso di flirtare per guardarmi in cagnesco. Passa circa un secolo. A un tratto la macchinetta si mette a stampare qualcosa. La cassiera dà un'occhiata.

«No, anche il bancomat mi dà autorizzazione negata» mi fa, a questo punto decisamente perplessa, restituendomi la tesserina di plastica. «Desidera forse... pagare in contanti?»

Controllo il contenuto del portafoglio Gucci, che da solo vale almeno cento volte gli oggetti che mi aspettano oltre la cassa in fondo al nastro trasportatore, anzi no, parecchio di più. Peccato che sono talmente abituata a pagare tutto con le carte che ho solo una banconota da dieci euro. Il mio iPhone attacca a vibrare. Do un'occhiata al numero in entrata. Mia madre. La ignoro.

«No, mi spiace» dico alla cassiera. «Prima devo prelevare.»

Matteo, che succede?

«Matteo, che succede? Non riesco più a usare le carte di credito, ogni volta che ci provo l'autorizzazione viene negata, idem quando cerco di pagare con il bancomat. E se provo a prelevare salta fuori una scritta e mi si dice che non posso e che devo passare dalla banca per comunicazioni urgenti! C'è scritto proprio così, *comunicazioni urgenti*. Che significa? Ti dico che ero in coda alla cassa dell'Ikea e non sono nemmeno riuscita a pagare una cifra ridicola per quattro candele, due posate, un portavasi e degli appendiabiti, oltretutto nel periodo dei saldi. No, dico, i *saldi dell'Ikea*, ti rendi conto? Matteo, ci sei? Quando senti questo messaggio per favore chiamami. Anzi no, prima di chiamarmi vedi di risolvere immediatamente questa situazione. Non mi sono mai sentita così *umiliata* in vita mia!»

È questo il messaggio che lascio a Mister Super Testa di Cazzo nei pressi del primo bancomat che trovo, dato che quando lo chiamo il suo cellulare va direttamente in segreteria. Devo fare qualcosa, mi dico. Devo prendere in mano la situazione. E devo farlo subito. Del resto ormai è noto. Lo sanno perfino quelle due cretine di Solaria e Ilaria. Il marrone è il nuovo nero. E se l'uomo è la nuova donna, si tratta di una donna senza palle.

Cara Natalia

Cara Natalia Aspesi,

sono una trentottenne milanese taglia trentotto mamma in carriera e non ho ancora avuto bisogno di ricorrere alla chirurgia plastica, tranne per il naso, anni fa, ma l'ha fatto anche la Bundchen. Le scrivo perché mi trovo in questa situazione: mio marito, che ha dissipato il patrimonio di famiglia al tavolo da gioco, a cui negli ultimi lustri ha passato regolarmente tutti i weekend, è sparito da un giorno all'altro dopo anni in cui non mi ha più fatta sentire né donna né moglie. Quanto all'uomo con cui ho avuto una relazione nel corso degli ultimi tempi, un uomo che al contrario di mio marito mi è stato vicino, mostrandosi presente, affettuoso, premuroso, e devo dire anche molto passionale, prima mi ha promesso che non appena io fossi tornata libera lui avrebbe lasciato la moglie; poi però, quando a causa di un sms inviato per sbaglio a mio marito anziché a lui mio marito ha scoperto questa nostra relazione e si sono create le premesse perché io e mio marito ci lasciassimo, lui, non mio marito, l'altro, mi ha detto che non ce la faceva a lasciare la moglie: non con la solita scusa, cioè per non farla soffrire o per via dei figli, ma perché, testuali parole, "non sai com'è fatta". Poi però ha cambiato idea, e alla vigilia di un viaggio di lavoro mi ha scritto un altro sms dicendomi che l'avrebbe lasciata. Ma in seguito, al ritorno dal viaggio di lavoro, quando io ho provato a cercarlo lui mi ha scritto un nuovo sms per dirmi di non cercarlo più. Ora: va bene che come dicono due mie amiche il marrone è il nuovo nero, cioè l'uomo è la nuova donna, secondo me oltretutto senza palle, ma è mai possibile che una trentottenne con la taglia trentotto che non ha ancora avuto bisogno di ricorrere alla chirurgia plastica tranne per il naso si ritrovi quasi in lacrime (io non piango, ormai è una cosa da uomini) all'Ikea solo perché ha visto attorno a sé tante coppiette di fidanzati e sposini con gli occhi pieni di sogni? È un errore di noi donne credere ancora in queste cose? Ma soprattutto: lei che cosa mi consiglia di fare? Le confesso che sono tentatissima dall'idea di presentarmi alla moglie di lui e metterla al corrente della cosa, in modo da sbloccare la situazione...

P.S. In quanto mamma in carriera ho anche una figlia a cui badare, a dire la verità piuttosto problematica anche se lo psicologo che la segue mi ha diffidata dal definirla così (soprattutto in sua presenza, intendo in presenza di mia figlia, non dello psicologo), e col fatto che mio marito ha dissipato al tavolo da gioco tutto il patrimonio di famiglia non posso neppure più permettermi una tata, nonostante sia una donna che ha puntato tutto sulla carriera (benché al momento non lavori, ma questo ahimè è un altro discorso, come anche del resto il mio pessimo rapporto con mia madre. Possibile che noi donne non si riesca mai ad aiutarci?). Spero che risponderà al più presto a questa mia.

Un cordiale saluto, Gaia 73.

Qualcuna può dirmi

Qualcuna può dirmi come devo comportarmi per favore?, scrivo su Forum alFemminile.com nella sezione MATRIMONIO.

> Vi spiego brevemente la situazione: mio marito, che da anni non si comporta come tale e non mi fa sentire né moglie né donna, ha dilapidato tutti i nostri risparmi al tavolo da gioco, facendo un mucchio di debiti, e abbiamo rotto. L'uomo con cui ero certa di potermi rifare una vita e che mi diceva che quando avessi rotto con mio marito avrebbe lasciato la moglie per mettere su casa con me, invece, continua a dichiararsi innamorato su FB, ma all'atto pratico tentenna e sfugge, dicendomi che non può lasciare la moglie e che io non la conosco. Io a questo punto vorrei quasi conoscerla, anche per metterla al corrente della mia relazione con suo marito e sbloccare l'impasse. Che ne dite?

Così almeno non devo aspettare chissà quanto che mi risponda la Aspesi. Passano tre minuti e rotti, un'eternità. Dopodiché cominciano ad arrivare le risposte.

La prima:

> Scendi dal pero e trovati un avvocato.

La seconda:

Spero che con tuo marito non siate in regime di comunione dei beni, altrimenti i suoi creditori potrebbero rivalersi anche su di te. Ma che aspetti a sbatterlo fuori di casa? Quanto all'altro, non so se presentarti alla moglie servirà a sbloccare l'impasse, di sicuro però lo metterai di fronte alle sue responsabilità. Cosa che ai maschietti non piace mai granché, ma se continua il tira e molla... ben gli sta! Hihihihihihi

La terza:

Ehi bella forse quello che cerchi è un vero maschio di quelli che sanno come fare felice una donna, guarda che ne esistono ancora, e io sono uno che fa al caso tuo credimi. Mi dai il tuo numero di cell? Così te lo dimostro senza tanti giri di parole!!!

La quarta:

Concordo con l'amica di sopra: scendi dal pero e trovati un avvocato...

La quinta:

Anke mio marito si è giokato tutto, però ai kavalli... il problema in questi kasi è ke poi non riesci nemmeno a farti dare gli alimenti, anke se per il giudice ti spettano... ti konsiglio di assumere un detektive e di far verifikare kon attenzione la sua vera kondizione patrimoniale... kon gli uomini non si sa mai... però l'idea di presentarti di punto in bianko alla moglie dell'altro è ganza... io al posto tuo lo farei... almeno ti togli la soddisfazione... te lo dico io ke non l'ho fatto e ke me ne sono pentita, anke perké poi sono rimasta kon un pugno di moske...

La sesta:

Concordo con le amiche di sopra: scendi dal pero e trovati un avvocato... anche se ti presenti alla moglie dell'altro non è detto che otterrai qualcosa. Se voleva lasciarla davvero la lasciava. Pensa piuttosto a te stessa: se con lui il sesso ti soddisfa, tienitelo come giocattolo e/o passatempo, e magari cercatene un altro...

La settima:

Cara amica ormai è così là fuori... il marrone è il nuovo nero... gli uomini sono le nuove donne... non uno che sappia più che cosa vuol dire comportarsi da uomo... o se per caso ci sono ancora degli esemplari, quelle che li hanno trovati se li tengono ben stretti... quanto a noi dobbiamo rassegnarci: arrivate a una certa età, ci toccano gli avanzi...

L'ottava:

Ehi guarda che non scherzavo, se cerchi un vero uomo almeno uno cè. Lasciami il numero di cell vedrai che non ti penti.

La nona:

Sìììì!!! Scenata davanti alla moglie dell'indeciso!!! Così almeno fai chiarezza!!!! Tifiamo tutte per te!!! (tranne forse quelle ancora sposate...)

La decima:

Da quello che scrivi, secondo me il tuo indeciso più che altro è succube. Ti mando il link di questo articolo uscito oggi, parla di un corso di divorzio rivolto a chi non sa decidersi al... grande passo. Auguri!!!

Clicco il link. Si apre una nuova pagina. Salta fuori un articolo del "Corriere della Sera":

VERONA — Non è facile dire addio a un amore. Anche se è un amore finito. È una vera e propria emergenza, tanto che l'Ulss 20 ha de-

ciso di organizzare un corso rivolto a donne "con problematiche di dipendenza affettiva".
La psicologa Lorella Barbieri, che collabora al progetto, spiega: «Quando una storia d'amore si conclude oppure sta vivendo un momento di difficoltà, si soffre molto. Alcune persone non riescono a far finire quella relazione, e questo crea ossessione. Durante gli incontri spiegheremo alle donne come ottenere una maggiore distanza dalla persona amata».
Quello della dipendenza affettiva, assicura la psicologa, è un problema sempre più diffuso. «Non riguarda solo le donne, ma registriamo anche casi di maschi che si rivolgono a noi manifestando questo tipo di difficoltà. L'auspicio è di poter presto inaugurare un gruppo d'incontro riservato agli uomini.»

Già, mi dico... e se Niccolò... fosse vittima... di una... dipendenza *psicologica* da sua moglie?

Niccolò

Niccolò lascia l'ufficio più tardi di quanto avevo previsto. Mi sono appostata a mezzo isolato dall'uscita a bordo della mia Range Rover Evoque con l'idea di parlargli e di chiarire una volta per tutte la nostra situazione, aiutandolo a recidere il cordone ombelicale che lo tiene legato alla moglie, ma sul momento non ne ho il coraggio, così alla fine decido di scendere dall'auto e di seguirlo. Mentre gli sto dietro a mezzo isolato di distanza mi ripeto mentalmente quello che ho intenzione di dirgli, e cioè che io lo amo e lui mi ama e le nostre rispettive figlie non sono un problema perché comunque ormai sono grandi e anzi la famiglia allargata o trasversale ormai è un must e io non sono tipo da impedirgli di vedere la bambina e posso anche capire che non sia facile dopo un certo numero di anni lasciare il proprio partner, anzi, ne so qualcosa anch'io, e però sarebbe profondamente sbagliato rinunciare a vivere alla luce del sole la nostra storia meravigliosa, fatta di tanti momenti indimenticabili nelle nostre selvagge pause pranzo che però a parte il fatto che sono stata licenziata a me non bastano più, del resto quante volte mi sono sentita dire che non appena io e Matteo ci fossimo lasciati noi avremmo messo su casa assieme e...

... e a un tratto lo vedo entrare al G-Lounge, che poi è l'ex Bar Tabacchi, strano, non credevo che frequentasse questo locale, io non ci metto piede da una vita, ma forse è meglio così, posso entrare e mischiarmi alla folla e poi fargli una sorpresa sbucandogli davanti d'improvviso e...

... e c'è un sacco di gente e la musica è piuttosto forte, entrando mi hanno messo in mano un flyer e stasera suona un dj che si chiama Lorenzo LSP che dopo gli Scissor Sisters, il gruppo preferito di Vivienne Westwood, sta mettendo *Far l'amore* di Raffaella Carrà remixato da Bob Sinclar...

... e in coda alla cassa per un Vodka Lemon tengo d'occhio Niccolò che ha salutato due tipi ed è sparito dietro la vetrata del bar...

... e allora lascio perdere...

... e mi faccio largo tra la clientela...

... e cerco Niccolò ma non lo trovo...

... e mi chiedo dove diavolo sia sparito...

... e a un tratto scorgo una scala nera...

... e allora scendo la scala nera...

... e il volume della musica cresce a ogni gradino...

... e mi ritrovo di sotto nella disco room...

... e la pista pullula di gay che ballano scatenati...

... e ne vedo alcuni vestiti da poliziotto...

... e altri da motociclista...

... e altri da cowboy...

... e altri da marinaio...

... e a un tratto qualcuno mi spinge...

... e vado a sbattere contro un tipo vestito da odalisca...

... un tipo cicciottello...

... con gli occhiali da vista...

... le guance rubizze...

... i capelli bianchi...

... che a un tratto si gira...

... ed è il boss...

... il boss della Eventi Avanti...

... ancora in pista...

... malgrado l'età...

«CHE CI FA LEI QUI? CHE COSA VUOLE? L'HA APPENA PIANTATA DI

CERCARMI SUL CELLULARE E IN UFFICIO E ADESSO VIENE A IMPORTUNARMI IN QUESTO POSTO? LEI È LICENZIATA! SE LO METTA IN TESTA UNA VOLTA PER TUTTE! E NON C'È NIENTE CHE POSSA FARE PER RIAVERE LA SUA SCRIVANIA! HA CAPITO?»

... e io sto per dirgli che non era mia intenzione importunarlo...

... ma poi vedo...

... che le ragazze della Eventi Avanti, Fede, Gioia ed Eleonora, si stanno facendo largo tra la folla di gay...

... per portargli una torta di compleanno...

... con tanto di candeline accese per i suoi settant'anni...

... e subito dopo vedo...

... con chi sta ballando il boss...

... Niccolò?...

... Niccolò!...

... Niccolò che...

... mi guarda con gli occhi fuori dalle orbite...

... come io guardo lui...

... mentre Raffaella Carrà canta *Ah ah ah ah a far l'amore comincia tu...*

... scatenando ululati e urletti di giubilo...

... e il boss vede che io e Niccolò ci guardiamo...

... e allora fa una smorfia...

... e abbraccia Niccolò...

... e Niccolò abbraccia il boss...

... e il boss slingua Niccolò...

... e Niccolò slingua il boss...

... e il boss strizza le chiappe di Niccolò...

... e Niccolò strizza le chiappe del boss...

... che è sempre vestito da odalisca...

... e Fede, Gioia ed Eleonora fanno altri ululati e urletti di giubilo lanciandomi occhiate piene di scherno...

... e a me viene da vomitare...

... e scappo...

Non mi sono ancora ripresa

Non mi sono ancora ripresa dallo shock quando la mattina dopo esco di casa per andare in farmacia in cerca di qualcosa che mi aiuti, anche se non so bene cosa visto che ho un'emicrania tremenda e non ho chiuso occhio e mi chiedo se magari non mi sono sognata tutto quanto ma non è così e ho fatto appena pochi passi in via dell'Annunciata quando una mano mi prende per un braccio e mi volto ed è la moglie di Niccolò.

«Lei me lo deve lasciar stare, ha capito?»

«Io... cosa?» tiro via il braccio, infastidita. «Chi?»

«Lei deve lasciar stare mio marito, ci siamo capite?»

«Di che sta parlando?»

«Andiamo, non reciti. So tutto.»

«Ah, sa tutto. Ma proprio tutto tutto?»

«So tutto quel che c'è da sapere.»

«Ne è sicura?»

«Sono sua moglie, io.»

«Quindi sa anche che è gay.»

«E allora?»

«Come, e allora? Niccolò, suo marito, è *gay*! Ieri sera l'ho trovato al G-Lounge che limonava col capo, il boss della Eventi Avanti!»

«Lei non si preoccupi.»

«Ma lei? A lei non la preoccupa di stare con un uomo dalla doppia, no, dalla tripla vita?»

«Sono fatti miei. Anzi, nostri, cioè miei e di Niccolò. Lei non si preoccupi.»

«Ma...»

«Niente ma. Noi abbiamo un mutuo da pagare e una figlia da crescere. Capisce?»

Per un istante che mi sembra non finire mai, rimango senza parole. Poi, sforzandomi, riesco ad aprire bocca.

«Capisco» mormoro.

«E se si azzarda ancora a intromettersi nella vita privata di mio marito, o a seguirlo, la denunciamo per stalking.»

Apericena

Con Ilaria e Solaria ci siamo date puntello al bar dello Straf, l'hotel di design in via San Raffaele. Sediamo su un divano di pelle trapuntata e come sempre l'atmosfera è vibrante, sarà il viavai di businessman fighetti che se la viaggiano una cifra e che quando s'incrociano si danno il cinque ed esclamano "Bella zio" di default. Ma non me ne frega niente. Non me ne frega niente nemmeno di quello che stanno dicendo Ilaria e Solaria. Mentre loro continuano a parlare mi eclisso un secondo e sgattaiolo fino ai bagni. Mi specchio. Dio mio. Se non sto attenta a quello che mangio finirò per ridiventare com'ero quando aspettavo Elettra. La buccia d'arancia. Dopo il parto ho cercato con tutta me stessa di tornare quella di prima. Ma da quel che vedo non ci sono ancora riuscita. Entro nel primo séparé libero. Mi caccio due dita in gola. Vomito. Dopodiché mi ricompongo e torno nel locale. Quando riprendo posto sul divano, mi accorgo che entrambe mi squadrano. Sarò spettinata? Afferro lo specchietto Chanel nella pochette Fendi. No, i capelli sono a posto. Sorrido. In sottofondo, *Far l'amore* di Raffaella Carrà remixato da Bob Sinclar. Anzi no, questa se non sbaglio è la versione originale.

«Be'? Che stavamo dicendo?» chiedo. «Si parlava... fatemi indovinare... di dress code?»

«Figa, Gaia, mi sembri... non so, assente» mi dice una.

«That's it: assente. What's wrong, cara?» mi fa l'altra.

Mi chiedo fino a che punto possa permettermi di aprirmi con loro. In fin dei conti, dovrebbero essere le mie migliori amiche.

«Ragazze, sapete anche voi che in questa città dobbiamo sempre avere... non so... un'aria... vincente...»

«Come no, figa. Dobbiamo sempre performare.»

«Of course.»

«Ecco, se stasera non mi riesce è per svariati motivi... prima di tutto, perché Niccolò... non ha lasciato la moglie.»

«Figa, e perché?»

«Già, why?»

«Dice che non ci riesce.»

«Figa, non dirmi che ha tirato fuori la solita scusa che lei ha un male incurabile.»

«O peggio, l'altro classic: i children.»

«No, sostiene che io non posso capire perché non la conosco. Ma non c'è solo questo. L'altra sera l'ho aspettato fuori dall'ufficio per parlargli e l'ho seguito e alla fine mi sono ritrovata al G-Lounge...»

«Al G-Lounge?»

«Figa, ma lì ci va il fighettume gay!»

«Esatto. E sapete che è successo? La faccio breve. L'ho troppo beccato che ballava strusciandosi con il nostro boss della Eventi Avanti, che tra parentesi coi suoi settant'anni era vestito da odalisca, e limonavano pure!»

«Nooo!»

«Nooo!»

Segue un lungo momento di silenzio.

«Voi capite che per me si è trattato di un momento terribile... io... io... io... potrei capire un'altra donna... o le classiche titubanze a lasciare moglie, figlia, casa... ma che a me preferisca un vecchio bavoso, questo no.» Mi impongo di non piangere. «Secondo voi faccio così schifo, ragazze?»

«Ma che schifo e schifo, darling!»

«A me fa schifo lui, figa, non tu!»

«Una vecchia ciabatta, ecco che cosa sono diventata. Una vecchia ciabatta.»

«Ma che dici? Figa, non ricordi che ti danno dieci anni in meno?»

«Chi?»

«Quell'istruttore di tua figlia, no? Let me tell you, Gaia: chiodo schiaccia chiodo.»

«Figa, sì: chiodo schiaccia chiodo!»

«Che volete dire?»

«Dimentica quel frocio patetico e fatti l'istruttore, immediatly!»

«Figa, certo, fattelo subito. Che così recuperi immediatamente l'autostima!»

«Voi dite?»

«Garantito!» esclamano in coro.

Solaria e Ilaria ammiccano a trecentosessanta gradi nella speranza di intercettare lo sguardo di qualche broker o pseudo tale.

«Milano? È tutta un circo» dice una pierre dietro di noi.

«Ma tu quanto paghi d'affitto?»

«Viaggi in programma?»

Al circo

... al circo e lui non ha fatto storie per il fatto che Elettra ha interrotto il corso e io che ero già carica grazie al Vodka Lemon mi sono lanciata e gli ho messo una mano sul pacco e ci siamo baciati appassionatamente e gli ho strappato di dosso la calzamaglia e ci siamo avvinghiati per terra e sembrava una scena di *Ultimo tango* e lui mi ha fatta voltare e poi però non sentivo niente e lui si è messo a borbottare qualcosa e io gli ho chiesto che cosa c'era che non andava e lui mi ha detto che le ultime due fidanzate che aveva avuto entrambe sui trentacinque anni lo avevano così stressato per avere a ogni costo dei figli che adesso non riusciva più a combinare nulla e mi ha sussurrato aspettami un momento torno subito e io anziché aspettare ho preso e me ne sono andata...

E insomma

E insomma, sarà che negli ultimi due giorni sono andata avanti a Vodka Lemon, ma alla fine Solaria non ci ha messo molto a convincermi a venire in Tunisia per la festa di compleanno di Ilaria, organizzata a insaputa di questa da Benedetta nella sua villa dalle parti di Hammamet. Benedetta, che avevo conosciuto anni fa facendo gommage e massaggi e docce sensoriali all'Atomic Spa di corso Matteotti, è un'ex assistente di Alberta Ferretti poi passata alla Ferré e da lì alla Fendi. Da quello che ho capito si è rifugiata qui col figlio Cannavaro, battezzato così dopo la vittoria dell'Italia a un qualche campionato del mondo di calcio, all'indomani della separazione da Luca, l'ex marito noioserrimo e talmente paranoico da essere convinto che la fine del mondo sia dietro l'angolo. Perciò ora, dopo un last minute low cost da Malpensa con relativa incazzatura per l'abituale smarrimento dei bagagli, eccoci in questa specie di... enorme pochette Fendi in riva all'oceano. No, forse è il Mediterraneo.

«Non credevo che in Tunisia costruissero ville in stile... pochette Fendi» dico alla padrona di casa, sorseggiando il mio quinto Mojito mentre sulla smisurata terrazza affacciata sul mare guardo Ilaria che balla avvinghiata a un tuareg. Il dj torinese assoldato per la festa, tale Zombi, dopo *Je t'aime, moi non plus* nella versione cantata dall'ex modella Karen Elson ha messo su *Far l'amore* di Raffaella Carrà remixato da Bob Sinclar.

«Piace? La volevo proprio così, strasuperchic» mi fa Benedetta. «L'architetto però l'ho dovuto far venire da Milano, perché qui sanno fare solo lo stile simil-moresco oppure quello Leone di Lernia.»

«Perché, esiste uno stile Leone di Lernia?» chiedo. Sono un po' brilla e forse non ho capito bene.

«Altroché, è una variante cheap del Cafonal, introdotta a queste latitudini dagli epigoli di Briatore.»

«Ma lui non ha casa in Kenya?»

«E che vuol dire? Sono gli effetti della globalizzazione, mia cara. È ben per questo che ho usato la parola *epigoli*. Anche qui, ormai, tutti in blazer blu dai bottoni dorati, bermuda rosa e pantofoline di velluto viola con monogramma. Fermo restando che per carità, mille volte meglio il cafonal-cheap del radical-chic, che ha proprio strastufato. Senza contare che...»

Un rombo improvviso, cupo, lungo e fortissimo copre la musica e il chiacchiericcio degli altri invitati e le ultime parole di Benedetta, che alza gli occhi al cielo e sbuffa per poi aspirare dalla sua cannuccia un lungo sorso di Mojito.

Faccio per chiederle se per favore mi ripete quello che ha detto quando un secondo rombo, cupo, lungo e forte come il precedente, satura l'aria. Alzo gli occhi a mia volta, aspirando dalla cannuccia quel che resta del Mojito, e individuo un paio di lucine gialle e rosse nell'oscurità sopra di noi. Guardo interrogativa Benedetta, ma lei si limita ad allargare le braccia. Il dj, che intanto ha alzato il volume al massimo ma inutilmente, fa un gestaccio verso il cielo. Ilaria e il tuareg smettono di ballare, imitati dagli altri ospiti. Seguono un terzo, un quarto, un quinto, e poi un sesto rombo. Quando la loro eco si spegne, il dj digrigna i denti e mette su *Rock the Casbah* dei Clash, però cantata in arabo.

«Non pensavo ci fosse tutto questo traffico aereo, ad Hammamet» dico a Benedetta mentre riprendono le danze e Solaria si materializza sulla terrazza con i capelli scarmigliati, seguita da un altro tuareg. Afferro al volo il mio sesto Mojito approfittando del passaggio di un vassoio con attaccato un altro tuareg.

«Ma no» mi fa la padrona di casa con aria scazzata, anzi scazzatissima. «Sono jet militari. Ti pare normale che non si possa organizzare una festa senza che quelli bombardino?»

«Quelli chi?»

«Ma che ne so? La Nato, credo. Partono dalla base di Birgi, in Sicilia, dove lavorava il padre del mio ex, e vanno in Libia.»

«Ma perché? Siamo in guerra con la Libia?»

«Non lo sapevi?»

«Sarà che non leggo i giornali.»

«Fai bene, tanto a che serve? Il mio ex faceva solo quello. Comunque sono mesi che rompono, giorno e notte. Possibile che per bombardare non possano passare da un'altra parte? Per carità, avranno le loro ragioni, ma non mi pare giusto che ogni volta sulle mie feste cali un velo di tristezza.»

Dopodiché si alza, e sbuffando si dirige verso il bar, dove mi pare di scorgere Francesca Versace. È lei o non è lei? Aspiro dalla cannuccia tutto il Mojito. L'unica è controllare su Twitter.

Buongiorno signora

«Buongiorno signora Bongiorno, qui è il dottor Recuperati della Pluricredit. Vuole per cortesia passare al più presto nella nostra filiale di piazza Cavour? L'aspettiamo, grazie!»

È questo il messaggio che trovo in segreteria quando riaccendo l'iPhone, una volta sbarcata dall'aereo che mi ha riportata a Milano. Che vuole da me il dottor Recuperati? Non faccio in tempo a rispondermi che l'iPhone si mette a vibrare. Un numero riservato. E se fosse Niccolò che per qualche motivo non può chiamarmi col suo cellulare?

«Sì, pronto» rispondo.

«Buongiorno signora Bongiorno, sono il dottor Recuperati della Pluricredit. Avevo messo l'avviso di ascolto, quando le ho lasciato il messaggio in segreteria.»

«Buongiorno dottor Recuperati. Dica pure.»

«Sì, vede, la chiamavo perché volevo avvisarla del fatto che il conto intestato a lei e a suo marito, che tra parentesi non riesco a rintracciare né in ufficio né sul cellulare, è in sofferenza.»

«In sofferenza?»

«Sì, vede, sono arrivati gli addebiti delle varie carte di credito e dei bancomat, e al momento il conto è ampiamente in rosso. Tenga presente che tra poco scadono le rate del mutuo per la casa, dei finanziamenti per le auto e delle assicurazioni. Poi a stretto giro arriveranno le bollette di acqua, gas, luce, telefono.»

«Guardi dottor Recuperati, come lei sa è sempre stato mio marito a occuparsi di queste cose.»

«Sì, vede, infatti se mi fosse stato possibile rintracciare suo marito non l'avrei disturbata. Ma come le dicevo poc'anzi suo marito non si trova. Lei sa per caso dov'è?»

«Francamente no.»

«Ecco, vede? Allora abbia pazienza, lo cerchi. Anche perché non è la prima volta che il conto va in rosso, e in passato abbiamo sempre cercato di chiudere un occhio, visti anche gli storici rapporti tra il nostro istituto e suo suocero. Ma proprio stamane suo suocero ci ha comunicato per iscritto che non intende più accollarsi gli splafonamenti...»

«Gli?»

«Sì, vede, diciamo gli sforamenti, i... debiti, ecco, di suo figlio, cioè di suo marito. Non il marito di suo suocero, intendiamoci, *suo* marito, capisce? Il marito di lei, signora.»

«E certo che ho capito. Non sono mica così stordita.»

«Ci mancherebbe, signora, ci mancherebbe. Comunque sì, vede, io al momento mi rincresce ma non posso più autorizzare il pagamento delle cifre che vi saranno addebitate dalle società di emissione delle carte di credito, e nemmeno le rate dei mutui e dei finanziamenti, e neppure le bollette. Perciò le suggerirei, ove lo ritenesse, di fare un versamento.»

«Un versamento?»

«Sì, vede, in realtà è sufficiente che lei faccia un versamento, cioè che versi del contante.»

«Ora come ora nel portafoglio ho... dieci euro, dottor Recuperati. Sa, per abitudine uso solo carte di credito e bancomat.»

«Dieci euro? Ah ah ah, dieci euro! Sì, vede, al momento tra una cosa e l'altra lo scoperto è... mi faccia controllare che tanto sono a terminale... dunque... ecco il conto... intestato a Bongiorno Matteo e Gaia... vediamo... sì... ecco, sono esattamente trecentoquattromila e novecentodue euro virgola sessantasette centesimi...»

«Trecentoquattromila?»

«E novecentodue virgola sessantasette. Sì, vede, tenga conto che ogni giorno che passa naturalmente l'interesse passivo cresce, e così la commissione di massimo scoperto. Insomma, prima viene a fare questo versamento e meglio è, ecco.»

«E se non lo faccio?»

«Sì, vede, ah, be', lì, allora, poi, insomma, ecco, si va sul penale.»

«Cioè?»

«Sì, vede, lì allora scattano le denunce, i pignoramenti, vi tagliano l'acqua, la luce, il gas, il telefono. È ben per questo che le dico di passare al più presto, signora.»

«Va bene. Passerò.»

«Sì, vede, è un attimino, non è che le facciamo perder tempo. Lei fa il versamento, noi le diamo la ricevuta e via. Altrimenti saremo costretti a far partire il solito iter, capisce?»

«Capisco» dico, anche se non ho idea di che cosa sia questo solito iter.

«I miei ossequi, signora Bongiorno.»

Nessuno

Nessuno mi risponde. Non mi risponde Matteo, assente non solo da casa ma anche dall'ufficio, cosa che stamane ho potuto verificare con un sopralluogo scoprendo tra l'altro che Neyla, la sua segretaria, è molto più carina di come me l'ero figurata in base alle sue descrizioni, ma tanto ormai chissene. Non mi risponde Niccolò, irreperibile sia al cellulare sia alla Eventi Avanti: ho provato a chiamarlo animata da chissà quale folle speranza di defrocizzarlo e riconquistarlo, e per sicurezza ho camuffato la voce, ma la centralinista mi ha subito sgamata. Non mi risponde Elettra, irremovibile nel suo mutismo perfino quando le chiedo se per caso sa dove sia finito suo padre: dal giorno in cui è stata espulsa da scuola, ha buttato nell'immondizia i ferri e i gomitoli e se ne sta chiusa nella sua stanza a giocare ad Angry Birds sull'iPad o alla PlayStation 3, ed esce solo per aprire al ragazzo vestito da rapper di periferia che a colpi di *bella zio* e *bella lì* le consegna a domicilio gli hamburger che mi auguro biologici, benché non osi indagare. Forse ha ragione mia madre: anche se non è assolutamente sovrappeso, e malgrado io non voglia che faccia la modella, dovrei metterla a dieta. In questi giorni, mentre il profilo di Niccolò su Facebook continua a proclamare INNAMORATO, il mio status riporta AVVILITA. Oggi ho preso "il venerdì di Repubblica" ma nemmeno la Aspesi mi ha risposto. A questo punto comincio a chiedermi se per caso non ho sbagliato tutto nella vita. Per quel che ricordo, visto che quando mi parlava io pensavo sempre ad altro, mio padre me l'ha sempre ripetuto: vattene dall'Italia. Ero troppo giovane quando ho conosciuto Matteo, e solo ora mi rendo conto delle occasioni perdute. Tra l'altro, mi hanno fatto la corte in tanti. Alle elementari, alle medie, alle superiori. Ma io niente, un bel giorno ho scelto Matteo, il mio Principe Azzurro bello, ricco e sportivo. Mi chiedo che fine abbia fatto. Forse dovrei andare alla polizia, raccontare di quei tipi che sono venuti a cercarlo. Magari adesso l'hanno trovato e per farsi restituire i soldi l'hanno chiuso senz'acqua e senza cibo in un garage sui Navigli. E se però non l'hanno trovato e andando alla polizia lo incasino ancora di più?

Apericena

Il bello del Noon consiste nel fatto che non è solo un locale, ma un LocArt, e dunque in quanto tale, oltre a ospitare mostre d'arte contemporanea in genere incomprensibili ma cool, offre svariate possibilità: il bar per i cocktail e gli aperitivi, il ristorante a buffet, il ristorante à la carte, la smoking area e il lounge bar con dj set. Messo dov'è qui in via Boccaccio è a due passi non solo dal castello Sforzesco, ma praticamente da tutto. Alla pari del Lotus, è frequentato da broker e sedicenti tali. E attovagliarsi qui viene a costare sui quattrocento euro. Finora non ci avevo mai badato. Questa sera, invece, ci bado. Anzi, praticamente non riesco a pensare ad altro, anche se sto cercando di concentrarmi sul cinguettio di Ilaria e Solaria. Il problema è che a Milano se vuoi vederti con le amiche in un posto carino non è che ci siano poi tutte queste alternative. Se non altro, prima di decidere l'outfit ci siamo sentite. Niente doppioni, stasera. Tutte e tre però abbiamo preso un Negroni. Oggi Francesca Versace non ha twittato alcunché, mentre il blog The Blonde Salad consigliava un outfit total Marc Jacobs, e visto che avevo tutti i capi e gli accessori necessari l'ho subito adottato. In sottofondo, *Far l'amore* di Raffaella Carrà. Non l'originale, ma il remix di Bob Sinclar.

«E insomma questo scienziato crazy, uno dal nome impronunciabile, Kommissario, Komiraschio, Komisaruk o chessò io, ha fotografato il cervello di svariate girls durante l'orgasm.»

«Figa, Ilaria, ma sei sicura? E come si fa a fotografare un cervello durante l'orgasmo?»

«Let me tell you: ha chiesto a sixteen girls di masturbarsi sul lettino della macchina tomografica.»

«Noooo???!!! Figa, dimmi che gli ha fatto la risonanza magnetica mentre quelle se la titillavano.»

«Yesss. Scattando foto del cervello ogni two seconds. Dopo due minuti che le girls ci davano dentro, certe aree del cervello si sono accese. Just like quando si mangia e si beve.»

«Figa, che storia!»

Mentre loro continuano a parlare mi eclisso un minuto e m'infilo nei bagni. Mi specchio. Dio mio. Se non sto attenta a quello che mangio finirò per ridiventare com'ero quando aspettavo Elettra. Due fianchi alla Pausini. Dopo il parto ho cercato con tutta me stessa di tornare quella di prima. Ma da quel che vedo non ci sono ancora riuscita. Entro nel primo séparé libero. Mi caccio due dita in gola. Vomito. Dopodiché mi ricompongo e torno nel locale.

«E insomma just before the orgasm, si sono illuminati la corteccia sensoriale e il talamo. And then, boom! È arrivato l'orgasm. Che a sua volta ha dato lo start all'ipotalamo, al nucleus accumbens e al nucleus caudato.»

«Che sono?»

«No idea. Però capisci bene che noi donne siamo macchine un filo più sophisticated di questi poveretti» esclama, indicando i broker e sedicenti tali che arredano il locale nei toni del bianco e dell'arancione.

A un tratto, mi rendo conto che entrambe mi squadrano. Sarò spettinata? Afferro lo specchietto Chanel nella pochette Fendi. No, i capelli sono a posto. Sorrido.

«Be'? Che stavamo dicendo?» chiedo.

«No, figa, è che a proposito di orgasmi, volevamo sapere: com'è andata con il circense? A Hammamet non ci hai raccontato niente.»

«Yesss.»

«Un disastro, ragazze» scuoto la testa. «Ve la faccio breve: dài e dài, alla fine mi ha confessato che non gli si rizza più da quando le ultime due tipe con cui è stato fida l'hanno messo sotto pressione per avere figli.»

«Nooo?»

«Un altro!»

«A proposito di figli: conoscete per caso una tata di fiducia per Elettra?»

«Figa, già che sei rimasta senza!»

«Io don't.»

«Sono un tale disastro, come madre...»

«Ma se tu per noi sei sempre stata, figa, come posso dire? Una supermamma!»

«Yesss! Una supermother! Come la Gwyneth Paltrow.»

«Davvero lo pensate?»

«Figa, guarda che non è da tutte tirare su una figlia senza trascurare la carriera, sai?»

«Yeap!» mi fa Ilaria, trafficando col suo iPhone. «Tieni, leggi qui.»

Mi porge il suo cellulare. Leggo.

MAMME STAR

I buoni consigli di Gwyneth

Gwyneth Paltrow ha deciso di condividere in rete le sue giornate di "mamma lavoratrice". E dà consigli a chi si trova nella stessa situazione. Organizzazione è la parola d'ordine e tutto fila liscio... Gwyneth si sente una donna comune e per dimostrarlo ha deciso di condividere i suoi "problemi" di gestione della famiglia e del lavoro con tante altre donne. Perciò ha voluto raccontare una giornata tipo della sua vita da "madre lavoratrice" per aiutare le donne nella sua stessa condizione con una serie di consigli utili. La sua giornata (per l'esattezza lo scorso 4 novembre) è iniziata con lo stress di fare il caffè con una macchinetta rotta. La diva ha poi vestito Apple, sei anni, e Moses, quattro, e ha preparato loro una colazione a base di uova strapazzate e pane tostato, seguita da un cucchiaio di olio di semi di lino, naturalmente. Dopo aver lasciato i figli a scuola alle

8.20, Gwyneth è andata in palestra per un allenamento di 45 minuti, che è iniziato alle 9. Alcune mamme lavoratrici potranno notare una leggera differenza con la propria routine quotidiana, che comprende la pulizia, lavare, stirare, fare la spesa e pagare le bollette oltre che correre in ufficio in tempo per timbrare il cartellino. Ma anche la diva ha le sue preoccupazioni: ad esempio decidere cosa indossare per promuovere il suo nuovo film *Country Strong*. Quando i bambini arrivano a casa, presumibilmente accompagnati da una bambinaia, la famiglia si riunisce per la cena. Poi è l'ora del bagno, momento mai popolare tra i bimbi. L'attrice, sposata con la star dei Coldplay Chris Martin, prosegue la serata con il marito mentre i bambini dormono, e poi va a letto alle 23.29. "Tutto fatto e pronta a fare tutto di nuovo domani!" conclude la Paltrow.

«Già» sospiro. «So solo io la vita che ho fatto per trovare una tata che si occupasse di Elettra quando poco dopo la nascita le sono venute le colichette. E non avete idea di quanti pannolini cambiava, da quello che mi raccontava la tata anche uno all'ora. Per tacere della difficoltà di reperire peruperu che sappiano abbastanza bene l'italiano da leggere le fiabe. Sono sempre stata orgogliosa di aver allevato mia figlia senza lasciare il lavoro, sacrificandomi al punto di vederla solo un'ora la sera e di tanto in tanto nel fine-settimana, quelle rare volte che io e suo padre non si andava assieme al mare o in montagna, almeno prima che Matteo cominciasse a fare snao. Peccato che ora mi abbiano licenziata.»

«Ma figa, che c'entra? Mica per colpa tua.»

«Right or wrong, it's my country.»

«Comunque, come se non bastasse, ho scoperto che Matteo si è sputtanato al poker tutti i nostri soldi, anzi di più, perché siamo pieni di debiti. Stamattina mi ha perfino cercata il direttore della filiale Pluricredit dove abbiamo il conto. E Matteo è sparito.»

Ilaria e Solaria si guardano. Tacciono.

«Tra l'altro, volevo chiedervi...» comincio a dire, ma non riesco a finire la frase perché loro mi interrompono.

«Figa, è un periodo piuttosto duro per me questo, Gaia. Ti dico, tra una cosa e l'altra faccio fatica anch'io ad arrivare al ventisette, figa. E non è che ho qualcosa da parte: sai anche tu che specie quando sei single mettere qualcosa da parte a Milano, figa, non è possibile.»

«E per me it's just the same. Crisi, Gaia, crisi. C'è una crisi nera. Anche nel giro della fashion industry. Let me tell you: non comprano nemmeno più gli emiri, ti dico gli *emiri*, non so se mi explain.»

«Ma io non volevo chiedervi dei soldi» spiego. «Volevo solo chiedervi... se per caso conoscete un buon avvocato.»

Paiono subito sollevate. Peccato che si tratti di una bugia.

«Figa, come no!»

«Yesss, no problem!»

Dovrò fare in modo di eclissarmi al momento del conto.

Solaria e Ilaria ammiccano a trecentosessanta gradi nella speranza di intercettare lo sguardo di qualche broker o pseudo tale.

«Milano? È tutta un circo» dice una pierre dietro di noi.

«Ma tu quanto paghi d'affitto?»

«Viaggi in programma?»

Sei un fallito

Sei un fallito. Sei un fallito, un fallito, un fallito. Quante volte in via Brera ho sentito mia madre sibilare a mio padre *sei un fallito.* Sei un fallito, e prima del matrimonio non hai fatto altro che illudermi. Sei un fallito, e dopo il matrimonio sei stato solo capace di deludermi. Da ragazza ero certa di aver sposato un uomo determinato, carismatico, vincente. Ma poi ho scoperto di essermi legata a un idealista, un sognatore, un'anima bella. Tu ti credi un puro ma sei solo un fallito. Tu ami farti passare per visionario ma sei solo un fallito. Tu ti spacci da utopista ma sei solo un fallito. Anziché l'architetto avresti dovuto fare il poeta. O il missionario. Oppure direttamente il martire. Ma no, ti sei preso la laurea in architettura. E mi hai fregata. Perché se mi fossi imbattuta in un poeta, un missionario o un martire mi sarei tenuta ben alla larga. Vade retro. E invece no. Ho creduto di sposare un architetto, ma in realtà ho sposato un fallito. Sei solo un fallito. Un fallito un fallito un fallito.

Fallito.

Fallito.

Fallito.

Ito o ita?

Fallito o fallita?

Fallita.

Fallita.

Fallita.

Che direbbe di me mia madre? E mio padre? Continuo a chiedermelo seduta in auto sotto casa, di ritorno dal Noon, mezza ubriaca e mezza terrorizzata all'idea che prima o poi dovrò dire a Elettra come si sono messe le cose.

Sono anch'io una fallita?

Nell'attesa

Nell'attesa di incontrare l'avvocato che mi hanno consigliato Solaria e Ilaria, siedo in una delle decine di stanze tra stucchi e ori e tappeti dello studio che occupa cinque piani di un palazzo di via Manzoni, ed evito di rispondere a una serie di chiamate di mia madre controllandomi a più riprese i capelli nello specchietto Chanel. L'avvocato Giulio Maria Bebelli Sfacciati Tosti, giurano entrambe, è il migliore sulla piazza. Non a caso, cura gli interessi di tutta una serie di celebrities della moda, del calcio, del cinema e della tivù, oltre che quelli di alcuni tra i più bei nomi della Milano che conta. Tra l'altro è anche un uomo piuttosto intrigante, almeno a giudicare dal profilo su Facebook, dove si definisce MASCALZONE/ROMANTICO e dove ha postato svariate immagini che lo ritraggono in posti tipo Cancun o Miami o Malindi o Phi Phi Island o Ulan Bator o le spiagge frequentate dai surfisti in Australia. A dire la verità somiglia a qualcuno, ma adesso come adesso non saprei dire chi. Stamattina ho deciso di scrivere nel mio status PICCOLA ROCCIA. Nel profilo di Niccolò, che non so perché continuo ad andare a controllare, campeggia invece sempre INNAMORATO. Se non altro, ora so di chi. In un angolo della stanza dove mi trovo c'è una scultura di quel Cattelan, credo, visto che si tratta di due grosse mani che mostrano entrambe il dito medio uguali a quella che hanno messo in piazza Affari. Sulla parete dietro la scrivania invece c'è un enorme arazzo di ambientazione africana che ritrae proprio l'avvocato

Giulio Maria Bebelli Sfacciati Tosti... a torso nudo... e nell'atto... di mangiare... il cuore... di un... ghepardo? Due guerrieri Masai lo osservano palesemente ammirati. Ma a chi somiglia? A... Jude Law? No. A Russell Crowe? Nemmeno. A Joaquin Phoenix? Macché. Un momento, un momento... forse ci sono: è spaccato Tom Brady, il bad boy che ha lasciato la fidanzata Bridget Moynahan al terzo mese di gravidanza per mettersi con la Bundchen.

«Buongiorno signora Bongiorno che piacere incontrarla mi perdoni l'attesa ma oggi è una giornata di fuoco ma dov'è che ci siamo già incontrati al Noon al Lotus al Radetzky all'Armani Privé all'Atomic al Nobu vabbè non importa so che l'hanno mandata qui due mie assistite ha fatto bene non se ne pentirà mi dica cosa posso fare per lei» mi travolge l'avvocato, entrando d'impeto nella stanza con due assistenti agghindate in fantasie animalier Cavalli su sfondi che coprono svariate tonalità del prugna. Ha davvero un'aria da... mascalzone romantico, devo ammettere. Anche perché, impeccabile nel suo gessato Burberry lilla completato da un paio di stringate A.Testoni, si esibisce subito in un baciamano con occhiata malandrina alle mie gambe fasciate da un paio di francesine Miu Miu come la mini e le décolleté.

«Buongiorno avvocato Bebelli Sfacciati Tosti» dico, notando il fisico prestante e il viso abbronzatissimo e la cravatta viola a pois nel taschino della giacca a mo' di foulard, e chissà perché avvampo. «Ecco, ora le spiego...»

«No. Guardi la ringrazio ma spieghi tutto alle mie assistenti qui che sono giovani ma bravissime l'avvocato Francesca Bona Peretti e l'avvocato Eleonora Striglia Dori io mi scuso ma sto ricevendo in diciannove stanze contemporaneamente anzi no ventuno e purtroppo non mi posso fermare comunque conti su di me sappia che ho studiato a fondo le carte e che ho già a cuore il suo caso vedrà che spunteremo un gran bel risarcimento dalla compagnia assicuratrice dell'armatore grazie grazie grazie ancora grazie.»

E se ne va, strizzandomi l'occhio e sparendo oltre la porta di fianco alla scultura di Cattelan.

«Ci dica, signora Bongiorno» mi sorride la Bona Peretti, o forse la Striglia Dori.

«Ci dica, ci dica, che noi intanto prendiamo appunti» mi sollecita la Striglia Dori, o forse la Bona Peretti, salvo poi portarsi una mano alla fronte come se si fosse ricordata di qualcosa e contestualmente prodursi in uno scatto per raggiungere l'avvocato, lasciandomi sola con l'altra.

«Be', dunque...» abbozzo, interrotta dalla suoneria dell'iPhone della Bona Peretti, o forse della Striglia Dori.

La Bona Peretti, o forse la Striglia Dori, risponde al volo, facendomi segno di aspettare.

«Sì. No. Sì. No. Sì, esatto. No, sbagliato. Allora mi aspetti lì che arrivo, un attimino e sono da lei.» Allarga le braccia, e mi fa: «L'avvocato Bebelli Sfacciati Tosti è tornato ieri da una breve vacanza a Shangai e devo aggiornarlo sugli sviluppi di una fusione. Le mando subito qualcuno.»

Dopodiché segue gli altri due.

Aspetto circa una mezz'ora, durante la quale mi collego al sito di "Cosmopolitan".

> Lui e il sesso: ci sa fare se... suona uno strumento musicale, balla bene, mangia piano gustandosi il cibo e non ha gli addominali a tartaruga.

Passo oltre, per quanto mi riguarda ormai il sesso non so più che cos'è.

> Uomini, la tua guida per capirli, amarli, sedurli. Cosa fa lui sotto la doccia? Se pensa soprattutto a lavarsi, è un uomo schietto e pragmatico, che non ama girare attorno ai problemi ma preferisce andare dritto al sodo.

Cioè il contrario di Matteo. E anche di Niccolò. Forse dovevo fare caso a come si comportavano sotto la doccia, prima di farmi tanti castelli in aria.

Test. Rispondi, senza soffermarti troppo, alle domande qui sotto. La vetrina riflette la tua immagine, come ti vedi? A) carina, ma vorresti perdere due chili. B) innamorata e piena di desideri. C) dovresti regalarti un trench nuovo...

Da parte mia direi... nessuna delle tre. O forse tutte e tre, non so... Mentre ci penso, entra una ragazza che a prima vista, sarà per gli occhialini tondi, sarà per la coda di cavallo, sarà per il tailleur molto bon chic bon genre, ha l'aspetto di una tirocinante neolaureata.

«Buongiorno signora Bongiorno, l'avvocato Bona Peretti e l'avvocato Striglia Dori si scusano ma questa mattina è un po' così. Io sono Sara Bonci Boncini, e da neolaureata cum laude faccio il mio tirocinio in questo studio. So che l'avvocato Bebelli Sfacciati Tosti ha molto a cuore il suo caso, e sono qui per prendere appunti. Dal briefing che mi hanno fatto or ora l'assistente dell'avvocato Bona Peretti e l'assistente dell'avvocato Striglia Dori ho ricostruito che si tratta di... una denuncia della Guardia di Finanza: evasione fiscale e occultamento di capitali all'estero, giusto? Non si preoccupi, sapesse quante ce ne capitano.»

Questa notte

Questa notte ho fatto un incubo. Era un incubo confuso, nel quale si mischiavano tante facce, tanti luoghi. C'era un uomo che mi seguiva all'uscita da un aperitivo con Solaria e Ilaria, credo all'Hotel Straf, un uomo con cinque teste, quella di Matteo e del padre di Matteo e di Elettra e di Niccolò e di mio padre, che però era irriconoscibile. E il sole che bruciava in cielo aveva la faccia di mia madre. E io vagavo in una città che era un po' Milano e un po' Parigi, un po' Londra e un po' New York, un posto dove si susseguivano incessanti le sfilate primavera/estate e autunno/inverno. E non si riusciva a camminare perché le strade pullulavano di modelle obese che impedivano il passaggio, talmente grasse da bloccare il traffico. E a un tratto m'imbattevo in un vecchio seduto davanti alla Galleria d'Arte Moderna di via Palestro con la testa nascosta tra le ginocchia e ai piedi un pezzo di cartone su cui c'era scritto AIUTATEMI VI PREGO HO TANTA FAME. E io senza un motivo preciso mi fermavo a guardarlo, e in quell'istante si sentiva un'esplosione terrificante, e allora il vecchio alzava la testa ed era Giorgio Armani. E io lanciavo un urlo, e correvo via, via, via, lontano. E a quel punto veniva la parte più terribile, perché desideravo tanto entrare in casa dei miei, nella vecchia Brera, per raccontare tutto a mio padre, ma la trovavo sbarrata. E così andavo a comprarmi qualcosa ma avevo solo dieci euro ed ero costretta a entrare da H&M, dove in sottofondo rimbombava *Ah ah ah ah a far l'amore comincia tu*.

Dài, piccola roccia

Dài, piccola roccia, mi sono detta. E, da piccola roccia quale effettivamente sono, ho deciso di correre ai ripari senza perdere altro tempo e fare qualcosa di pratico. Per cominciare, ho mandato un centinaio di curricula o curriculum o curricoli o come cavolo si dice alle varie agenzie che si occupano di eventi in giro per Milano. Per un attimo sono stata tentata di mandarne uno anche alla F.U.F.F.A. di Torino, che da quel che ho capito facendo una breve ricerca in Internet in questo momento è un nome particolarmente caldo, pare che si sia appena vista approvare un progetto per cambiare la topografia di Torino adottando quella di Monopoli, non la cittadina abruzzese ma il gioco, così da attirare nuovi turisti. Ma prima di tutto fa guerrilla-marketing, che secondo me di questi tempi non è il caso, e poi per l'appunto sta a Torino, che per carità, hanno un bel dire che ci si sono trasferite la Herzigova, la Seredova, la Bobulova, la Nemcova e la Boostova ed è la nuova Milano, ma vuoi mettere con l'originale? Tuttavia, non mi sono limitata a mandare in giro curriculi o curriculum o curricola. Anche perché se la Natalia Aspesi non mi ha ancora risposto, mi sono detta, figuriamoci questi quanto ci mettono. E perciò ho postato un annuncino su Forum alFemminile.com, avendo deciso dopo un breve consulto con Elettra di affittare una delle stanze degli ospiti, che tra parentesi non abbiamo mai utilizzato visto che le tate le abbiamo sempre messe in quello che in origine era il ripostiglio, in modo da tirare su qualche soldo. Chi tace acconsente, mi sono detta di fronte al mutismo di lei, e nel giro di poche ore mi hanno risposto:

due modelle entrambe estoni, tali Miela e Merily – no grazie che poi ogni tre per due mi vomitano in bagno e magari un giorno o l'altro mi muoiono di anoressia;

un truccatore francese, tale Jean-Pierre – e ci manca che, con tutto il rispetto per le minoranze, non solo etniche si capisce, Elettra si ritrovi in casa uno che la aiuti a truccarsi da vampiretta in modo ancora più credibile;

un ballerino brasiliano, tale Odisseu.

Bel nome, ho pensato. E poi dài, un ballerino. E brasiliano. D'istinto, ho scelto quest'ultimo. Detto fatto, quando l'ho contattato mi ha risposto che poteva trasferirsi da noi già in serata. Così, prima mi sono scapicollata dal Salumaio, giusto per accoglierlo degnamente visto che abitando qui avrà l'uso della cucina ma mi sembrava carino farlo cenare con noi la prima sera, anche per rompere il ghiaccio; poi ho finto di aver dimenticato a casa il portafoglio, chiedendo alla cassiera che mi segnasse la spesa in conto, cosa che ha accettato senza battere ciglio anche perché in questi anni solo in vol-au-vent ho speso milioni di euro; quindi sono tornata a casa, ho preparato la tavola con tanto di candele per dare un benvenuto caloroso senza però dare adito a malintesi, vista la presenza di Elettra; infine mi sono fatta un bagno caldo senza neppure sfiorare il bagnoschiuma Etro e dopo un accurato restauro mi sono messa un po' in tiro, scegliendo una camicetta e un pantalone Blumarine anche se ero tentata da una mini D&G con cuissard Louis Vuitton di pitone. Ma... meglio evitare oltre ai malintesi anche i fraintendimenti, mi sono detta. Dopodiché... non so come mai, mi sono versata un bicchiere di Vodka Lemon, e spaparanzata su un divano mi sono messa a fantasticare. Odisseu. Un nome molto maschio. Maschio ballerino. Maschio ballerino brasiliano. Peccato non abbia avuto il coraggio di chiedergli una foto. Però mi ha scritto di avere venticinque anni. Tredici in meno di me. Ah ah ah ah. Ma che mi succede? Sto forse diventando... una coguara? Sarebbe veramente assurdo no? Insomma, dopo un matrimonio andato a rotoli e dopo la batosta di Niccolò, avrebbe un che di bizzarro diventare l'amante di un ballerino brasiliano venticinquenne di nome Odisseu. Sorseggio il mio Vodka Lemon. Di sicuro, i maschi brasiliani sono ancora dei veri maschi, rispetto ai milanesi. Tolti i trans, si capisce. Per esempio José Mourinho, l'ex allenatore dell'Inter. Lo so che in realtà è portoghese, ma praticamente è la stessa cosa. È un po' come per gli altoatesini, che alla fin fine sono austriaci. Mourinho mi è capitato di incontrarlo solo una volta di persona, qui da Gucci in via Montenapoleone. Si stava comprando tutto il negozio. Quando me lo sono trovato davanti giuro mi sono venuti i brividi. Era come se fosse fatto di solo testosterone. Ma senza essere un bruto, tipo Vincent Cassel. Che comunque avercene. Una drittona, la Bellucci. Proprio una drittona. Dice che per lei la fedeltà non conta. Mi verso un altro dito di Vodka Lemon. Che sguardo, Mourinho. Che labbra. E che culo. Per non parlare della voce. Profonda. Sensuale. Maschia. Quel suo modo di dire *Zero tituli* mi attizzava una cifra. Mourinho, con quei suoi capelli brizzolati, i lineamenti delicati ma decisi, il grandissimo sense of humor, e soprattutto l'enorme percentuale di testosterone, è in realtà il maschio perfetto per tutte noi donne milanesi in carriera. Sono convinta che lo sia anche per Guia Soncini, anche se lei è così cerebrale che molto probabilmente non lo ammetterebbe mai. L'addio di Mourinho all'Inter ha gettato nello sconforto tutte noi. Milaniste incluse. Ma se questo ballerino brasiliano... somigliasse un po' al bell'allenatore portoghese? Chissà. Tra poco, lo scoprirò. Sorseggio il mio Vodka Lemon. Ogni donna ha bisogno di un partner, mi dico. Un partner con cui condividere sentimenti veri. Il nostro cervello non funziona come quello degli uomini. Forse siamo un po' complicate, è vero. Ma non è detto che se accettiamo un invito a cena vogliamo anche finire a letto di default. Come non è detto che vogliamo finirci se facciamo trovare pronta la cena al primo ballerino brasiliano che passa. A parte che a me piace essere corteggiata, e che quindi questo Odisseu non deve certo aspettarsi che per il solo fatto di prendere una stanza in affitto in casa di una donna ancora giovane e piacente... a questo punto... una coguara... vuoto il bicchiere d'un fiato. Quasi quasi spreparo la tavola. Non gli faccio trovare niente. Non è nemmeno referenziato. Ma come ho fatto a essere così stupida? Adesso sta' a vedere che mi tiro in casa un pazzo o un maniaco o comunque un delinquente. Focalizzo la faccia di Hannibal Lecter. Prendo l'iPhone, vado su Google e digito "ballerino brasiliano". Saltano fuori più di diecimila voci. Do una scorsa:

BALLERINO BRASILIANO XXL FISICO MOLTO DEFINITO SEMPRE DURO CONTATTAMI
www. balbrasxxl. com

BALLERINO BRASILIANO XXXL IN BOXER TUTTO BAGNATO TI ASPETTO
www. balbrasxxxl. com

BALLERINO BRASILIANO XXXXL CAZZO CALDO NON RIMARRETE DELUSE/I
www. balbrasxxxxl. com

BALLERINO BRASILIANO XXXXXL INDOSSA SEXY PERIZOMA MACULATO SU MISURA
www. balbrassexper. com

Oh mio dio. No. Non ditemi che...

Sento suonare il campanello. Oh, cazzo. Cazzo. Cazzo. Cazzo. Eccolo.

«Elettra, apri tu?»

Niente.

«Elettra!»
Zero.
«Elettra! Hai sentito che ti ho detto?»
Macché.
Mi alzo dal divano con le gambe un po' molli, forse ho un filo esagerato con il Vodka Lemon, e automaticamente controllo i capelli nel grande specchio in fondo al corridoio. Sono a posto. Di sfuggita do un'occhiata nel videocitofono, anche se so benissimo che non serve. Infatti l'immagine in bianco e nero trasmessa dalla telecamera non potrebbe essere più vaga: si vede giusto un uomo in tuta sportiva fermo davanti ai campanelli sul marciapiede di via dell'Annunciata. Un uomo... con un enorme trolley.
«Sì?» dico nel citofono.
«Buoniseha, segnoha Bonigiornu. Odisseu.»
Mah, a dire la verità mi sembra un tipo per bene. E poi l'ho trovato su Forum alFemminile. com, mica in quell'immondezzaio che ho scoperchiato prima. Apro? Apro. Poi corro in soggiorno, dove ho lasciato l'iPhone, e lo recupero. Imposto una chiamata al 113. Male che vada, mi chiudo a chiave in bagno e chiamo la polizia. Sento l'ascensore che arriva al piano. Ora suonerà il campanello. Lo suona. Guardo la porta chiusa della camera di Elettra. Inutile. Stringo l'iPhone come un'arma, e vado alla porta. Forse avrei dovuto bere ancora un sorso di Vodka Lemon. O forse avrei fatto meglio a non berne affatto. Nello spioncino, intravedo lo stesso uomo in tuta sportiva con l'enorme trolley.
«Sì?» dico.
«Buoniseha, segnoha. Odisseu.»
Vabbè, mi dico, almeno pare educato.
Apro.
E di fronte a me non trovo né José Mourinho né Hannibal Lecter. E nemmeno uno di quei tipi molto definiti e in sexy perizoma tutto bagnato. Bensì Odisseu, ballerino brasiliano. Che non è esattamente un nano, però è basso, molto basso. Tanto basso che il trolley, che credevo enorme, è grossino ma niente di più.

«Buonasera, Odisseu» gli faccio, un po' interdetta ma comunque certa che in ogni caso saprò cavarmela da sola, semmai fosse necessario. «Entri, entri pure.»

Odisseu entra. Si guarda attorno. Sorride.

«Chi belo!» esclama.

«Venga, le mostro la stanza.»

Per un attimo sono tentata di ficcarlo nel ripostiglio, come già le varie tate. Ma è pur sempre un ballerino, benché brasiliano e basso. Molto basso.

«Eccola» gli dico, mostrandogli la stanza degli ospiti. «Sono mille euro al mese, più altri mille di caparra, anticipati.»

Fosse stato almeno carino, gliene avrei chiesti ottocento. Ma non lo è. Tra l'altro la tuta è una Nike di quelle lucide. Orrore e raccapriccio.

«Chi bela!» esclama lui, trascinandosi dietro il trolley e guardandosi attorno. In effetti, qui io e Matteo abbiamo messo tutti i pezzi d'antiquariato ricevuti in dono dai Ligresti e dai Moratti e dai Tronchetti Provera il giorno del nostro matrimonio. Non sapevamo che farcene, visto che non legavano con il resto dell'arredamento in stile Marvel e DC Comics.

«Quindi lei è ballerino» dico. «Brasiliano.»

«Sì, Minas Geihas.»

«E dov'è questo posto?»

«En Bhasiu!»

«E qui a Milano che ci fa?»

«U ballihinu.»

Be', non c'è che dire, tutto fila, penso. Che faccio, glielo dico della cena? Massì, poveraccio. Però magari gli specifico che se vuole mangiare con noi è un servizio in più rispetto alla stanza, e dunque deve mettere in conto che si tratta di un pasto a pagamento.

«Io e mia figlia stiamo per cenare. Lei normalmente può usare la cucina, perciò si ritenga autonomo. Ma se preferisce, giusto per stasera, visto che è appena arrivato...» Esito.

«Chi belo!» mi fa lui. «Ghazzi! Pehò, Odisseu pagu. È più giustu cusì. Comi mezzi pinsioni in albehgu, no?»

«Benissimo, come preferisce. Allora lei si sistemi, noi l'aspettiamo.»

«Ahhivu subitu.»

Lo pianto lì, e vado da Elettra. Busso.

«Elettra, tesoro! È ora di cena!»

Niente.

«Elettra!»

Zero.

«Elettra, noi ci mettiamo a tavola. Chi tardi arriva male alloggia. Intesi?»

Macché.

Mi trasferisco in sala da pranzo, dove mi accorgo di non aver ancora acceso le candele. Faccio che toglierle. Per fortuna dal Salumaio ho preso una cena fredda, come d'abitudine. Sarà una cosa veloce. Dunque, vediamo: vol-au-vent, tartine di caviale, insalata russa, zucchini in carpione, jamon spagnolo... I soliti quattrocento e dodici euro, insomma. Niente da fare, ho proprio le gambe molli. Tuttavia, gradirei un'altro Vodka Lemon.

«Ehm» sento fare da qualcuno alle mie spalle.

Mi volto. Il ballerino brasiliano si è materializzato in sala da pranzo. Indossa sempre la tuta Nike lucida. E, non posso fare a meno di notare, è ancora più basso: forse perché ha sostituito le scarpe sportive con un paio di pantofole di peluche... a forma di gatto. Per carità, José Mourinho sarebbe stato pretendere troppo. Ma a questo punto forse era meglio Hannibal Lecter.

Psicanalista

SAI A VOLTE TI PENSO. N.

Rileggo l'sms di Niccolò mentre salgo in ascensore dalla psicanalista. Ma che succede? È andato fuori di testa? Prima mi dice una cosa, poi il contrario, poi il contrario del contrario, poi il contrario del contrario del contrario, poi viene fuori che è frocio, cioè gay, e adesso ci tiene a farmi sapere che a volte mi pensa. Poco fa, parcheggiando in corso Buenos Aires, non ho risposto alla nuova chiamata di mia madre e ho aggiornato il mio status su Facebook, digitando ESTERREFATTA per poi twittare OH MIO DIO MA QUANTO SONO ESTERREFATTA? Tra l'altro il profilo di Niccolò proclama sempre INNAMORATO. Alzo lo sguardo dallo schermo dell'iPhone. Eccomi nello specchio. Ho qualche capello bianco? Mah. Un paio ci sono ma tutto sommato sembrano ancora sotto controllo. O no? Forse. Tinta? Tinta. Devo assolutamente farmi una tinta. Una tinta adatta al mio incarnato. Specifica. Dopotutto ho trentotto anni ed è giunto il momento che mi occupi di queste cose. Un taglio corto no. O sì? Be', tra qualche anno sarà necessario. Però... e se mi facessi fare un taglio asimmetrico? Mi guardo i capelli mettendomi di tre quarti. Li ravvivo. Quand'ero ragazza erano setosi come quelli di un'indiana. Lisci. E resistenti. Di sicuro non lo farei che per me. Per sentirmi... non lo so... più sicura, ecco. Ma senza esagerare. Mica come Lady Gaga. Devo ricordarmi di dare un'occhiata agli ultimi tweet di Francesca Versace e agli outfit consigliati dal blog The Blonde

Salad, il mio unico punto di riferimento in questo mondo così confuso, in particolare adesso che secondo "Vanity Fair" il vampiro di *Twilight* Robert Pattinson ha comprato una villa sul lago di Como a quattro passi da quella di George Clooney. E se lo viene a sapere Elettra? Capace che scappa di casa per raggiungere il suo idolo. Tisana drenante, mi dico. Biancolatte. Pilates.

La porta dell'ascensore si apre. Suono il campanello. Uno scatto. Metto piede nell'ingresso. Prima o poi dovrò decidermi a parlare di mio padre. E del mio blackout.

«Buongiorno Gaia» mi sorride dall'uscio del suo studio la dottoressa Kullmann.

«Buongiorno dottoressa» le sorrido a mia volta, spegnendo il cellulare.

«Prego, si accomodi.»

«Grazie.»

Mi sdraio sul lettino. Sento la dottoressa Kullmann sedersi alle mie spalle. La mia ora di cinquanta minuti è iniziata.

«Bene, Gaia. La ascolto.»

Ero venuta qui con l'intenzione di spiattellarle gli ultimi folli sviluppi della mia vita, ma mica posso raccontarle del circense terrorizzato all'idea di poter procreare o del ballerino brasiliano in tuta e pantofole di peluche a forma di gatto.

«Ehm» tossicchia la dottoressa Kullmann.

«La notte scorsa ho fatto uno strano incubo... molto confuso... comunque tra i vari personaggi c'era un uomo a cinque teste... e una era quella di mio padre... è la prima volta che faccio un incubo da molto tempo a questa parte... forse ora che ci penso è la prima volta da quando è successo il patatrac... voglio dire dall'epoca di Tangentopoli... io allora non avevo ancora diciott'anni... e non ci capivo niente... mio padre del resto se non ricordo male mi ha solo sempre detto di tenermi alla larga dalla politica... secondo lui in Italia la politica è da sempre una presa in giro... una truffa...»

Aspetto che la dottoressa Kullmann dica qualcosa, ma lei tace.

«Infatti già allora se mi capitava di imbattermi in un telegiornale mentre facevo zapping cambiavo subito canale... nel senso... a me sembrava di fare politica già solo andando a fare shopping da Fiorucci... che comunque allora da molti era considerato un rivoluzionario... del resto da quello che mi ha raccontato mio padre... una volta c'era chi pensava di fare politica andando a comprare libri da Feltrinelli... e si leggeva i diari del Che Guevara... o il libretto rosso di Mao... e ora dirige giornali vicini a Confindustria... o siede nei consigli di amministrazione...»

Aspetto che la dottoressa Kullmann dica qualcosa, ma lei tace.

«Io comunque anche avessi voluto non avevo tempo di capire che cosa stava succedendo... a parte che mi piacevano ancora i Duran Duran, era l'epoca d'oro delle Top... sotto molti aspetti un periodo felice... era come se gli anni Ottanta non dovessero finire mai... e secondo mia madre dovevo fare la modella... mio padre non voleva, tirava sempre fuori quella storia di Terry Broome... ma mia madre, che da giovane sfilava, ci teneva molto... poi però loro due hanno divorziato... e poi è scoppiata Tangentopoli... e poi ancora ho avuto come un momento di blackout...»

Aspetto che la dottoressa Kullmann dica qualcosa, ma lei tace.

«Ma dicevamo della politica... insomma io ero proprio all'oscuro di tutto... ma quando hanno arrestato quello là... com'è che si chiamava? Mario Chiesa... ecco quel giorno papà improvvisamente ha detto che forse c'era qualche speranza... io come al solito fingevo di ascoltarlo ma pensavo ai fatti miei... perciò ricordo solo frammenti di frasi... diceva che forse... l'impalcatura di menzogne su cui si reggeva l'Italia stava crollando... guardali lì, mi ha detto una sera che tornando da un corso di portamento sono andata a trovarlo nella nostra vecchia casa di Brera... se ne stava seduto davanti alla tivù... dove facevano vedere un processo a dei politici... eccoli gli amici di tua madre... quelli che mi hanno sempre impedito di lavorare nel mio Paese perché non gli ho mai leccato il culo... quelli che si sono mangiati il tuo futuro... sinistri compresi... differenza antropolgica un'ostia... ma se glielo dici ti danno del qualunquista...»

Aspetto che la dottoressa Kullmann dica qualcosa, ma lei tace.

«Poi, quando a Roma hanno tirato le monetine a Craxi... che periodo era? Non ricordo... comunque avevano già arrestato diversi amici di mamma... tutta gente che prima vedevo normalmente a casa nostra in via Senato... venivano a pranzo da noi la domenica democristiani, socialisti, comunisti... da salotto, si capisce... comunque il giorno che hanno tirato le monetine a Craxi papà mi ha detto qualcosa tipo... speriamo, Gaia, speriamo... forse questo Paese sta davvero cambiando... ma io non lo stavo a sentire... captavo qualche parola qua e là... futuro... rivoluzione... libertà...»

«Molto bene» mi fa la dottoressa Kullmann. «La nostra ora è finita. Come d'abitudine, la lascio con una riflessione: Egli passa attraverso le cose del mondo come la pietra attraverso l'acqua, senza far nulla, senza agitarsi: viene scagliato, ed egli si lascia cadere. La sua meta lo tira a sé.»

«La ringrazio, dottoressa Kullmann.»

«Sono trecento euro.»

In disco

In disco... mi hanno martellata Solaria e Ilaria per tutto l'apericena al bancone del Bond... dài che è venerdì... devi venire con noi in disco... al Roialto... al Roialto dove stasera suona dj Iaio... un dj torinese caldissimo... così prima ho aggiornato il mio status su Facebook, scrivendo AVVENTUROSA... poi ho twittato OH MIO DIO STASSE MI SENTO PROPRIO AVVENTUROSA... quindi abbiamo fatto il pieno di Vodka Lemon in quel buco sui Navigli... per i miei gusti una specie di asilo infantile visto che l'età media dei fighetti provvisti di occhiali stravaganti che lo affollavano era sui vent'anni... e infine siamo venute qui al Roialto... solo che poi quelle due deficienti si sono subito eclissate dalla pista... sparendo chissà dove... in compagnia di due pseudo-broker... lasciandomi in balia di questo Stefano... che poi da quel che ho capito sarebbe un terzo pseudo-broker... che a suo dire ha degli agganci nel mondo dello spettacolo... e mentre balla *Far l'amore* di Raffaella Carrà remixato da Bob Sinclar si spara pose una via l'altra... e ammicca di continuo... a me... ma anche a tutte le ragazze nelle nostre vicinanze... attento a mettere bene in mostra il Rolex al polso... e i tatuaggi tribali sugli avambracci... nonché gli abbronzatissimi addominali a tartaruga... che fanno capolino dalla camicia Abercrombie & Fitch... sbottonata fino all'ombelico... oh mio dio forse ho bevuto troppo... questo poi mi ha appena offerto due Long Island... per fortuna non porta la famigerata catenina d'oro al collo... in compenso sul petto si è fatto tatuare un rosario... mentre lui continua a ballare mi eclisso un momento e sguscio nei bagni... mi specchio... dio mio... se non sto attenta a quello che mangio finirò per ridiventare com'ero quando aspettavo Elettra... la ciccia cascante sotto le braccia... dopo il parto ho cercato con tutta me stessa di tornare quella di prima... ma da quel che vedo... non ci sono ancora riuscita... entro nel primo séparé libero... mi caccio due dita in gola... vomito... dopodiché mi ricompongo e torno nel locale... lui è sempre lì che balla... dai diffusori impazza la solita house fighetta... che si sente dappertutto nei locali che frequentiamo... i Vodka Lemon e i Long Island per fortuna attutiscono tutto... anche se mi sembra di essere totalmente fuori sincro rispetto alla musica di questo dj Iaio... ma non mi riesce di andare a tempo con la cassa a quattro nemmeno se mi fermo per un istante... e poi riparto... oh mio dio perché al posto del remix di *Far l'amore* non mette quello di *Flashdance*... era il mio sogno adolescenziale... diventare come Jennifer Beals...

«Aborro... le cicche lì»... leggo a un tratto sulle sue labbra mentre alza gli occhi al cielo.

Guardo in su... interdetta... aborro... le cicche... lì... quali cicche?

«Non capisco»... gli dico... scuotendo la testa...

«ABORRO LE CICCHE LÌ» mi ripete lui... da un paio di metri... urlando...

«ABORRI? QUALI CICCHE?»

Ride... e avvicina la bocca... al mio orecchio...

«AH AH AH! NOOO! TI HO DETTO: *ADORO LE CHIKEN LIPS!*»

«MA... NON È UN GRUPPO MASCHILE? E POI QUESTO NON È BOB SINCLAR?»

«ORMAI NON SI CAPISCE PIÙ NIENTE!» mi fa lui... stringendosi nelle spalle... «MASCHI, FEMMINE, CHE IMPORTA?»

«BE'... A ME... IMPORTA...»

«ALLORA VIENI!» mi fa...

Mi prende per mano... luci... facce... gambe... braccia... occhi... suoni...

«CHE... COS'È?»
«VODKA LEMON!»
«NO... NE HO... GIÀ... BEVUTI... TROPPI...»
«MA QUESTO È SPECIALE!»
«SPE... CIALE? E... CHE HA... DI... SPECIALE?»
«BUTTA GIÙ POI MI DICI.»
«COSÌ... FAI IL BROKER... ANCHE TU.»
«GIÀ, UN MESTIERE UN PO' INFLAZIONATO, EH?»
«QUEL... CRETINO... DI MIO MARITO... CIOÈ... DEL MIO EX MARITO... ULTIMAMENTE... HA PERSO... IN BORSA... UN MUCCHIO DI SOLDI...»
«AH, SE È PER QUESTO NON È L'UNICO. MAI INVESTIRE, QUANDO INVESTONO CANI E PORCI. E SOPRATTUTTO, MAI INVESTIRE IN UNA RELAZIONE. MA NON PARLIAMO DI EX MARITI E DI LAVORO.»
«NO... HAI RAGIONE... FANCULO GLI EX MARITI... FANCULO IL LAVORO....»
«CI VIENI CON ME IN SVIZZERA DOMANI?»
«IN... SVIZZERA?»
«HO UNA CASA A LUCERNA, E UNA BARCA A VELA PER LE GITE SUL LAGO.»
«MA... SEI SICURO... CHE QUESTO... È UN... VODKA LEMON... NORMALE?»
Luci... facce... gambe... braccia... occhi... suoni... freddo... buio...
«MA... DOVE... STIAMO... ANDANDO?»
«VIENI VIENI NON C'È BISOGNO CHE VAI IN SBATTIMENTO!»
Freddo... buio... bottiglie... neon... auto...
«Voglio... andare... a casa...»
«Tranquilla che ti ci porto!»
Sedile... auto... semaforo... fari...
«Dove... siamo?»
«A casa!»
Strada... bidoni... portone...
«Ma... questa... non è... casa... mia...»

«Ehi! Sveglia!»
«...»

«Avanti, su! Sveglia!»

«...»

«Su! Apri gli occhi! Sveglia!»

«Ma... dove... sono?»

«Ehi! Ehi! Eddài, sveglia!»

«...»

Quando il taxi

Quando il taxi mi lascia sotto casa, sversissima, impiego una cifra per trovare le chiavi nella pochette Miu Miu, anche perché ci metto una vita ad aggiustarmi i capelli dopo che me li sono controllati nello specchietto Chanel. Alla fine comunque apro come al rallentatore, salgo su sempre al rallentatore e ancora al rallentatore metto a fuoco Odisseu: mi sta aspettando in soggiorno, tuta Nike lucida e pantofole di peluche a forma di gatto incluse. Sono in stato confusionale, un po' a causa dell'alcol ingerito e del fischio che mi perfora le orecchie grazie al volume della musica di ieri notte e un po' perché non ricordo nulla di quello che ho fatto dopo che sono entrata con Solaria e Ilaria al Roialto, tanto che ignoro come sono finita sul taxi che mi ha scaricato qui sotto, guidato tra l'altro da un senegalese che non ha saputo spiegarmelo, e lì per lì non capisco che cosa mi sta dicendo il nostro inquilino brasiliano. Ho un'emicrania feroce, e mi sento come se mi fosse passato sopra un tir. Tra l'altro, provo un certo fastidio lì sotto. Devo farmi un bidè. Anzi, una doccia.

«No acqua» mi ripete lui, con aria sconsolata.

«No acqua?» chiedo. «In che senso, no acqua? Ha rotto qualcosa lei? Io devo assolutamente farmi un bid... cioè, una doccia.»

«No, io nienci hotto» scuote la testa. «Qui no acqua, no gas, no luci.»

«Come, scusi?»

«No acqua. Acqua no scendi. No gas. Gas no esci. No luci. Luci no accendi.»

«Staranno... facendo... dei lavori» mi stringo nelle spalle, gettando su un divano in stile La Cosa la pochette Miu Miu, che, mi accorgo ora, è sporca di... vomito, si direbbe. Come anche, ora che ci faccio caso... accidenti, i miei costosissimi jeans John Richmond, quelli con la scritta RICH sul culo. «È successo qualcosa del genere anche quando nel quartiere hanno messo le linee per l'adsl, che tra l'altro adesso che dappertutto c'è il wi-fi vorrei capire a che servono.»

«Lavohi? Dumenica?» Odisseu mi guarda incredulo. «No pensu.»

Ah, dunque è domenica mattina. Bene. Provo ad aprire il rubinetto della cucina. In effetti, l'acqua non scende. Allora vediamo la luce... no, la luce non si accende. Quanto al gas... lì per lì sembra fuoriuscire dai fuochi, ma subito si esaurisce. Noto che ho delle tracce di vomito anche sulla maglietta Custo. Ma che ho fatto stanotte? Stanotte? Un momento, sbaglio o con Solaria e Ilaria siamo uscite... di venerdì?

«Eu signoha mi scusi ma devi lavahi. Eu signoha mi scusi ma devi mangiahi. Eu signoha mi scusi ma devi guahdahi pahtiti fucibol civù» mi fa il brasiliano.

«Sì, certo, ovvio. Mi dia un momento.»

Un momento per far che? Qui mi sa che aveva ragione il direttore del Pluricredit, penso, uscendo dal soggiorno. Ci hanno tagliato acqua, luce e gas. Tutta colpa di quel cretino di Matteo. Dio che fastidio che ho lì sotto. Questa è la tipica situazione in cui ci vorrebbe un uomo. Già, ma di uomini non ne esistono più. L'ultima riprova è questo brasiliano coi gatti ai piedi. Il marrone è il nuovo nero, non ci sono dubbi. Oltretutto è pure domenica. Anche volendo, chi trovo la domenica per cercare di sistemare le cose? E che ho fatto io da venerdì sera a oggi? Dove sono stata? Con chi? Non ricordo nulla. Devo sentire quelle due, mi dico, dirigendomi verso la cucina per prendere una bottiglia di minerale e farmi almeno un bidè. Passo davanti alla stanza di Elettra.

«Elettra!» chiamo.

Niente.

«Elettra, so che non stai giocando né ad Angry Birds né con la PlayStation 3, siamo senza luce.»

Zero.

«Elettra, puoi venire fuori dalla tua stanza, per cortesia, che ti devo parlare?»

Macché.

Per la prima volta mi viene in mente che in effetti neanche io parlavo con mia madre, quando avevo l'età di Elettra. Ma mia madre voleva costringermi a fare la modella. Possibile che anch'io abbia ripetuto i suoi stessi errori desiderando che diventasse creativa? Se mi parlasse forse potrei chiederglielo. Ma non mi parla.

Lascio perdere ed entro in cucina. Il lavandino è intasato di piatti e bicchieri sporchi, il pavimento macchiato di sugo, mentre i sacchi per la raccolta differenziata esondano dalla pattumiera. L'assenza di Conchita comincia a pesare, ma del resto come posso star dietro a tutto da sola? Sarò anche una supermamma, ma non riesco a essere contemporaneamente anche una superperuperu. Do un'occhiata allo stipetto dove teniamo l'acqua minerale. Bottiglie verdi di Perrier a iosa. Perrier, Perrier, Perrier e ancora Perrier. Possibile che non ci sia nient'altro in casa che la Perrier? Ce lo si può fare il bidè con la Perrier? Sarà mica pericoloso? Ed è guardandomi intorno smarrita che sul tavolo, accanto al recipiente della frutta alquanto... puzzolente, segno che dev'essere marcito qualcosa, scorgo una strana busta. Che roba è? Vediamo. Un... telegramma? Questa poi... non credevo che esistessero ancora. Lo apro. Leggo:

NEL CASO TI SIA ACCORTA CHE TUA FIGLIA È SPARITA NEL NULLA – STOP – NON TI AFFANNARE A CERCARLA IN TRANSILVANIA – STOP – È VENUTA DA ME – STOP – DICE CHE NON PAGHI LE BOLLETTE – STOP – E CHE VI HANNO TAGLIATO ACQUA ET LUCE ET GAS – STOP – MAMMA.

Vorrei solo capire

«Vorrei solo capire, tutto lì. Soltanto che né tu né Ilaria lo avete visto, anche perché mi avete mollata lì e ve ne siete andate.»

«Figa, capire che?»

«Capire chi è quel bastardo che dopo avermi rimorchiata al Roialto mi ha ubriacata, drogata, violentata e come se non bastasse anche rasata» dico nell'iPhone a Solaria, mentre salgo in ascensore.

«Rasata? Ti ha rasato la testa? Figa, tipo strega prima di salire sul rogo? Giovanna d'Arco? Demi Moore? Sinéad O'Connor?»

«No, mi ha rasato la cosa.»

«Che cosa?»

«La figa!»

«Figa, la figa?»

«Sì, ora ce l'ho come quella di una bambina.»

«Be', che c'è di male? Anch'io la porto così la figa, figa. E per quel che ne so, anche Ilaria e un mucchio di altre. Un calciatore di Serie A con cui sono stata l'anno scorso, uno che prima giocava nel Napoli, mi ha detto che giù invece la portano allo stato brado.»

«E allora?»

«Come *e allora*? Ma figa, scusa, Gaia, tu come la porti di solito?»

«La porto dall'estetista e mi faccio fare la ceretta, una cosa che vada bene per i tanga.»

«Eh, figa, allora sai che differenza. Che saranno? Due o tre centimetri quadrati di pelo pubico?»

«Non è una questione di centimentri quadrati, Solaria. È una questione di violenza, capisci? Non gliel'ho chiesto io di rasarmela, me l'ha rasata lui approfittando del mio stato. C'è una bella differenza! Senza contare che quando sono tornata a casa ho scoperto che per un guasto della rete idrica il mio palazzo è senz'acqua e dato che ce l'avevo scorticata ho dovuto farmi il bidè con la Perrier e sarà che quel bastardo oltre a scorticarmela me l'ha pure rasata ma ancora adesso mi sento le bollicine fin nel collo dell'utero!»

«Ah ah ah! Figa, già che c'eri potevi fartelo con lo champagne! Sai che mi hai dato un'idea?»

«Mi fa piacere che ti diverti. Io no.»

«Ma senti Gaia, sei sicura che quel tipo ti abbia anche drogata?»

«Guarda, io non mi ricordo niente» dico, uscendo dall'ascensore e suonando il campanello. «Però noi ci siamo trovate venerdì sera, giusto?»

«Sì.»

«E quando sono tornata a casa era domenica mattina.»

«Ma di' un po', figa, ti ha rasato anche il resto?»

«Il resto? Quale resto?» chiedo, mentre la porta si apre e sulla soglia compare una palandrana di Issey Miyake con in cima un caschetto nero simile al copricapo nazista di Darth Vader, che però al contrario di quello purtroppo non arriva a coprire del tutto un volto che conosco fin troppo bene. È ulteriormente invecchiata.

«Quale resto?» mi fa mia madre.

«Niente» dico, nell'iPhone. «Ciao Solaria, ci sentiamo. Grazie, baci.»

Chiudo la comunicazione. Entro.

«Quale resto?» mi ripete mia madre, chiudendo la porta alle sue spalle.

Ecco la strega cattiva, penso. Nervi saldi, mi dico. Non sono più una bambina. Sono una donna sposata, anche se ancora per poco, nonché madre a mia volta. In qualche modo ne uscirò. Più che altro devo scacciare i ricordi. I ricordi che mi fanno stare alla larga da questa casa in via Senato. Una casa saltata fuori dal nulla, così, da un giorno all'altro. Una casa che all'inizio mi sembrò così bella da lasciare mio padre in via Brera, senza fare tante domande a mia madre su come se la fosse procurata. Una casa dove finalmente potevo invitare le mie compagne di classe della Milano bene senza vergognarmi. Una casa che però, me ne rendo conto solo ora, non ho mai amato.

«Quale resto?»

Nervi saldi.

Ha tappezzato le pareti di immagini che la ritraggono quando sfilava. Altissima. Magrissima. Biondissima. Giovanissima. L'ultima volta che sono stata qui aveva già tolto tutti gli specchi.

«Dov'è Elettra?» le chiedo, notando come malgrado i chirurghi l'abbiano praticamente sfigurata scolpendole una maschera funebre al posto del viso, i suoi occhi cerulei mandino ancora lampi dell'antica bellezza. Ma non c'è solo bellezza... c'è anche cattiveria.

«In terrazzo con un libro.»

«In *terrazzo*? Con un *libro*? Ma se praticamente non sa ancora leggere!»

«Se non sa ancora leggere è solo colpa tua e di tuo marito, che l'avete voluta iscrivere a quella scuola radical-chic. Comunque non le ho certo messo in mano *I promessi sposi*, a parte che non ce l'ho. Le sto solo insegnando a camminare eretta tenendo l'autobiografia illustrata di Heidi Klum in equilibrio sulla testa.»

«L'autobiografia illustrata di Heidi Klum?»

«È un libro fondamentale. Mostra tutti gli step necessari per diventare una top.»

«Ma Elettra non diventerà mai una top. Per quanto mi riguarda la preferisco vampiretta. Ridammi subito mia figlia.»

«No.»

«Che vuol dire, *no*? È *mia* figlia, mamma, non *tua* figlia.»

«Tu non sei in grado di farle da madre, Gaia.»

«Oh, ecco. Ha parlato la madre perfetta.»

«Perché non rispondi al telefono, quando ti chiamo?»

«Non l'avrò sentito. A volte metto la vibrazione e me ne dimentico.»

«Tu non sai nemmeno di averla, una madre.»

«Io sono madre a mia volta e se permetti mi sono stufata di fare la figlia. Te lo vuoi ficcare in testa?»

«Mi spiace fartelo notare, ma come madre non sei granché. A trentotto anni non riesci nemmeno a badare a te stessa.»

«Ma che ne sai tu? Tutte le mie amiche dicono che sono una supermamma!»

«Lo sanno le tue amiche che vi hanno tagliato acqua, luce e gas? E il tuo maritino, che fine ha fatto? Ti ha piantata, vero? Ti ha piantata perché non sei nemmeno capace di fare la moglie. Ti ha piantata perché già che c'eri ti sei fatta l'amante.»

«Oh, questa poi! Ma che amante e amante! Sono settimane che non lo vedo, quello. E poi tu come fai a sapere queste cose?»

«Me le ha dette tuo suocero.»

«Mio suocero?»

«Sì.»

«E che motivo avete di sentirvi, tu e il padre di Matteo? E comunque perché non vi fate i fatti vostri?»

«Il padre di Matteo sta solo cercando di rintracciare suo figlio. Tant'è che ha ingaggiato un detective.»

«Anch'io sto cercando di rintracciare *mia* figlia. E visto che l'ho rintracciata ed è *mia* figlia, non *tua* figlia, vado a riprendermela.»

Prima però mi controllo i capelli nello specchietto Chanel, ed è un lampo: per una frazione di secondo, mi vedo uguale a mia madre. Occhi, naso, bocca, perfino l'espressione. Identica a lei, solo con trent'anni di meno. Ma poi, sarà perché il mio taglio per fortuna non ricorda il copricapo di Darth Vader, la visione si dissolve. Ripongo lo specchietto e mi avvio verso il terrazzo. Tisana drenante, mi dico. Biancolatte in via Turati. Pilates.

«Quante volte ti ho detto che devi camminare con la schiena diritta? Ma tu no, sempre a fare il contrario. E poi sei di nuovo ingrassata!»

Nervi saldi, mi dico. Nervi saldi.

Non le rispondo e proseguo, così da recuperare Elettra.

«Perché non vieni a stare qui con la bambina? Perché non me la lasci che ci penso io a tirarla su e a toglierle 'sta mania dei vampiri che così poi si trucca e si veste in modo decente? E come farai con le bollette arretrate? E le rate del mutuo? E tutti i debiti che ti ha lasciato tuo marito? Come farai, Gaia?»

Dalla portafinestra che dà sul terrazzo scorgo Elettra. È al centro del giardino pensile da cui si vedono le guglie del Duomo. Sta davvero camminando con quel libro in equilibrio sulla testa, anziché giocare ad Angry Birds o con la PlayStation 3, lo sguardo rosso per via delle lenti a contatto come ipnotizzato. E si è perfino tolta il chiodo.

«E di' un po', l'hai pagato quest'anno il bollo della macchina?»

Una volta a casa

Una volta a casa, dopo un viaggio all'insegna dell'abituale mutismo sui sedili posteriori della mia Range Rover Evoque, Elettra si rinfila nel suo chiodo nero e si chiude nella sua stanza, facendosi strada con la torcia verde oliva dell'esercito americano che le abbiamo fatto comprare da Conchita per il corso di orienteering. Io mi eclisso un attimo e raggiungo il bagno padronale. Mi specchio. Dio mio. Se non sto attenta a quello che mangio finirò per ingrassare davvero, come ha detto mia madre. Tutti quei cuscinetti adiposi all'interno delle cosce. Dopo il parto ho cercato con tutta me stessa di tornare quella di prima. Ma da quel che vedo non ci sono ancora riuscita. Alzo la tavoletta. Mi caccio due dita in gola. Vomito. Dopodiché mi ricompongo e torno di là. Accendo le candele galleggianti Fenomen prese all'Ikea, e una volta constatato che se dio vuole il brasiliano coi gatti ai piedi dev'essere uscito, recupero la crema lenitiva biologica alla calendula Kalen che uso quando mi faccio depilare l'inguine dall'estetista così da contrastare l'irritazione e i brufoletti che ogni volta compaiono in zona. Dopodiché sistemo un asciugamano sopra uno dei divani in stile La Cosa del soggiorno, mi ci piazzo e me la spalmo. Per fortuna almeno prendo la pillola, altrimenti andrei in sbattimento e mi farei il test di gravidanza. Per quanto mi sforzi di non pensarci, in testa mi rimbombano ancora le parole di mia madre. *E come farai con le bollette arretrate? E le rate del mutuo? E tutti i debiti che ti ha lasciato tuo marito? Come farai, Gaia?* Già, come farò? Dei duemila euro anticipati che mi sono fatta dare da Odisseu per la stanza, me ne restano poco più di settecento. Non ho idea di dove siano finiti gli altri. Nessuno ha ancora risposto ai miei curricola o curriculum o curricoli o come cavolo si dice. E il numero di cellulare di Matteo che, stando alla segretaria, in ufficio non mette più piede, cosa peraltro confermata dal fatto che suo padre ha ingaggiato quel detective, risulta spento o al momento non raggiungibile. Forse dovrei andare in sbattimento per lui. Ma non ci riesco. Un po' perché se si è messo nei casini gli sta bene pagarne le conseguenze. E un po' perché ha messo nei casini anche noi, e sinceramente sono più preoccupata per me ed Elettra. Mica possiamo restare così, senz'acqua, senza luce e senza gas. Devo assolutamente trovare una soluzione. Piuttosto che chiedere anche solo un euro a mia madre, però, vado a fare la cassiera al supermercato. So che dovrei aggiornare il mio profilo su Facebook e twittare qualcosa, ma per la prima volta ho paura di farlo.

Personal shopper

Personal shopper, scrivo su Forum alFemminile.com,

> ci avevate mai pensato, ragazze? Fate anche voi come Madonna, Julia Roberts, Nicole Kidman e tante altre star di Hollywood. Con la vostra personal shopper a disposizione, una fashion-addicted milanese capace di scovare per voi i capi più cool del momento, non dovrete più preoccuparvi del vostro look.

Posto il tutto. Quindi aspetto. Il bello di un sito come Forum alFemminile.com è che la community che lo segue è molto ampia e fedele, e di solito già nel giro di pochi secondi i vari post e le domande e gli annunci cominciano a ricevere numerose risposte. Infatti... ecco la prima. Leggo:

> Ma 6 scema? Con la crisi ke c'è ci dovremmo pagare pure la personal shopper perché butti via i soldi ke non abbiamo?

Ne arriva subito una seconda:

> Ah ah ah ditemi che non è vero ma vai in cima a una gru va' che è meglio!!!

Segue immediatamente una terza:

Vi prego se qualcuna ha qualke esperienza di hackeraggio risalga all'identità di 'sta cretina ke la voglio troppo conoscere di persona...

Mi chiedo se leggere o no la quarta. Alla fine la leggo:

Figa ma ci fai o ci sei? A parte il fatto che per quanto mi riguarda ho stile da vendere, figa, secondo te ti devo pagare per fare al posto mio l'unica cosa che mi dà veramente piacere a questo mondo, figa?

Questa è di sicuro Solaria, anche se il nickname recita Figa73. L'occhio mi cade sulla quinta:

Ma fai domanda all'Esselunga che è meglio, va'! Mi sa che non hai mai nemmeno sentito parlare delle agenzie interinali... cos'è, non ti basta più il mensile che ti passa papi per la coca?

Manpower

MANPOWER, c'è scritto sulla porta a vetri dell'agenzia interinale in via Gioachino Rossini. Eccola qui, una di quelle società di fornitura di lavoro temporaneo di cui finora avevo solo sentito parlare. Ripenso a Guia Soncini, che sul suo blog ha scritto in terza persona di se stessa: *È terrorizzata all'idea di trovarsi, un giorno, costretta a cercare un lavoro vero.* Solo ora capisco fino in fondo il tuo terrore, Guia. In realtà vorrei scappare, ma non posso. Sulle vetrine leggo alcuni annunci:

IMPORTANTE AZIENDA DI RISTORAZIONE CON FILIALI SU TUTTO IL TERRITORIO NAZIONALE CERCA ADDETTA/O ALLA FRIGGITURA DISPONIBILE A TURNI DI LAVORO ANCHE NOTTURNI DI QUATTORDICI ORE, WEEKEND COMPRESI. OFFRE CONTRATTO DI FORMAZIONE A TEMPO DETERMINATO DI TRE MESI.

MULTINAZIONALE OPERANTE NEL SETTORE DELLE CONVERSAZIONI SENZA TABÙ CERCA STUDENTESSE O CASALINGHE CHE DESIDERINO RENDERSI AUTONOME E ABBIANO VOGLIA DI GUADAGNARE FISSO MENSILE PIÙ ELEVATE PROVVIGIONI IN VESTE DI TELEFONISTA SENZA TABÙ. RICHIEDESI AMBIZIONE E DETERMINAZIONE CON POSSIBILITÀ DI LAVORARE DA CASA ANCHE PART-TIME.

PICCOLA AGENZIA PUBBLICITARIA CERCA VENTENNI MOTIVATE/I PER UNA ESPERIENZA DIRETTA SUL CAMPO. AMBIENTE DI LAVORO FLESSIBILE E IN CONTINUA EVOLUZIONE.

AZIENDA DI SPETTACOLO ED EVENTI RICERCA CON URGENZA RAGAZZE BELLA PRESENZA PER ANIMAZIONE IN VILLA. LUOGHI DI LAVORO: MILANO E DINTORNI, ROMA, SARDEGNA. ORARIO: NEI WEEKEND DALLE 22 IN POI. NECESSARIO CURRICULUM VITAE PRECISANDO ALTEZZA, TAGLIA, MISURE PIÙ FOTO PRIMO PIANO PIÙ FOTO FIGURA INTERA. POSSIBILITÀ DI LAVORO A SECONDA DELLE PRESTAZIONI PER UN FINESETTIMANA O PER SVARIATI MESI. VITTO ALLOGGIO E TRASPORTI GRATUITI PIÙ GETTONI.

CERCASI SISTEMISTA WINDOWS SENIOR CERTIFICATO MCSE CON ALMENO 6 ANNI DI ESPERIENZA NEL RUOLO. IL CANDIDATO IDEALE DOVRÀ ESSERE IN POSSESSO DEI SEGUENTI SKILL: WINDOWS HP/WINDOWS 7.

Poi, miracolo. Trovo esattamente quello che fa per me.

CERCASI KILLER PER FASHION VICTIM. EXCELSIOR IN COLLABORAZIONE CON MANPOWER CERCA FASHION EXPERT PER IL NUOVO THE STORE CHE APRIRÀ A MILANO IN SETTEMBRE. UN PROGETTO INNOVATIVO CHE CREA UNA NUOVA DEFINIZIONE DI SHOPPING EXPERIENCE ED ESIGE VENDITORI AMBIZIOSI, FANATICI DELLA MODA, DOTATI DI BUON GUSTO E ABILITÀ, GRINTOSI E DINAMICI, SEMPRE AGGIORNATI E PRONTI A PERFORMARE IN UN CONTESTO UNICO NEL SUO GENERE. SE HAI TRA I 20 E I 30 ANNI E PARLI ALMENO UNA LINGUA STRANIERA INVIA IL TUO C. V. CORREDATO DI FOTO A EXCELSIOR. MILANO@MANPOWER.IT

Faccio per segnarmi l'indirizzo web, ma poi focalizzo: TRA I 20 E I 30 ANNI. Vabbè, non è detto che espongano tutti gli annunci. Di sicuro, visto che siamo a Milano, almeno un posto vacante di personal shopper ci sarà. O anche solo di image consultant. Mi sa che è meglio se faccio un tentativo. Do un'occhiata: l'agenzia al momento è deserta, non dovrò nemmeno fare la coda. Certo è un po' strano, con la crisi che c'è mi aspettavo di trovare una ressa. Controllo i capelli nello specchietto Chanel. Perfetti. Spengo sotto un tacco la sigaretta che mi sono accesa arrivando qua ed entro.

«Buongiorno» dico all'impiegata dietro la prima scrivania, assorta davanti allo schermo del computer.

«Un attimino e sono da lei» mi fa, con aria un filo seccata. Da quello che riesco a vedere sta aggiornando il suo profilo su Facebook. Sbuffa. Poi ridacchia quando legge un post che le è appena arrivato. Risponde al post. Quindi alza gli occhi verso un angolo dello stanzone, dove c'è una telecamera. Sbuffa di nuovo. Chiude la pagina. Mi squadra.

«Ha portato il suo civì?»

«Sì, eccolo» le dico, estraendo il curriculum o curricolo o curricola dalla pochette Vuitton.

Dà un'occhiata a quello che ho scritto. Sogghigna.

«Bene. Leggiamolo insieme, le spiace? Dunque: Gaia Beardi in Bongiorno, nata il diciotto marzo millenovecentosettantatré a Milano. Millenovecentosettantatré barra settantasei: asilo nido La Carica dei 101. Millenovecentosettantasei barra settantanove: Scuola Materna Istituto Sacro Cuore. Millenovecentosettantanove barra ottantaquattro: Scuola elementare American School of Milan. Millenovecentoottantaquattro barra ottantasette: Scuola media Collegio San Carlo. Millenovecentoottantasette barra novantadue: Liceo Berchet...» Si interrompe. Mi fa: «Mi tolga una curiosità, è il primo curriculum vitae che scrive?».

«Sì, perché?»

«No, niente. Continuiamo. Ottobre millenovecentonovantadue: Corso di portamento presso Accademia Immagine. Millenovecentonovantatré: Corso di fitness presso Body Shop. Poi si passa direttamente al millenovecentonovantasette, con il Corso di dietetica presso Nutriform. Come mai questo buco tra il novantatré e il novantasei?»

«Non... non ricordo.»

«Okay. Millenovecentonovantasette: Corso di Yoga per il Recupero dell'Equlibrio Mentale presso Sathya Sai Baba. Millenovecentonovantotto: Corso di Reiki per il Recupero dell'Equilibrio Psico-Fisico presso International Reiki Training Center.» Si ferma. «Mi tolga un'altra curiosità, l'ha già spedito a qualche azienda, questo curriculum?»

«Sì, perché?»

«No, niente. Continuiamo. Millenovecentonovantanove: Addetta alla vendita da Fiorucci. Duemila: Organizzatrice di eventi presso la Eventi Avanti, dove inventa il concetto di apericena, oggi come oggi un must in tutta Italia... tutto qui?»

«Sì.»

«Per quanto riguarda l'esperienza come organizzatrice di eventi, c'è qualcosa di quello che ha fatto che a suo parere vale la pena di segnalare?»

«Be', di recente ho ideato un apericena sui generis, nella fattispecie analcolico, con Lindsay Lohan, per l'inaugurazione di un nuovo locale sui Navigli.»

«E Lindsay Lohan è venuta?»

«No. Cioè, non che io sappia, visto che poco dopo la presentazione del progetto sono stata licenziata. Ma l'apericena analcolico non c'entra, si è trattato di mobbing e di un licenziamento per un... futile motivo, ecco. Ragion per cui sono già in causa, cioè insomma sto mettendo di mezzo un avvocato.»

«Benissimo. Preferisco dirle subito che per candidati della sua età, se non sbaglio... trentotto anni, qui a Milano non ci sono molte occasioni di lavoro.»

«No?»

«No. Catene di fast food, discoteche e agenzie che si occupano in varie forme di spettacolo cercano ragazze massimo venticinquenni. Quanto al mondo della moda... c'è la crisi anche lì, infatti stanno tagliando a tutto andare, e poi vedo che la sua unica esperienza nel settore è in veste di commessa in piazza San Babila, esatto?»

«Esatto.»

«Dunque capisce che sulla soglia dei quarant'anni i vari stilisti cercano altro, anche solo come addette alla reception. L'ha visto *Il Diavolo veste Prada*?»

«Sì, certo.»

«Ecco. Comunque, lei ha qualche preferenza, qualche orientamento?»

«Ci ho pensato molto ieri sera, e dato che il mondo degli eventi francamente mi ha deluso... be', a me piacerebbe fare la... personal shopper.»

«La... personal shopper?»

«Sì, nel campo dello shopping sono bravissima. Sia a scovare nuovi trend, sia a impostare o reinventare un guardaroba a partire dai grandi classici. E poi ho un vero talento nel mixare con gusto capi nuovissimi e vintage. Inoltre ho una grande competenza sia in fatto di scarpe sia per quanto riguarda gli accessori. Eccetera.»

«Eccetera?»

«Eccetera.»

«Molto molto bene. Allora mi faccia vedere un attimino...»

«Prego.»

Guarda con occhi sbarrati lo schermo del computer. Scorre svariate pagine col mouse. Torna indietro. Si ferma.

«Ecco qua. Se vuole, per una con il suo curriculum, al momento una possibilità c'è. Aspetti che la briffo. Dunque: si tratta per la precisione di un posto di cassiera all'Effecorta di Brembate. Stiamo parlando di un contratto a progetto per un'ora la settimana, la domenica, e precisamente dalle dodici alle tredici, ovvero nel momento in cui le sei cassiere in contratto di formazione usufruiscono della pausa pranzo ed eventuale corsa alla toilette accordata dalla direzione nell'arco delle dodici ore della loro giornata lavorativa. Da quello che vedo a terminale... cercano una figura professionale dinamica, flessibile, ottimista, disposta a sostituire tutte e sei le cassiere. Beninteso, non contemporaneamente, ma a turno, ovvero per i dieci minuti di pausa pranzo ed eventuale corsa alla toilette concessi a ciascuna, infatti dieci minuti per sei fa giusto un'ora. Dunque la candidata ideale dovrà essere in grado di passare da una cassa all'altra assistendo di volta in volta alle procedure di chiusura di ogni singola cassa da parte della cassiera titolare che si appresti a godere della propria pausa pranzo, ed effettuare la riapertura della cassa medesima, per poi chiuderla a sua volta nel momento in cui la cassiera titolare torna al suo posto di lavoro, e quindi assistere alla riapertura. Spero di essere stata chiara. In gergo, si dice "passaggio di consegne". Va da sé che eventuali ammanchi di cassa anche nell'ordine dei centesimi che si verificassero nel corso di uno di questi passaggi di consegne comporteranno l'immediata risoluzione del rapporto di lavoro e la denuncia automatica all'autorità giudiziaria. Questo beninteso innanzitutto a tutela del lavoratore. A scanso d'equivoci, devo farle presente che la direzione dell'Effecorta non è interessata a prendere in considerazione candidature di persone eventualmente iscritte a un qualche sindacato. Però se lei fosse iscritta alla Cisl o alla Uil credo che potrebbero chiudere un occhio. Sempre a scanso d'equivoci, sappia che eventuali spese sostenute per raggiungere il luogo di lavoro non le verranno rimborsate, che la retribuzione senz'altro interessante è di cinque euro netti l'ora e che infine stiamo parlando di un contratto a tempo determinato, della durata complessiva di tre, no, aspetti, mi sono sbagliata, due settimane. Che ne dice? Le interessa?»

Ci penso un istante. Poi chiedo:

«E invece come image consultant non avete niente?»

L'impiegata mi squadra. Tace.

«Oppure potrei aprire un blog tipo The Blonde Salad. Ma suppongo che dovrei trovare degli sponsor, e che in questo voi non mi possiate aiutare. Giusto?»

Questa notte

Questa notte ho fatto un incubo. Era un incubo confuso, nel quale si mischiavano tante facce, tanti luoghi. C'era un uomo che mi seguiva all'uscita da un aperitivo con Solaria e Ilaria, credo al Roialto, un uomo con cinque teste, quella di Matteo e del padre di Matteo e di Elettra e di Niccolò e di mio padre, che però era irriconoscibile. E il sole che bruciava in cielo aveva la faccia di mia madre. E io vagavo in una città che era un po' Milano e un po' Parigi, un po' Londra e un po' New York, un posto dove si susseguivano incessanti le sfilate primavera/estate e autunno/inverno. E non si riusciva a camminare perché le strade pullulavano di modelle obese che impedivano il passaggio, talmente grasse da bloccare il traffico. E a un tratto m'imbattevo in un vecchio seduto davanti alla Galleria d'Arte Moderna di via Palestro con la testa nascosta tra le ginocchia e ai piedi un pezzo di cartone su cui c'era scritto AIUTATEMI VI PREGO HO TANTA FAME. E io senza un motivo preciso mi fermavo a guardarlo, e in quell'istante si sentiva un'esplosione terrificante, e allora il vecchio alzava la testa ed era Donatella Versace. E io lanciavo un urlo, e correvo via, via, via, lontano. E a quel punto veniva la parte più terribile, perché desideravo tanto entrare in casa dei miei, nella vecchia Brera, per raccontare tutto a mio padre, ma la trovavo sbarrata. Così andavo a comprarmi qualcosa ma avevo solo dieci euro ed ero costretta a entrare da Zara, dove rimbombava *Ah ah ah ah a far l'amore comincia tu*.

Psicanalista

SAI CHE QUESTA NOTTE TI HO SOGNATA? N.

Rileggo l'sms di Niccolò mentre salgo in ascensore dalla psicanalista. Ma che succede? Ma si rende conto? Prima mi dice una cosa, poi il contrario, poi il contrario del contrario, poi il contrario del contrario del contrario, poi il contrario del contrario del contrario del contrario, poi viene fuori che è fro... cioè, gay e adesso se ne esce coi sogni. Poco fa, parcheggiando in corso Buenos Aires, non ho risposto alla nuova chiamata di mia madre e ho aggiornato il mio status su Facebook, digitando SCONCERTATA, per poi twittare OH MIO DIO SONO PROPRIO SCONCERTATA. Tra l'altro il profilo di Niccolò proclama sempre INNAMORATO. Alzo lo sguardo dallo schermo dell'iPhone. Eccomi nello specchio. Come ce li ho i gomiti? Mah. Mi sembrano ancora accettabili. O no? Forse. Palestra? Palestra. Devo assolutamente iscrivermi in palestra. Fare esercizi per far tornare lisci i gomiti. Specifici. Dopotutto ho trentotto anni ed è giunto il momento che mi occupi di queste cose. Chirurgia no. O sì? Forse potrebbero intervenire ed eliminare le rughe. Però... e le labbra? E se mi facessi sistemare le labbra? Me le guardo atteggiando la bocca a bacio. Me le lecco con la punta della lingua. Quand'ero ragazza erano più carnose. Piene. E morbide. Di sicuro non lo farei per trovarmi un uomo. Lo farei per me. Per sentirmi... non lo so... più sicura, ecco. Ma senza esagerare. Niente effetto Alba Parietti o Nina Moric. Devo ricordarmi di dare un'occhiata ai nuovi tweet di Francesca Versace e agli ultimi outfit consigliati dal blog The Blonde Salad, il mio unico punto di riferimento in questo mondo così confuso, in cui una arriva addirittura a domandarsi se per caso ci sia una relazione clandestina tra il vampiro di *Twilight* Robert Pattinson e George Clooney. Giuro che questa settimana mi faccio una tisana drenante, vado a dare un'occhiata a Biancolatte in via Turati e ricomincio con il pilates.

La porta dell'ascensore si apre. Suono il campanello. Uno scatto. Metto piede nell'ingresso. Prima o poi dovrò decidermi a parlare di mio padre. E del mio blackout.

«Buongiorno Gaia» mi sorride dall'uscio del suo studio la dottoressa Kullmann.

«Buongiorno dottoressa» le sorrido a mia volta, spegnendo il cellulare.

«Prego, si accomodi.»

«Grazie.»

Mi sdraio sul lettino. Sento la dottoressa Kullmann sedersi alle mie spalle. La mia ora di cinquanta minuti è iniziata.

«Bene, Gaia. La ascolto.»

Ero venuta qui con l'intenzione di dirle che stamattina mi sono fatta il bagno nella Perrier, evitando, va da sé, di mettere in funzione la jacuzzi, ma non mi sembra il caso.

«Ehm» tossicchia la dottoressa Kullmann.

«Dunque... sì, vede, io... è una cosa su cui ho riflettuto molto ultimamente e be', credo che uno dei motivi per cui ho qualche problema di autostima, oltre al fatto di essere figlia di mia madre, è che proprio non capisco perché sono stata licenziata... È vero che da mesi mi facevano mobbing perché avevo confuso Dubai con Mumbai e prenotato un tavolo in un ristorante kosher a dei clienti arabi che credevo indiani, e che nessuno tranne Niccolò parlava più con me, ma da quando in qua si licenzia la gente senza un motivo?»

Aspetto che la dottoressa Kullmann dica qualcosa, ma lei tace.

«E non so spiegarmi perché... l'unica cosa che mi viene in mente è che dallo scorso ottobre, cioè dall'inizio del mobbing, sono stata tagliata fuori da tutte le cose importanti... tipo l'organizzazione del lancio di un nuovo monopattino per manager... o la presentazione della nuova giacca di Formigoni... o la pianificazione degli after-party per le sfilate... e dire che sono l'inventrice del concetto di apericena... allora, per far vedere al boss e ai colleghi di che cosa sono capace, mi sono detta che la cosa migliore in assoluto fosse un apericena analcolico con Lindsay Lohan per l'inaugurazione di un nuovo locale sui Navigli.»

Aspetto che la dottoressa Kullmann dica qualcosa, ma lei tace.

«Peccato che Lindsay Lohan non abbia mai risposto. Sta di fatto che lo stesso giorno ho perso prima il marito e poi il lavoro... o prima il lavoro e poi il marito, non ricordo... ma lì per lì non è che sono andata in sbattimento... come sa, in Italia stiamo assistendo a un vero e proprio boom dei divorzi e delle separazioni, che sono aumentati del sessantuno per cento in tredici anni... l'ho letto su "Cosmopolitan", mi pare...»

Aspetto che la dottoressa Kullmann dica qualcosa, ma lei tace.

«Pensi che la durata media del matrimonio da noi è di circa quindici anni, ma tutti gli indicatori dicono che è destinata a scendere ulteriormente. Allo stesso tempo, il tasso di disoccupazione ufficiale è arrivato al 10 per cento, ma arriva al 26,3 per cento tra i giovani fino ai ventiquattro anni. Ragion per cui, basta incrociare i dati. Comunque l'altro giorno sono stata in un'agenzia interinale per cercare lavoro come personal shopper o al limite anche come image consultant, e l'unica cosa che mi hanno offerto è un posto di cassiera all'Effecorta di Brembate, un'ora di lavoro solo la domenica a cinque euro l'ora per due settimane...»

Aspetto che la dottoressa Kullmann dica qualcosa, ma lei tace.

«Tra l'altro mi chiedevo...» esito. Mi faccio coraggio, e proseguo: «Non è che per caso ha bisogno di un'assistente che apra la porta ai suoi pazienti?»

«Molto bene» mi fa la dottoressa Kullmann. «La nostra ora è finita. Come d'abitudine, la lascio con una riflessione: E poiché la mia povera, piccola anima giaceva immobile e vuota, in attesa, gli spiriti del lago e dei monti vi scrivevano le loro ardite gesta.»

«La ringrazio, dottoressa Kullmann.»

«Sono trecento euro.»

Le mie cose

Le mie cose. Amo accarezzare le mie cose. Soprattutto i miei vestiti e le mie scarpe. Passare anche ore nella mia cabina armadio ad accarezzare i miei vestiti e le mie scarpe mi ha sempre dato una grandissima sicurezza. Accendo la torcia dell'esercito americano che ho rubato a Elettra nel momento in cui si è addormentata sfogliando l'autobiografia illustrata di Heidi Klum, cosa che con l'iPad o la PlayStation 3 non le succedeva. Ed ecco le mie scarpe. Ballerine e décolleté, sandali e stivali, di ogni marca e colore e tacco. Alcune non le ho mai messe, le ho comprate per il solo gusto di possederle e per il solo piacere di comprarle, talvolta assai vicino a quello dell'eccitazione sessuale, ricordo in particolare che due anni fa acquistando un paio di Jimmy Choo mi sono letteralmente bagnata, arrivando quasi all'orgasmo. Altre non so nemmeno di averle, e ogni volta che me le trovo davanti quando per gioco mi metto ad aprire tutti i cassetti e tutte le ante e tutte le scatole provo uno stupore di bambina simile a quello che mi coglieva la mattina di Natale, quando in via Brera correvo sotto l'albero. Poi i capi spalla, ovviamente. Lunghi e corti, arditi o dal taglio classico, a loro volta di ogni marca e colore e tessuto. Anche qui, alcuni non li ho mai messi, li ho comprati per il solo gusto di possederli e per il semplice piacere di comprarli. Nessun orgasmo, mi pare, ma ricordo botte di adrenalina incredibili. E di nuovo, in molti casi non so nemmeno di averli, basti pensare che più di una volta mi è capitato di ricomprare un modello perché mi ero dimenticata di averlo già fatto. Posso dire lo stesso per quanto riguarda la maglieria, le camicette, le gonne, i pantaloni, l'intimo. Dalla A di Aspesi alla Z di Zegna, di cui ho un'intera collezione di stole, in tutti questi anni non mi sono fatta mancare niente. E non c'è niente che mi manchi, se non l'emozione, il brivido, il puro piacere dello shopping in sé. Mi chiedo se il marchio Aspesi c'entri in qualche modo con la Natalia. Che tra l'altro non mi ha ancora risposto. Ogni tanto penso ancora a Niccolò. È strano, no? Con Matteo ho trascorso tanti anni, ma in me la sua sparizione non ha praticamente lasciato strascichi, a parte quelli finanziari. Mentre per Niccolò è diverso. Saranno questi suoi sms contraddittori, a cui mi sono imposta di non rispondere. Sarà che ci sono rimasta troppo male per il fatto che a me preferisca un settantenne vestito da odalisca. In ogni caso non riesco a togliermelo dalla testa. Un uomo, dovrei trovarmi un uomo. Ma non iscrivendomi in palestra, troppo banale. No, magari dovrei fare un ritiro spirituale. Oppure iscrivermi a un corso di scrittura creativa. È durissima in questa città trovarsi un uomo sulla soglia dei quarant'anni. È come un lavoro. Ti sforzi di frequentare i posti giusti sperando nell'incontro giusto. Nella scintilla. Nel miracolo. Ma i migliori se li sono presi, e se li tengono ben stretti. A quelle come me e Solaria e Ilaria, a noi pre o post quarantenni che sappiamo a memoria le battute di *Sex and the City* e *Desperate Housewives*, non restano che gli scarti. Guardo le mie cose. Ho voglia di bere, ma al solo pensiero di un Vodka Lemon mi viene la nausea. Chissà se in casa c'è ancora un po' di Martini dry. O chessò, una bottiglia di Pampero.

In chat

In chat su Forum alFemminile.com posto un messaggio a metà tra il provocatorio e lo spiritoso, che fa:

> Donna trentenne solare libera e piena di vita cerca maschio alfa vero uomo perché finora non ne ha trovato nemmeno uno, a parte suo padre. Maschio alfa, ci sei là fuori, da qualche parte? Esisti? Se sì, batti un colpo.

Nel giro di pochi secondi, cominciano ad arrivare le risposte. La prima:

> Cara scendi dal pero guarda che i veri uomini si sono estinti, non l'hai ancora capito? Perché non prendi in considerazione una dolce e appagante relazione saffica? È tutto molto bello, eccitante e pulito. Contattami, coraggio!

La seconda:

> 22 centimetri. Quando vuoi. Come vuoi. Dove vuoi.

La terza:

> Sono un padre di famiglia capitato qui per caso, signora, giusto perché mi si è rotto l'aspirapolvere e cerco qualcuno/a che mi pos-

sa dare dei consigli su come aggiustarlo, e le sue parole, me lo lasci dire, sono abbastanza offensive, per non dire discriminatorie, o perfino razziste. Che cosa crede? Che noi uomini solo perché in quanto uomini non si abbia il diritto sacrosanto di piangere? Lei vorrebbe privarci della nostra sensibilità, delle nostre fragilità, dei nostri sentimenti? In casa mia faccio le pulizie, rammendo, stiro, lavo i piatti e cambio i pannolini, ma non per questo mi sento sminuito. Anzi, direi il contrario: è proprio perché faccio le pulizie, rammendo, stiro, lavo i piatti e cambio i pannolini che mi sento un vero uomo. Il mondo va avanti, sa? Anche Umberto Veronesi dice che un giorno non ci saranno più differenze tra uomini e donne, diventeremo tutti ermafroditi e i figli si faranno con la clonazione. Si informi.

La quarta:

24 centimentri. Provare per credere.

La quinta:

Sorella ti capisco finké cerchi un trombamico per carità qualcosa raccatti ancora ma davanti alla minima responsabilità, tipo scegliere quale film andare a vedere, questi ormai fuggono. Solidarietà femminile.

La sesta:

ma ci fai o ci 6?

La settima:

Per 24 centimetri: puoi darci per cortesia il tuo numero di cellulare? Siamo una coppia sana, pulita, curiosa.

L'ottava:

Figa ragazze se posso darvi un consiglio disinteressato i veri uomini oggi come oggi si trovano ancora però altrove, per esempio a Cuba, grazie al cambio favorevole con pochi dollari si provano sensazioni straordinarie, figa, grazie a prestazioni che gli esemplari nostrani figa non sanno manco cosa sono, credetemi.

Il nickname come l'altra volta è sempre Figa73. Credo di sapere chi l'ha postato. La nona:

ciao sono 24 centimetri mi rivolgo alla coppia volevo sapere se lui è passivo o attivo o magari tutte e due le cose.

La decima:

Ciao. So che stenterai a crederci, visto il tono delle risposte precedenti, ma i veri uomini esistono ancora. Io per esempio mi ritengo uno di loro. Sono un giovane professionista quarantenne amante degli animali e dei viaggi (non in tenda), serio ma scanzonato, deciso ma sensibile, equilibrato ma avventuroso, affidabile ma estroso, creativo ma concreto, sognatore ma pratico, estroverso ma riflessivo, quadrato ma imprevedibile, semplice ma carismatico, atletico ma ironico, dolce ma un po' bastardo, in grado di darti stabilità ma anche di sorprenderti ogni singolo giorno, e con una gran voglia di farti ridere con spensieratezza e di impostare in modo positivo un eventuale futuro insieme, all'insegna del romanticismo (weekend in hotel di charme) e disposto a mettere in cantiere dei figli. Potrei continuare a lungo, parlandoti di allure, del mio bel fisico, della casa al mare. Ma preferirei incontrarti di persona, guardarti negli occhi: non sono di quelli che in una donna cercano solo una che si spogli. Dimenticavo, adoro i Police. Ti va se ci vediamo?

Il puntello

Il puntello è all'Hotel Le Méridien Gallia, a pochi passi dalla Centrale. Mentre venivo qua mi sono imbattuta in una vetrina dove una modella nuda fotografava tre modelli vestiti nell'atto di baciarsi con aria lasciva. Lì per lì mi sono chiesta se fosse il set di un porno o un'opera d'arte contemporanea o la nuova pubblicità di Dolce & Gabbana. Ma poi, quando ho notato le sedie a forma di sedere in plastica trasparente appese al soffitto, ho capito che si trattava di un'installazione per il Salone del Mobile. Tra l'altro stasera dovrò essere ad almeno tre eventi che si tengono in contemporanea: il lancio del nuovo nano da giardino di Philippe Starck, il party per la presentazione dei nuovi mobili trans disegnati da Vladimir Luxuria e la festa per l'anteprima mondiale dei nuovi specchi di peluche di Valeria Marini. Ma alla mise penserò più tardi. Dopo il Gallia.

Il Gallia non rientra tra i posti fighetti che frequento di solito con Solaria e Ilaria, e dunque mi pare una location perfetta. Anche perché trattandosi di un albergo, già che ci sono prima di arrivare al dunque mi faccio una doccia. Al dunque infatti arriveremo di certo: non ci si dà puntello per caso in un posto del genere, e del resto alla nostra età non ha senso nascondersi dietro un dito. In ogni caso, se il soggetto non sarà di mio gradimento farò sempre in tempo a telare. Quando ci siamo sentiti al cellulare, di me a lui non ho dato alcuna descrizione, riservandomi una possibilità di fuga che da parte sua ha sportivamente accettato, definendola più che legittima. Tra l'altro, ha una bella voce che mi ha già fatto fantasticare un po'. Quando metto piede nella hall, lo individuo subito. Come d'accordo, porta una rosa rossa all'occhiello della giacca. E ci metto un secondo a decidere che non è il caso di fuggire. Alto, prestante, abbronzato, somiglia un po' a Matteo Marzotto, e seduto in poltrona legge alla luce di una lampada il "Financial Times". Mi avvicino. Lui alza gli occhi dal giornale, e lo posa facendomi un sorriso.

«Gaia?» mi chiede, alzandosi.

«Giorgio?» gli dico, sorridendogli a mia volta.

Mi fa un baciamano perfetto. Profuma di Acqua di Giò, un classico. Com'è classico il taglio del suo abito, che mi piace perché è elegante ma sobrio, non urla una griffe, potrebbe benissimo averlo comprato da Boggi.

«Posso offrirti un cocktail?» mi chiede. «Qui al Gallia ne fanno di ottimi.»

«Ci sei già stato?»

«Una volta ci facevano il calciomercato. Io sono un procuratore.»

«Lavori in tribunale?»

«No, intendo dire che faccio il procuratore per una serie di calciatori. Sono il loro agente.»

«Ah, capisco.»

«Allora che ne dici, prendiamo un aperitivo?»

Ma io, che prima di salire in auto ho sfidato il codice della strada a colpi di Vodka Lemon per farmi coraggio, impulsivamente gli dico:

«No. Prendiamo una stanza e saliamo.»

«Come vuoi» mi sorride.

Va dal concierge. Un fattorino in uniforme ci accompagna. Sull'ascensore la filodiffusione trasmette *Far l'amore* di Raffaella Carrà remixato da Bob Sinclar. Arriviamo al piano. Usciamo. Stanza 555.

«Ti spiace se mi faccio una doccia?» chiedo a Giorgio dopo che ci siamo baciati, una volta che il fattorino ci ha lasciati soli. «Sai, sono appena tornata a Milano da Roma per una trasferta di lavoro. Frecciarossa.»

«Ma certo, fai pure. Io ti aspetto.»

Mentre lui siede sul letto mi eclisso in bagno. Mi specchio. Dio mio. Se non sto attenta a quello che mangio finirò per ridiventare com'ero quando aspettavo Elettra. Un sedere enorme. Dopo il parto ho cercato con tutta me stessa di tornare quella di prima. Ma da quel che vedo non ci sono ancora riuscita. Per precauzione chiudo la porta a chiave. Mi caccio due dita in gola. Vomito. Dopodiché mi ricompongo e apro la doccia. Accidenti come bacia bene. Non riesco a pensare ad altro sotto il getto d'acqua. Ora m'infilo l'accappatoio. Poi di là me lo lascio scivolare dalle spalle. E rimango nuda...

Quando esco dal bagno, avvolta nell'accappatoio con le cifre del Gallia, trovo Giorgio sul letto. È completamente nudo, e... si masturba guardando un film porno su un canale a pagamento. Be', non voglio certo mettermi a sindacare. Sono una donna libera. Lui mi sorride. Io mi avvicino al letto, e mi lascio scivolare dalle spalle l'accappatoio...

«No, ti prego!» mi fa lui.

«Che c'è?»

«Non ti togliere l'accappatoio. Anzi, meglio, se vuoi toglitelo ma rivestiti.»

«E perché, scusa, dovrei rivestirmi?»

«Be', per guardarmi mentre mi masturbo.»

Guardarlo lo guardo, però a questo punto un po' interdetta.

«Non capisco» gli dico.

«Ci effe enne emme» mi fa lui.

«Ci che?»

«Ci effe enne emme. Clothed Female Naked Male.»

«Non so che cosa sia.»

«È il mio feticcio.»

«Ovvero?»

«Tu te ne stai vestita e mi guardi mentre mi masturbo, tutto lì.»

«Tutto lì?»

«Sì.»

Oh mio dio, penso.

«Enne ci pi ci» gli dico.

«Sarebbe?»

«Non Ci Posso Credere» spiego.

Dopodiché, mi rivesto davvero: ma in bagno, per non assecondarlo. E me ne vado.

Buongiorno signora

«Buongiorno signora Bongiorno, qui è il dottor Recuperati della Pluricredit. Vuole per cortesia passare al più presto nella nostra filiale di piazza Cavour? L'aspettiamo, grazie!»

È questo il messaggio che trovo in segreteria quando riaccendo l'iPhone, spento per sfuggire a mia madre dato che stavo facendo le unghie dall'estetista e per giunta lei imperversava. Che vuole da me il dottor Recuperati? Non faccio in tempo a rispondermi che l'iPhone si mette a vibrare. Un numero riservato. E se fosse Niccolò che per qualche motivo non può chiamarmi col suo cellulare?

«Sì, pronto» rispondo.

«Buongiorno signora Bongiorno, sono il dottor Recuperati della Pluricredit. Avevo messo l'avviso di ascolto, quando le ho lasciato il messaggio in segreteria.»

«Buongiorno dottor Recuperati. Dica pure.»

«Sì, vede, la chiamavo perché volevo avvisarla del fatto che abbiamo terminato l'iter che normalmente si applica in questi casi.»

«Quale iter?»

«Sì, vede, dato che né suo marito né lei avete provveduto a immettere dei liquidi sul conto, nonostante le nostre ripetute ingiunzioni di pagamento, e...»

«Quali ingiunzioni?» insorgo io.

«Quelle che vi abbiamo inviato per raccomandata e con la notifica dell'ufficiale giudiziario.» Ma perché non apro mai le buste della banca? Perché? Perché? «Dicevo, e considerato che ormai sono sei mesi che non pagate le rate del mutuo sulla casa, per tacere degli interessi passivi che si stanno accumulando a causa del fatto che il conto è in rosso, ecco, l'iter è terminato.»

«Vuol essere così gentile da spiegarsi meglio, dottor Recuperati? Abbia pazienza, ma non sono un'esperta di linguaggio tecnico bancario e non ho la più pallida idea di che cosa sia un iter. Come lei sa è sempre stato mio marito a occuparsi di queste cose.»

«Sì, vede, infatti se mi fosse stato possibile rintracciare suo marito non l'avrei disturbata. Ma suo marito non si trova ormai da settimane. Lei sa per caso dov'è?»

«Francamente no.»

«Ecco, sì, vede, allora le spiego questo iter. L'iter è che noi abbiamo avviato la procedura che di norma applichiamo in questi casi, e per rientrare, dato che come banca la casa in cui abitate non ci interessa, abbiamo fatto la classica trafila presso gli organi competenti, di modo che adesso la casa è stata messa all'asta dal tribunale di Milano, che poi è quello di competenza.»

«All'asta? Che vuol dire?»

«Sì, vede, niente di sconvolgente, diciamo che il tribunale di Milano ha messo un annuncio d'asta anche sul "Corriere"... aspetti che ce l'ho qui sotto gli occhi... registro generale esecuzione numero sei nove sette duemilaeundici... data dell'asta trenta aprile... prezzo base... vediamo... ecco, tre milioni di euro... tipologia immobile residenziale metri quadrati trecento ingresso corridoio cucina abitabile salone doppio con camino studio tre camere da letto tre bagni terrazzo balconi box doppio arredamento su misura... rilanci minimi a partire da diecimila euro. La descrizione corrisponde, no?»

«Corrisponde.»

«Sì, vede, in questo modo noi come banca dovremmo rientrare del nostro, poi gli altri che avanzano serviranno a pagare le spese di istruzione della pratica e di cancelleria eccetera, e poi ci saranno i vari creditori, tra cui le società di emissione delle varie carte di credito e le aziende idrica ed elettrica e del gas, a meno che queste non abbiano già avviato le procedure di pignoramento...»

«E io che devo fare?»

«Sì, vede, lei deve semplicemente entrare nell'ottica di lasciare la casa, anche perché non credo che l'asta andrà deserta, la crisi morde un po' tutti si capisce ma via dell'Annunciata è zona di pregio assoluto...»

Attacco.

Dal parrucchiere

Dal parrucchiere, da cui sono andata per farmi lavare i capelli con acqua normale anziché con la Perrier perché con quest'ultima vengono afro, sfoglio "D", il supplemento di "Repubblica". Massì, l'oroscopo, mi viene in mente intanto che aspetto il mio turno, vediamo un po' che dice l'oroscopo.

> PESCI 20.2 – 20.3
> Il vuoto (vacuum) inteso come lo spazio che intercorre tra le particelle di materia non è vuoto ma pieno di enormi quantità di energia fluttuante. Voi abitate quella zona. Siete quell'energia fluttuante, un'onda senza fine. Le teorie sul vuoto del Premio Nobel Andreij Sakharov devono essere partite dall'osservazione continua di qualcuno di voi, in ogni ambito dell'esistenza. Siete maestri e signori della materia oscura, che ancora la scienza ufficiale non sa che sia di preciso. Attraversate i passaggi interdimensionali senza disturbare nessuno. E nessun buco nero, per adesso, vi inghiotte.

Come al solito, non una parola su giorni sì e giorni no, nuovi amori, cambiamenti sul lavoro. Niente da fare, io e l'oroscopo di "D" proprio non ci pigliamo.

Faccio in tempo

Faccio in tempo a tornare a casa dal parrucchiere, a cui ho fatto segnare in conto, che suona il videocitofono. Funziona ancora perché dipende dal palazzo.

«Scusi, ci può aprire?»

«Chi è?» chiedo ai due tipi in giacca e cravatta che vedo confusamente nell'inquadratura della telecamera.

«Dobbiamo parlare con il signor Matteo Bongiorno.»

«Il signor Matteo Bongiorno non c'è.»

«Allora con la signora Gaia Bongiorno.»

«Ma voi chi siete?» chiedo subodorando qualcosa: slavi non mi sembrano, ma di sicuro non sono nemmeno Testimoni di Geova.

«Siamo ufficiali giudiziari, dobbiamo semplicemente notificare un documento al signor Bongiorno o in sua assenza alla signora Bongiorno, e dare un'occhiata all'appartamento.»

Questi vengono a pignorare la roba, penso. Ricorro subito all'accento peruperu.

«Me dispiasce ma la segnora Bongiornio en esto momiento non està achì» dico.

«Chi è lei?»

«Svampita, la tata y domestica de casa Bongiornio.»

Vedo nel videocitofono che i due confabulano tra loro.

«Prima ci è sembrato che avesse un altro accento, signora Svampita.»

«Prima? No sai nada, io. Prima forse filo de esto citofono. Alguna volta interferencia, saben?»

«Guardi che può benissimo aprirci, siamo funzionari pubblici.»

«Ma la segnora Bongiornio no està achì.»

«E vuol dire che noi l'aspettiamo, e intanto ci guardiamo attorno.»

«No no no no no, la segnora Bongiornio me se es tanto racomandada, Svampita Svampita no deve far entrar ninguno. Ninguno, compriende?»

I due confabulano di nuovo.

«Va bene, vuol dire che torneremo. Dica però al signor Bongiorno o alla signora Bongiorno di farsi trovare, la prossima volta, perché in caso contrario ci toccherà ricorrere alla legge e verremo qui autorizzati a entrare in casa indipendentemente dalla loro volontà. Cioè per capirci si sfonda la porta.»

«Lo digo lo digo, como no.»

«Bene. Arrivederci.»

«Adelante.»

Aggancio il ricevitore. Tiro un sospiro di sollievo. Mi volto. Odisseu mi sta guardando, con addosso la tuta Nike lucida ma a piedi nudi, senza pantofole a forma di gatto.

«Che bhava» mi fa.

«Brava?»

«Bhava comu se disce? Atthici. Chi hesita. Ghandi hesita. Sthaohdinahia. Comu Nicoli Kidiman.»

«Grazie» dico, controllandomi istintivamente i capelli nello specchietto Chanel. Devo dire che da Charme & Cheveux sono veramente bravi. Peccato che oggi, non essendo giovedì, niente champagne. Odisseu non si schioda. «Deve dirmi qualcos'altro?»

«Eu dumani vadu.»

«Vadu?»

«Vadu via. Qui no acqua, no luci, no gas» mi spiega, stringendosi nelle spalle.

«È... un semplice guasto. Vedrà che al più presto si sistemerà tutto. E poi dove la trova in centro a Milano un'altra casa così bella?»

«Bela sta bela» allarga le braccia lui. «Pehò vedi questu?» Mi indica un livido violaceo sul collo, che non avevo notato.

«Che le è successo?»

«Su figlia. Mohsicatu.»

«Elettra? Elettra l'ha morsicato?»

«Litigatu, phima. Lei mi bhuciatu pantofuli cusì, senza mucivo» mi fa, mettendosi a piagnucolare.

Oh mio dio, eccone un altro. Quindi non frignano solo i milanesi. Pure i brasiliani. Sarà che è un ballerino, anziché uno stopper.

«Be', non per giustificare mia figlia» gli dico, «ma le sue pantofole non erano granché.»

«Eu pehò dumani vadu» piagnucola lui. «Ma un pocu di miei soldi indietho, segnoha, phegu. Lei sa eu pagatu mesi anticipatu i capahha i statu qui solu dui seccimani.»

«E quanto vuole?»

«Millisinquisenti euhi.»

Il videocitofono suona di nuovo. Prima di rispondere do un'occhiata all'inquadratura della telecamera. Vedo due sagome inconfondibili: gli slavi che mi sono trovata in casa quella sera, sempre vestiti di nero dalla testa ai piedi. Suonano una secondo volta. Aspettano, guardandosi attorno. Parlottano tra loro. Suonano una terza volta. Alla fine se ne vanno.

Rispondimi

«Rispondimi! Bastardo! Rispondimi! Rispondimi! Rispondimi! Rispondimi! Lo so che sei lì e che ascolti i messaggi che ti lascio! Quando ti decidi a tornare? Quand'è che hai intenzione di prenderti le tue responsabilità? Io e tua figlia siamo rimaste senz'acqua! Senza luce! Senza gas! Andiamo avanti con la Perrier e le candele galleggianti dell'Ikea e la torcia per il corso di orienteering e con i piatti freddi che prendo al Salumaio facendomeli segnare in conto! Ma prima o poi anche se sono cliente da anni mi chiederanno di saldarlo! Lo sai o non lo sai che non posso nemmeno vendere la casa? È già stata messa all'asta dalla banca perché da troppo tempo non pagavamo le rate del mutuo! E sono pure passati due tipi per pignorarci i mobili e i televisori! E anche quei due slavi vestiti di nero che erano venuti a cercarti quella volta! Quindi evidentemente non ti hanno ancora beccato! E io? Che devo fare? Ho perfino mandato in giro dei curriculum o curricola o curricoli o come cavolo si chiamano ma non mi ha risposto nessuno! Sono addirittura andata a cercare lavoro in un'agenzia interinale! Ma c'è la crisi e non si trova nulla, niente, nada, nemmeno come personal shopper! E tu? Tu che in teoria saresti il capofamiglia? Il maschio alfa? Che fine hai fatto? Dove sei sparito? Dove ti nascondi? Vedi di tor...»

Sento un bip. Ho esaurito il tempo a disposizione sulla segreteria telefonica. Rifaccio il numero. Scatta di nuovo la segreteria.

«E guarda che stavolta non ho il ciclo, Matteo! Se mi senti così incazzata nera è perché sono proprio incazzata nera di mio! Furibonda! Questo non è uno scherzo! Non si tratta di far finta di fare snao in un parco dei divertimenti fantasma a Sesto! Non ci posso pensare che ti sei sputtanato al poker tutti i nostri soldi! Col tuo costume da Mister Super Testa di Cazzo! Tra l'altro quando ci siamo sposati l'hai giurato davanti a dio, che mi saresti stato vicino nella buona come nella cattiva sorte, e mi pare proprio che...»

Un altro bip. Rifaccio il numero. Scatta di nuovo la segreteria.

«Io non credo di meritarmi tutto questo, Matteo! E tu non puoi pensare di cavartela così, hai capito? Non puoi. Perciò per una volta nella vita prenditi le tue responsabilità! Hai quarant'anni suonati, Matteo! Smettila di comportarti da bambino viziato! Sii uomo! Ma già, ormai i veri uomini non esistono più! Il marrone è il nuovo ne...»

Sento un altro bip. Rifaccio il numero. Una voce registrata mi dice che potrebbe essere spento, o al momento non raggiungibile. Faccio per riprovare, ma l'iPhone mi si spegne. Sono giorni che non ricarico la batteria, col fatto che siamo rimasti senza corrente.

La cartolina

La cartolina che ricevo dal Messico il giorno dopo aver lasciato i messaggi sulla segreteria telefonica del cellulare di Matteo porta un timbro che risale a due settimane fa. Non è firmata ma è stata scritta inequivocabilmente da Matteo, di cui riconosco subito la grafia. Dice solo:

VENDI LA CASA
VENDI LA MACCHINA
VENDI LA VAMPIRA
TROVATI UN ALTRO
DIMENTICAMI
NON TORNERÒ MAI
DIMENTICAMI

Stop.

Mio suocero

Mio suocero, non so bene perché, mi ha sempre messa a disagio, anche quando non sapevo ancora che sarebbe diventato tale ma lo conoscevo già, visto che era socio di mio padre. È così che io e Matteo ci siamo conosciuti, incrociandoci grazie alla frequentazione dei nostri genitori. E il nostro fidanzamento ha retto nonostante la rottura della loro società. All'epoca mi dissi che era stata una fortuna. Oggi no. Da parte mia in ogni caso mio suocero non l'ho mai visto troppo volentieri. Nemmeno quando invitava tutta la famiglia, cioè me e Matteo ed Elettra e mia madre, al tradizionale pranzo di Natale, dopo il quale di solito noi due partivamo per il Kenya o le Maldive o Zanzibar o New York lasciando la bambina alla peruperu di turno. Mio suocero, che in ciascuno di questi pranzi ci ha sempre propinato discorsi interminabili incentrati sulla sua figura di imprenditore che si è fatto da sé, venuto su dal niente, rinfacciando implicitamente a mio padre di essere un perdente e a suo figlio di dovergli tutto, e che all'unica nipote ogni Natale ha sempre fatto lo stesso regalo, ovvero un suo ritratto fotografico autografato da tenere sul comodino, cosa che per la verità Elettra non ha mai ritenuto di fare, mi ha sempre messa a disagio perché... Perché? Non me lo sono mai detta apertamente prima di oggi, ma credo che tutto dipenda da una sola cosa. Fin da bambina... fin da bambina... avvertivo oscuramente... che tra lui e mia madre... c'era un non so che di non detto. Si è sempre e solo trattato di una sensazione. Una sensazione che mi sono come dimenticata, dopo il mio blackout. Ma che adesso improvvisamente riaffiora. Certi sguardi obliqui. Certe occhiate d'intesa. Anche in presenza di mio padre, quando ancora erano in società. Quanto a mia madre, ha sempre preferito rimanere sul vago in merito alla casa di via Senato, limitandosi a menzionare un non meglio precisato generoso ammiratore conosciuto in gioventù. Ma ora, non so perché, ne sono quasi certa: la casa in via Senato... gliel'ha regalata lui. Sia come sia. Mio suocero mi fa aspettare un'ora intera in una saletta per le riunioni dalle pareti tappezzate di immagini che lo ritraggono mentre inaugura cantieri e capannoni, ponti e autostrade, ma soprattutto complessi alberghieri e quartieri residenziali e villette a schiera e villaggi vacanza, e decine, centinaia, forse migliaia di centri commerciali. In ogni foto sorride col suo sorriso che non è un sorriso, stringendo la mano al sindaco di turno. Approfitto dell'attesa per ricaricare la batteria dell'iPhone a una delle prese di corrente della stanza, e scopro che mentre era spento mia madre mi ha chiamata quattordici volte. Aggiorno il mio status su Facebook, digitando AGITATA e subito twitto OH MIO DIO QUANTO SONO AGITATA. Dopodiché non faccio in tempo né a controllare gli ultimi tweet di Francesca Versace né a dare un'occhiata al blog The Blonde Salad, perché mio suocero mi manda a prelevare dalla sua segretaria preferita, Pamela.

«Buongiorno signora Bongiorno.»

«Buongiorno Pamela.»

«Venga pure, l'ingegner Bongiorno la sta aspettando.»

Seguo Pamela lungo il corridoio parimenti tappezzato di foto che ritraggono mio suocero, e con lei attraverso il dodicesimo piano del palazzo di via Mecenate dove ha sede la Sergio Bongiorno Costruzioni & Immobili di Prestigio E Non. O forse dovrei dire: seguo il culo di Pamela eccetera. Perché malgrado io sia una donna, e senza trascorsi lesbici, al contrario di svariate altre di mia conoscenza, non posso fare a meno di notare come la mini Roberto Cavalli di Pamela sia una mini così mini che se per caso dovesse non dico chinarsi a raccogliere una penna ma anche solo starnutire sarei costretta a vedere cose che normalmente competono ai ginecologi. D'altronde Pamela l'ho sempre vista così, anche ai pranzi di Natale a cui il padre di Matteo la invita regolarmente. Tra l'altro: sua moglie, che dopo il divorzio vive alle Bahamas, non ha mai fatto un plissé. Mia madre invece non è mai riuscita a nascondere l'antipatia che prova per lei.

«Prego» mi fa Pamela, aprendo la porta dell'ufficio di mio suocero.

«Grazie» le dico, ed entro.

Mio suocero siede alla sua enorme scrivania di mogano, alle spalle della quale una gigantesca finestra inquadra lo skyline di Milano. È al telefono.

«Guarda, Gian Gianni, oggi mi sento veramente molto ma molto pimpante, quindi mi raccomando» sta dicendo al suo interlocutore. «Sì, certo. Tutto come da programma. Ci troviamo da me alla solita ora, si cena e poi chi c'è c'è e chi non c'è peggio per sé, d'accordo? Bella lì. A dopo.»

Chiude la comunicazione. Mi sorride col suo sorriso che non è un sorriso, si alza dalla poltrona e mi viene incontro.

«Gaia, benvenuta cara, che piacere vederti qui» mi fa, esibendosi in un baciamano. «Anzi fammi dire: che onore. È la prima volta, se non sbaglio, in tutti questi anni. Accomodati.»

«Buongiorno Ingegnere» gli dico. Non sono mai riuscita a dargli del tu.

Lui siede direttamente sulla scrivania. Io prendo posto su una delle due poltroncine di fronte alla medesima.

«Allora, qual buon vento?» mi fa.

Dall'ultima volta che l'ho visto, cioè dall'ultimo Natale, mi sembra un po' ingrassato. Direi bolso. Del resto ormai ha più di settant'anni. Sotto il gessato lilla Billionaire Couture, anche lui ai piedi porta le pantofole, però non a forma di gatto come Odisseu bensì di Cesare Paciotti, in velluto viola ornate dal monogramma SB. E mi accorgo altresì che indossa un paio di calzini dorati con un motivo che ricorda delle... ciliegie. Ciliegie di strass.

«Sì, ecco, sono venuta a trovarla perché... be', perché come sa Matteo è sparito, lasciando me ed Elettra in un mare di... guai» dico.

«Lo so benissimo, sono informato di tutto. Oggi c'è gente che per ventimila dollari è in grado di far sparire chiunque, cancellando tracce informatiche e bancarie.»

Mi chiedo se dirgli della cartolina che ho ricevuto dal Messico. Ma anche se non so bene perché, non mi va di farlo.

«E sa anche che a causa della passione per il poker di Matteo ci ritroviamo con una montagna di debiti? Sa anche che ci hanno tagliato l'acqua, la luce e il gas e che la banca ha incaricato il tribunale di mettere all'asta l'appartamento e che si sono già presentati dei tipi che vogliono pignorare tutto quello che abbiamo e che è la seconda volta che si fanno vivi un paio di slavi mandati dall'usuraio a cui suo figlio si è rivolto per via delle perdite al gioco?»

«Sì, so tutto. Matteo prima di sparire si era già fatto sotto per chiedermi l'ennesimo prestito, che però io gli ho rifiutato. So che te l'ha detto.»

«Sì, me l'ha detto.»

«E allora?»

«E allora se sono venuta qui è perché a questo punto, anche se mi costa molto, devo chiederglielo io, un prestito. Per me ma soprattutto per Elettra. Perché noi due non c'entriamo nulla con il casino che ha combinato Matteo, e però ne stiamo pagando le conseguenze. Le dico solo che è da giorni che ci laviamo nella Perrier, ed Elettra, che non può più giocare con i suoi gadget elettronici, si è ridotta a sfogliare l'autobiografia illustrata di Heidi Klum. Io ho mandato in giro il mio curriculum o curricolo o curricola o come cavolo si chiama e ho anche provato a cercare lavoro in un'agenzia interinale, ma c'è la crisi e non ho trovato niente.»

«So tutto, Gaia. Non c'è bisogno che continui l'elenco delle tue lamentazioni.»

Mi guarda, freddo.

«Lo faccia almeno per sua nipote» gli dico.

«Elettra si fa di cocaina. Ne sei al corrente?»

«Di cocaina? Ma se ha appena dodici anni! Non è possibile!»

«Scendi dal pero, Gaia. Credi che quello zingaro che le consegna a casa gli hamburger non le porti nient'altro?»

«Come fa a saperlo?»

«Io so tutto, Gaia» mi sorride lui, con un sorriso che però non è un sorriso. «So anche della tua relazione con quel Niccolò. Dimenticatelo, non è un vero uomo.»

«Nemmeno Matteo è un vero uomo, se è per questo.»

«Su questo non posso darti torto. Io invece sì. Appartengo a una generazione di uomini veri, che hanno saputo fare la propria fortuna e quella dell'Italia, dimostrandosi capaci di iniziativa, ottimismo, entusiasmo. A parte poche eccezioni, si capisce. Tipo tuo padre. Un perdente nato.»

«Lasci stare mio padre» dico, rendendomi conto solo ora che l'ufficio di mio suocero è interamente tappezzato di altre fotografie simili a quelle che ho visto nella saletta per le riunioni e lungo il corridoio. «Non è stato certo lui a far perdere a Milano il titolo di Capitale morale di questo Paese.»

«Uh, che parolone! Ma guarda che se ci pensi Milano è ancora la Capitale morale di questo Paese. Basta intendersi sul concetto di morale. E guardare obiettivamente al Paese. Tuo padre invece...»

«Lasci stare mio padre, le ho detto.»

A una parete, noto un gigantesco arazzo in cui lui, a torso nudo, si mangia il cuore di un macaco dopo averlo abbattuto. Lo sfondo però non è africano: la scena si svolge in piazza del Duomo. In un angolo, c'è un'opera di Cattelan identica a quella che ho visto a casa dell'avvocato Giulio Maria Bebelli Sfacciati Tosti. Non è possibile che Elettra si faccia di cocaina già a dodici anni. La prima volta che l'ho provata io ne avevo quattordici.

«Massì, lasciamo stare» sbotta mio suocero. «Ha fatto bene a rompere la società con me, non eravamo più in sintonia. Comunque, da parte mia ho già fatto fin troppo per te.»

«Che vuol dire?»

«Se non fosse stato per il qui presente, non ti avrebbero mai assunta alla Eventi Avanti. Ti segnalai io quando Matteo mi spiegò che dopo quel tuo, come dire, momento di crisi, avevi bisogno di tenerti occupata.»

«Non mi risulta.»

«Lui non ha mai voluto che lo sapessi. Ma lasciamo perdere anche questo. Sta di fatto che se sei venuta a battere cassa, non ce n'è. Io a voi non do più un euro, chiaro?»

«Ma perché?»

«La vedi Milano, là fuori? È mia, tutta mia. Pensa che è mio anche l'appartamento in cui vivete. E la banca presso cui avete acceso un mutuo per acquistarlo. Ed è mia la sala dove Matteo si è giocato la vita a poker. Ed è mio anche l'usuraio che gli ha prestato i soldi. E sono miei anche quei due slavi che sono venuti a cercarlo. Sono mie le società privatizzate dell'acqua, della luce e del gas. Ma per mettere le mani su tutta questa roba, cara mia, mi sono fatto *un culo così*. E non hai idea delle tangenti che ho dovuto pagare a quei parassiti della politica. Che però sono meglio di voi giovani d'oggi, perché loro almeno nella vita hanno uno scopo. Voi giovani d'oggi invece uno scopo non ce l'avete. Voi giovani d'oggi non valete un cazzo. Siete solo buoni a pararvi il culo, sabato in barca a vela, lunedì al Leonkavallo. Io sui giovani d'oggi ci scatarro su.»

Mi alzo.

«È sua anche la casa dove sta mia madre in via Senato?»

«Certo che sì.»

«Ho sempre saputo che tra lei e mia madre c'era una relazione. Mi dica solo una cosa: è cominciata prima o dopo che mio padre rompesse la società con lei?»

Lui preme un bottone sulla scrivania.

Compare la segretaria.

«Pamela, la prego, accompagni la signora alla porta.»

In rete

In rete, mi dico non appena salgo sulla mia Range Rover Evoque, devo cercare in rete. Sull'iPhone digito le parole *cocaina, diffusione* e *giovani*. Salta fuori:

> COCAINA, IL FENOMENO DELLA DIFFUSIONE TRA I GIOVANI
> Una nube di cocaina avvolge l'Europa. Oltre 13 milioni di europei adulti hanno provato la polvere bianca nella loro vita. Di questi, 7,5 milioni sono giovani (15-34 anni): 3 milioni l'hanno usata negli ultimi 12 mesi.

Be', mi sembrano numeri ottimistici. Faccio un breve calcolo mentale, ma non mi pare di conoscere nessuno che non la usi, qui a Milano. Almeno tra noi adulti.

> Lo dice il Rapporto dell'Osservatorio europeo sulle droghe presentato oggi a Bruxelles, che conferma la diffusione costante della cocaina. Ma perché la cocaina sta attirando così tante persone, soprattutto i giovani?
> 1. Uno dei motivi può senz'altro essere quello della sua commercializzazione in micro-dosi a prezzo unitario molto basso. A ciò consegue anche un abbassamento del principio attivo per mantenere il prezzo basso e aiutare l'ampliamento del mercato.
> 2. Altro motivo è l'alta accettabilità sociale riguardo alle droghe (a parte l'eroina).
> 3. Infine, l'enorme diffusione della cocaina è dovuta al fatto che risponde ai modelli di consumo e di successo della società attuale, facilmente recepibili da tutte le fasce di età.

Vabbè, vabbè, tutte cose che si sanno. Andiamo avanti:

Da quanto osservato, le droghe usate per via inalatoria vengono assunte con una modalità consumistica, superficiale, che porta a trascurare le possibili conseguenze. Il mercato vende le sostanze a prezzi non elevati e in maniera capillare, permettendo in questo modo un facile primo contatto.

Sai che novità.

Un primo contatto con la cocaina è relativamente facile e diffuso in modo trasversale nella popolazione giovanile, che diventa poi dipendente da essa sottovalutando danni cerebrali, rischi di infarto e risvolti paranoici, in quanto questa sostanza assume un significato sintonico con i bisogni del soggetto e con le eventuali lacune lasciate dai disequilibri emotivi nella sua storia di vita.

Mi chiedo se per caso Elettra abbia eventuali lacune lasciate dai disequilibri emotivi nella storia della sua vita. Francamente non mi pare: io e suo padre le abbiamo sempre comprato tutto quello che ci chiedeva, quando ancora parlava con noi. E quando ha smesso di farlo, le abbiamo anche comprato tutto quello che non ci chiedeva più. No, a me questi rapporti ufficiali non servono. Devo scoprire che cosa passa per la testa di Elettra. Se sapesse scrivere, magari terrebbe un diario e potrei dargli un'occhiata. Ma alla Steiner la scrittura viene dopo la maglia. Vediamo... digito le parole *forum* e *giovani*. Salta fuori:

Forum Giovani. Discussioni: 94919. Messaggi: 1490041. Utenti: 2686185. Sex – Sesso – Prima volta – Come farsi fare un pompino – Pompino con ingoio.

Sex? Sesso? Prima volta? Come farsi fare un pompino? Pompino con ingoio?

Caro Paolo

Caro Paolo Crepet,

ho pensato di contattarla per chiederle qualche consiglio in quanto madre di una figlia dodicenne che mi sta dando qualche preoccupazione. Premetto che Elettra non parla ormai da anni né con me né con suo padre, almeno fino a quando suo padre è stato con noi, visto che ultimamente è sparito dalla circolazione e non sappiamo dove sia finito, travolto dai debiti contratti giocando a poker online e non. Ma non è di mio marito che voglio scriverle. Abbia pazienza ma sono per natura un po' confusa e adesso anche sconvolta, dopo quello che ho letto su un forum frequentato dai giovani. Dunque: sul forum sono andata per cercare di capire che cosa possa passare per la testa di mia figlia, visto che lei con me non si confida anche perché come le ho detto non mi parla. Premetto che Elettra ha frequentato la scuola steineriana perché io e suo padre volevamo che fosse una bambina creativa ed è stata seguita da uno psicologo, che però ci ha sempre consigliato di far finta di niente. Far finta di niente di fronte a che cosa, si starà chiedendo lei. Be', per esempio di fronte agli accessi d'ira di Elettra, che da parte mia ho sempre pensato fossero dovuti al fatto che alla scuola steineriana le insegnavano a fare la maglia. Poi però mio suocero, con cui ho un pessimo rapporto ma non è questo il luogo, mi ha messo la classica pulce nell'orecchio: secondo lui Elettra farebbe uso di cocaina. Ho dunque fatto qualche ricerca in internet, dove in effetti ho scoperto che tra i giovani l'uso della cocaina pare molto diffuso, anche se non come tra noi adulti. Ma poi, su questo forum che le dicevo, ho an-

che scoperto che tra i giovani vanno di moda cose come il sesso con strangolamento, che pare sia l'ultima moda tra gli adolescenti americani, e il balconing, *che consiste nel vedere se si riesce a sopravvivere buttandosi dal balcone. Ma non solo: c'è anche l'arcobaleno. Lei si chiederà, che cos'è l'arcobaleno? Me lo sono chiesta anch'io. Ebbene, si tratta di un gioco sessuale che prevede che alcune ragazzine delle medie inferiori si presentino a una festa in casa di un amichetto ciascuna con un rossetto di colore diverso. Poi si spengono le luci, e a turno le ragazze praticano una fellatio al ragazzino. Quando si riaccendono le luci, il ragazzino deve indovinare la sequenza esatta delle ragazze in base ai segni lasciati sul suo... coso dai vari rossetti. Ora, lì per lì mi sono sentita sollevata perché mia figlia di feste in casa non ne ha mai organizzate e neppure ne ha frequentate (dopo aver visto* Twilight, *è nella sua fase vampiretta). Poi però mi sono preoccupata proprio di questo: forse, almeno a giudicare da quanto è diffusa questa pratica dell'arcobaleno, non è normale che mia figlia non lo abbia mai fatto. Insomma io mi chiedo, e le chiedo: secondo lei mia figlia è normale? Ed è credibile che una bambina di dodici anni che va in giro con un chiodo di pelle, lenti a contatto rosse e le occhiaie di kajal faccia già uso di cocaina? E soprattutto, dove ho sbagliato, se ho sbagliato, come madre? Spero in una sua risposta.*

Un cordiale saluto, con stima sua Gaia.

P.S. Se posso permettermi, stava meglio con i baffi.

La sorpresa

La sorpresa è grande, quando torno a casa e vedo le luci accese e in cucina provo ad aprire il rubinetto del lavandino e l'acqua scorre, anche se il gas continua a latitare. Corro da Elettra, e la trovo che con un pennarello modifica i tratti di Heidi Klum sulle pagine della sua autobiografia illustrata, trasformandola in una vampira. Insieme con lei però trovo anche il ragazzo vestito da rapper di periferia che da quando non va più a scuola le consegna gli hamburger. Nella borsa che porta a tracolla si sta infilando la PlayStation 3 di Matteo.

«Elettra, hai visto? Luce e acqua sono tornate!»

Lei non mi risponde.

«Ma che ci fa questo con la PlayStation 3 di tuo padre?»

«Oh, bella, guarda che la PlayStation 3 adesso è mia, no?» mi fa il ragazzo delle consegne.

«Cos'è? Te la porti via in cambio della coca?»

«Ma come sei messa? Stai male? Ma va là, che coca e coca... non lo vedi che tua figlia non ce li ha più, i brufoli?»

Guardo Elettra. In effetti... non ce li ha più.

«È la coca che li fa andar via?» chiedo al rapper di periferia.

«Oh, magari. No, è un preparato di mia nonna che fa bruttissimo, oh.»

«Un preparato di tua nonna?»

«Eh. Oh, noi siamo mezzi zingari, oh» mi dice. «Oh, però certe cose costano care, si capisce, oh. Mica si trovano in farmacia, no? E farle è uno sbatti. Elettra il preparato me l'ha pagato con l'iPod, l'iPad, l'iPhone, il MacBook, la PlayStation 1 e la PlayStation 2. La PlayStation 3 invece me la dà in cambio della luce e dell'acqua, no?»

«In cambio della luce e dell'acqua?»

«Be', Elettra mi ha spiegato il problema e ci ho pensato io, no?» risponde.

«Che vuol dire che ci hai pensato tu?»

«Vuol dire che se uno cresce alla Bicosa anziché in via dell'Annunciata certe cose le sa fare, no? Basta scendere in cantina, no? Manomettere i contatori, no? Riallacciare tutto, no?» mi fa, di nuovo sottovoce. «Noi a casa le bollette non le abbiamo mai pagate, oh. Siamo mica scemi, no?»

Lo guardo chiudere la borsa.

«Sai che nel quartiere Bicosa mio padre avrebbe voluto piantare tanti alberi e mettere tante panchine e costruire aree gioco? Ma glielo hanno impedito» gli dico.

«Cos'è? Era mica un architetto?»

«Sì.»

«Non li reggo, io, gli architetti. Ci provassero loro a viverci nei quartieri che riqualificano, come la Bicosa! No, zero, non ci stanno un cazzo dentro, zio. Vabbè va, bella, zio! Io vado in Duomo. Alla prossima, oh.»

«Bella zio!» gli risponde Elettra, che intanto continua a sfigurare Heidi Klum.

E Lucky se ne va, con la PlayStation 3. Quindi, mi dico, potevo anche evitare di scrivere a Crepet. Almeno per quanto riguarda la cocaina.

Questa notte

Questa notte ho fatto un incubo. Era un incubo confuso, nel quale si mischiavano tante facce, tanti luoghi. C'era un uomo che mi seguiva all'uscita da un aperitivo con Solaria e Ilaria, credo al Bond, un uomo con cinque teste, quella di Matteo e del padre di Matteo e di Elettra e di Niccolò e di mio padre, che però era irriconoscibile. E il sole che bruciava in cielo aveva la faccia di mia madre. E io vagavo in una città che era un po' Milano e un po' Parigi, un po' Londra e un po' New York, un posto dove si susseguivano incessanti le sfilate primavera/estate e autunno/inverno. E non si riusciva a camminare perché le strade pullulavano di modelle obese che impedivano il passaggio, talmente grasse da bloccare il traffico. E a un tratto m'imbattevo in un vecchio seduto davanti alla Galleria d'Arte Moderna di via Palestro con la testa nascosta tra le ginocchia e ai piedi un pezzo di cartone su cui c'era scritto AIUTATEMI VI PREGO HO TANTA FAME. E io senza un motivo preciso mi fermavo a guardarlo, e in quell'istante si sentiva un'esplosione terrificante, e allora il vecchio alzava la testa ed era Alberta Ferretti. E io lanciavo un urlo, e correvo via, via, via, lontano. E a quel punto veniva la parte più terribile, perché desideravo tanto entrare in casa dei miei, nella vecchia Brera, per raccontare tutto a mio padre, ma la trovavo sbarrata. Così andavo a comprarmi qualcosa ma avevo solo dieci euro ed ero costretta ad entrare da ProMod, dove rimbombava *Ah ah ah ah a far l'amore comincia tu.*

Devo

Devo farmene una ragione, mi dico mentre per rilassarmi faccio il primo bagno dopo giorni di Perrier. Devo farmene una ragione. Stando così le cose... devo... prendere atto... che... oh, mio dio... non ci riesco... eppure devo... devo...

devo prendere...

devo prendere atto

devo prendere atto che...

devo prendere atto che non...

devo prendere atto che non posso...

devo prendere atto che non posso più...

devo prendere atto che non posso più permettermi...

devo prendere atto che non posso più permettermi di...

devo prendere atto che non posso più permettermi di fare...

devo prendere atto che non posso più permettermi di fare la...

devo prendere atto che non posso più permettermi di fare la vita...

devo prendere atto che non posso più permettermi di fare la vita che...

devo prendere atto che non posso più permettermi di fare la vita che ho...

devo prendere atto che non posso più permettermi da fare la vita che ho fatto...

devo prendere atto che non posso più permettermi di fare la vita che ho fatto fin...

devo prendere atto che non posso più permettermi di fare la vita che ho fatto fin qui.

Oh, finalmente.

Finalmente sono riuscita a dirmelo.

Ma come farò?

Il pero

Il pero, mi sono detta. Innanzitutto devo scendere dal pero. Me lo dicono tutti. Un motivo ci sarà. Così ho deciso che se dovevo cominciare da qualche parte, era dal cosiddetto superfluo. Che per me tuttavia ha sempre coinciso con l'essenziale. Mi ci è voluta un'intera settimana, prima di arrivare a stabilire quali fossero le cose di cui potevo fare a meno. Ma la lettura di un articolo sull'edizione online del "Corriere" mi ha aiutata. L'articolo parlva di Suri Cruise, la figlia di Tom Cruise e Katie Holmes. Suri Cruise ha quattro anni. Suri Cruise a quattro anni va a fare shopping con la mamma in tacchi a spillo Jimmy Choo, vestita di tutto punto con abitini firmatissimi e un cappotto in pelle Dolce & Gabbana. Suri Cruise a quattro anni non esce mai di casa senza un po' di make up e la borsetta Ferragamo da ottocentocinquanta dollari sottobraccio. Suri Cruise a quattro anni ha ricevuto in regalo dai genitori una carta di credito affinché possa cominciare a conoscere il valore del denaro già dalla sua tenera età. E io non voglio essere una Suri Cruise di trentotto anni.

Il primo giorno è stato il più difficile, perché mi sembrava di aver bisogno di tutto, di non poter rinunciare a nulla, neppure al terzo paio di ballerine Miu Miu verde mela, comprato perché mi ero dimenticata di possedere gli altri due, peraltro mai messi. Ma alla fine, con una forza di volontà che non sospettavo nemmeno lontanamente di avere, ce l'ho fatta. E ho cominciato col vendere a Lucky i quattro megatelevisori a schermo piatto. È venuto a prenderseli con suo padre Luciano, un tipaccio però simpatico e molto fit, che per fortuna oltre a possedere un furgone si occupa anche di ricettazione e dunque ha tutto un suo giro di clienti alla Bicosa ma anche alla Bovisa e alla Bicocca. Sempre a Lucky e a Luciano sono poi riuscita a vendere i due impianti stereo Apple fatti per ascoltare gli iPod. E poi i cinque computer che avevamo in casa. E i due set completi Kitchen Aid, ancora nuovi visto che non ho mai imparato a cucinare. Poi gli ho venduto i tavolini a forma di scudo di Capitan America. Poi quattro divani in stile La Cosa su cinque. E via di questo passo. Il fatto strano è stato che più l'appartamento si svuotava, più mi sentivo leggera. Per non parlare del senso di libertà che ho avuto nel momento in cui mi sono decisa al passo più difficile, sbarazzarmi del superfluo accumulato nella mia cabina armadio. L'abbigliamento e le scarpe però per Lucky e Luciano erano davvero troppa roba, così li ho venduti oltre che a loro anche a un paio di negozietti specializzati in vintage tra via Torino e le Colonne. Quanto all'oro e agli orologi e ai gioielli, invece, li ho portati qui in viale Certosa al Monte dei Pegni. Nella speranza di riuscire prima o poi a riscattarli.

Quando sono arrivata mi sono messa in coda fissando il pavimento, per evitare di incrociare lo sguardo delle decine di giovani e pensionati e manager che, da quel che sono riuscita a intravedere senza alzare troppo gli occhi, si impegnano a seconda dei casi la bicicletta o la fede o il Rolex. Mentre aspetto aggiorno il mio status su Facebook, digitando SPERDUTA MA DECISA, e, dopo aver twittato OH MIO DIO MI SENTO SPERDUTA MA DECISA, mi controllo ripetutamente i capelli nello specchiatto Chanel.

«Ehm» mi schiarisco la voce quando arriva il mio turno e mi avvicino allo sportello dietro a cui siede l'impiegato. «Buongiorno, ho questi preziosi di famiglia, che però non metto più. Quanto potete darmi?»

L'impiegato afferra il sacchetto Prada per scarpe nel quale ho messo il tutto, e attacca a scrutare con tanto di lente d'ingrandimento ogni singolo oggetto. Ripenso a quando abbiamo comprato gli anelli e i braccialetti e le collane che passano per le sue dita, e il resto. Da Bulgari in via Condotti a Roma. Da Cartier in Place Vendôme a Parigi. Da Baume et Mercier sulla Bahnhofstrasse a Zurigo. Da Chopard in via Sant'Andrea qui a Milano. Da Tiffany sulla Quinta Strada a New York. E in un sacco di altri posti. L'impiegato, che a fare la perizia ci mette un'eternità, mi dice con voce piatta:

«Settemila euro.»

«Ma guardi che qui ci sarà un ottantamila euro di roba, forse di più.»

«Settantamila. Noi corrispondiamo solo il 10 per cento del valore reale.»

«E come farò a riaverli?»

«Guardi, noi le diamo subito i soldi in contanti e una polizza di garanzia.»

«A che serve la polizza?»

«C'è la descrizione dell'oggetto dato in pegno e l'importo del prestito.»

«È quella la somma che dovrò restituire?»

«No, la cifra va maggiorata del 6,25 per cento di interessi.»

«E quanto tempo ho per restituire il prestito?»

«Sei mesi.»

«Trascorsi i quali?»

«Trascorsi i quali ci restituisce la somma che le abbiamo prestato maggiorata degli interessi, oppure può prolungare il prestito di altri sei mesi con un ulteriore interesse sempre del 6,25 per cento.»

«Va bene» dico, stringendomi nelle spalle.

Mi dà i soldi, quattordici biglietti da cinquecento euro. Li metto nel portafogli Gucci, e infilo questo nella borsetta Prada. Dopodiché giro i tacchi, e sempre a testa bassa mi dirigo verso l'uscita. Faccio per uscire, ma vado a sbattere la testa contro la testa di una persona che sta entrando.

«Ahia!» esclamiamo entrambe, sfregandoci ciascuna la sua testa.

Ci guardiamo.

«Solaria!» esclamo.

«Gaia! Figa, anche tu qui?»

«Ehm» mi schiarisco la voce, «sì, sai, ho fatto un po' di ordine in casa e mi sono capitati tra le mani... bah, vecchi gioielli di mia madre, ma niente di che, robetta... e tu sai quanto la detesto, mia madre. Così mi sono detta, massì, piuttosto che buttarli... E tu?»

«Io? Io... figa, io niente, credi pure che la crisi e il crollo delle borse non c'entrano.»

«Perché, sono di nuovo crollate le borse?»

«Figa se sono di nuovo crollate, c'è su tutti i giornali.»

«Lo sai che io non li leggo.»

«Comunque: questi qua sono anelli di fidanzamento che ho collezionato nel corso degli anni... e che me ne faccio? Tanto più che con Ilaria vogliamo farci una vacanzina a Cuba, figa... e dato che devo ancora finire di pagare il mutuo del viaggio a Marrakech dello scorso Natale...»

«Ma certo, così ti liberi anche del ricordo dei tipi che te li hanno regalati, giusto?»

«Sì, figa, a parte che certi non so già più che faccia avessero.»

«Ma come mai Cuba? Non sono comunisti?»

«Be', figa, può anche darsi. Ma ancora per poco, credo. Più che altro però ci sono certi maschioni da paura, figa, e guarda che lì i gigolò a noi europee non costano praticamente nulla.»

«Ma va'?»

«Figa, Ilaria che c'è già stata dice che con pochi dollari ti trattano da regina. Roba che qui, parliamoci chiaro, chi lo fa più? Specie se sei prossima ai quaranta, figa, come noi.»

A un tratto ci guardiamo negli occhi. Non lo facevamo da secoli.

«Solaria... ne facciamo quaranta tra meno di due anni... ti pare possibile?»

«No che non mi pare... andavamo al Berchet assieme, figa...»

«Ed eravamo le migliori amiche... le uniche due duraniane in quella classe di shampiste che sbavavano per gli Spandau.»

«*Wild Boys*!»

Accenniamo un passo di danza. Ci abbracciamo. Prima quasi impacciate, poi forte, come un tempo, quando eravamo due ragazzine piene di sogni e ascoltavamo a nastro *Rio* e *Notorious*.

«Ma quant'era figo Simon Le Bon?»

«E John Taylor?»

«Anche Nick Rhodes non era male.»

«L'unico che non mi ha mai attizzata è Warren Cuccurullo.»

«Ti ricordi i pomeriggi che battevamo tutte le edicole tra San Babila e il Duomo a caccia di foto dei Duran e poi andavamo da Burghy?»

«E quando siamo andate al Festival di Sanremo?»

«E le All Star lilla?»

«E gli zainetti Invicta a righe bianche e blu?»

«E le Timberland da boscaiolo gialle?»

«E il Moncler arancione?»

«Che tra l'altro è tornato alla grande.»

«Ti ricordi quanto ce la tiravamo con le nostre felpe Best Company e le calze Naj Oleari? Due vere sfitinzie.»

«Altroché»

«E quanto ridevamo, in classe? Per delle cazzate, però ci divertivamo da matte.»

«Poi io mi sono messa con Matteo. E tu ti sei iscritta alla Cattolica.»

«Eh, bei tempi.»

Ci stacchiamo, ma continuiamo a tenerci per mano. Da quant'è che non ci parlavamo così?

«Figa, pare che la prossima settimana della moda i Duran Duran faranno un concerto blindatissimo per "Vogue", al Teatro dal Verme.»

So che dovrei dire qualcosa tipo *ganzissimo*, ma poi mi blocco. Quando eravamo compagne di banco al Berchet e non dovevamo interpretare la parte della donna in carriera io e Solaria ci dicevamo proprio tutto.

«Mi sto impegnando quel po' di roba che mi resta perché non ho più un euro, Solaria» mormoro.

«Anch'io» sospira lei. «Pensa che... lo scorso fine settimana mi sono ridotta ad andare a fare shopping all'Outlet di Serravalle.»

«Giura?»

«Giuro.»

«E com'è?»

«Mah, sai, alla fine non esci certo a mani vuote. Ho preso queste Miu Miu.»

Mi indica le décolleté.

«Carine. Sono di un paio di stagioni fa, vero?»

«Eh, altrimenti mica le trovavo al cinquanta per cento. Però figa tutti quegli sconti... ti viene la para che si tratti di merce fallata o taroccata... poi la gente, ti dico trovi di tutto, non è come in via della Spiga... e comunque la botta d'adrenalina che ti dà spendere tremila euro nel Prada store è un'altra cosa, figa. Voglio dire, ti fa sentire viva, no?»

«Già» ammetto, anche se mentre lo dico mi rendo conto che è come se parlassimo di un'altra vita.

«A Ilaria non l'ho detto che sono stata a Serravalle, quindi mi raccomando, rimanga tra me e te.»

«Tranquilla» la rassicuro.

«Tra l'altro, già che siamo in vena di confessioni, non te l'abbiamo mai detto ma io e lei viviamo assieme.»

«Non dirmi che siete lesbo?»

«Macché. È solo che con i nostri stipendi e col nostro stile di vita, ai Navigli possiamo giusto permetterci quaranta metri quadri.»

«A testa?»

«Magari. In due. Però figa, a Cuba ci voglio andare lo stesso. Non sia mai che trovo l'uomo della mia vita, figa.»

«Ma gli uomini non sono le nuove donne?»

«Qui a Milano di sicuro. Però a Cuba no, figa.»

«Quasi quasi vengo anch'io» sorrido.

«Ma va'?» esclama, raggiante.

«Scherzo.»

«Peccato» mi fa, un po' delusa. «Del resto tu, qui, qualcosa per cui valga la pena di restare ce l'hai.»

«Tipo?»

«Una figlia che ti vuole bene.»

Lidl

Lidl, c'è scritto sulla facciata del discount di via Pestalozzi. Lì per lì, esito. Accanto all'entrata, infatti, sostano alcuni punkabbestia, intenti a scolare lattine di birra assieme a un paio di barboni e a un gruppetto di... operai rumeni, direi, a giudicare dai jeans e dalle magliette sporchi di malta e di vernice. Poi però mi dico che non c'è altra soluzione, almeno per ora. Perciò inspiro a fondo, mi faccio coraggio, scendo dalla Range Rover Evoque ed entro. Sotto le luci crude dei neon, m'imbatto in altri punkabbestia e barboni e operai rumeni, e anche in donne di servizio, e in qualche studente, e in diversi pensionati. Tutta gente che non ho mai visto dal Salumaio. In sottofondo, *Far l'amore* di Raffaella Carrà remixato da Bob Sinclar. Lì per lì, abituata come sono ai prezzi del mio negoziante di fiducia in Montenapoleone, penso di essere su "Scherzi a parte". Vino rosso 1,49. Mele verdi confezionate due chili 1,99. Otto rotoli di carta igienica a tre veli 1,65. Mezzo chilo di spinaci già lavati 0,69. Quattro muffin al cioccolato 1,49. Una confezione di penne rigate da 500 grammi 0,49. Quattro uova fresche grandi 0,59. Ma sarà vera tutta 'sta roba? Voglio dire, com'è che costa così poco? Non riconosco neppure una marca. E non mi pare sia un discorso di chilometri zero. Quanto al bio, al biodinamico e al macrobiotico non sanno che cosa sono. Ma non posso permettermi di fare la schizzinosa. Purtroppo, constato dopo aver girato in lungo e in largo per le corsie dove le confezioni dei vari prodotti sono spesso semplicemente accatastate su bancali, qui da Lidl non hanno i vol-au-vent. E non c'è nemmeno un reparto gastronomia con i piatti pronti. Ma, se non ricordo male, alla Steiner dovrebbero aver insegnato a Elettra a cucinare. Riempio il carrello imponendomi di non leggere le etichette, tanto chissà quante schifezze avrò mangiato nei vari ristoranti alla moda, per tacere di quel che ho bevuto in innumerevoli club e clubbini, dov'è noto che le bottiglie di marche strafamose vengono riempite con liquori scadenti, e alla cassa spendo appena ventinove euro. Pazzesco. Quando esco, il capannello di bevitori per fortuna è scomparso. Ma vengo fermata da una signora tutta in Burberry, che mi porge un foglio.

«Tenga» mi fa.

«Che cos'è?» chiedo, posando a terra le borse con la spesa e afferrando il foglio.

«Da com'è vestita» mi dice la signora, squadrandomi, «immagino che lei sia qui per comprare il cibo alla sua peruperu. Sbaglio?»

«Be'... no, non sbaglia. Sa, oggi è il suo compleanno e volevo farle una sorpresa.»

«Che brava. Comunque per rispondere alla sua domanda si tratta di una petizione. Legga.»

Leggo:

La zona tra via Pestalozzi, via Watt, via Binda, via Tosi sta vivendo una nuova vita grazie ad eleganti loft che sono stati costruiti, a nuovi locali come il Bitte, a numerosissimi centri moda e design.
Il Lidl in questione è assolutamente fuori luogo e attira persone che nulla c'entrano col quartiere.
Chiediamo che un'altra catena come Esselunga, Carrefour o SMA comprino e subentrino alla Lidl di via Pestalozzi 21 a Milano.

«Capisce?» mi fa la signora.

«Capisco.»

«Allora firma?»

«Mi permetta una domanda, ma chi è che ha costruito questi loft?»

«La Sergio Bongiorno Immobili di Prestigio E Non» mi sorride la signora. «Ha presente?»

«Temo di sì. Perciò, preferirei di no.»

Poi, una volta restituito il foglio a Lady Burberry, o meglio a Sciura Burberry, riprendo le mie borse e raggiungo la macchina.

In cucina

In cucina, anche se il gas non c'è, cerco di arrangiarmi con gli elettrodomestici che funzionano grazie alla corrente: a cominciare dal tostapane della Tefal firmato Jamie Oliver, ricevuto in regalo da mia madre all'epoca del matrimonio e mai usato, ma che per fortuna non ho venduto. Solo che va' a sapere come, faccio bruciare anche i toast che avevo preparato con cura certosina per me e per Elettra, con il formaggio e il prosciutto della Lidl. La puzza di bruciato invade la cucina. Nemmeno due toast... ma si può? Per la prima volta da non ricordo quando, mi viene da piangere. Però non piango. Non sono mica un uomo.

«Vuoi una mano, mamma?»

Non è possibile, mi dico, senza avere il coraggio di voltarmi.

«Vuoi una mano, mamma?» mi sento ripetere.

Mi volto. Elettra mi ha raggiunta in cucina, e mi sta guardando. Si è tolta le lenti a contatto rosse, e per la prima volta da anni rivedo i suoi occhi cerulei.

«Elettra!» esclamo. «Sì, grazie!»

Si avvicina con aria quasi imbarazzata col suo muso da vampiretta e le orbite cerchiate di kajal, sfregandosi il naso. A questo punto sono certa che si tratti proprio solo di un tic. Ma capisco subito che il suo imbarazzo non ha a che vedere con il fatto di doversi occupare del pranzo. Infatti spegne il tostapane, toglie i toast anneriti, li butta nella spazzatura, prende altre quattro fette di pane, prepara due nuovi toast aggiungendo al prosciutto e al formaggio dei pomodori ciliegini sempre Lidl tagliati a metà, e li mette a tostare con gesti di una sicurezza incredibile.

«Accidenti, sembri una cuoca provetta!» le dico.

«Sono solo un paio di toast» si schermisce lei.

Ho quasi timore di dire qualcosa di troppo... ho paura che così come ha ricominciato improvvisamente a parlarmi, possa di nuovo rifiutarsi di farlo.

«Hai fatto bene a vendere tutte quelle cose inutili» mi fa, spegnendo il tostapane quando i toast sono cotti a puntino.

«Tu credi?»

«Ora che papà se n'è andato dobbiamo cavarcela da sole.»

Mette i toast su due piatti, e mi porge il mio.

«Grazie, Elettra.»

«Prego, mamma.»

Addento il toast.

«Ma è buonissimo! Brava!»

«Grazie, mamma.»

«Grazie a te, per l'aiuto» le sorrido. «E grazie...» esito, ma poi non riesco a trattenermi. «Grazie per aver deciso di ricominciare a parlarmi...»

«L'ho fatto quando ti ho vista che stavi cercando di farmi un toast.»

«E perché?»

«Tu prima di oggi non hai mai fatto niente per me, mamma.»

«Ma che dici, Elettra? Io e tuo padre in questi anni abbiamo fatto di tutto, per te. E il nido, e la materna, e la scuola steineriana, e i corsi e lo psicologo, e tutti i regali a cominciare dal primo telefonino, uno Smartphone Nokia, avevi un anno e mezzo, me lo ricorderò sempre, e ancora il guardaroba D&G Junior, e il MacBook, e l'iPhone, e l'iPad...»

«Ma mamma... la scuola e i corsi e i regali e il resto... erano solo un modo per non occuparvi di me... lo sai anche tu, vero?»

Mi guarda dritto negli occhi. Sono costretta ad abbassare lo sguardo.

«Quando prima però ti ho vista che cercavi di farmi un toast» mi dice, «ho capito che forse... qualcosa era cambiato. È così?»

A quel punto la abbraccio. E anche lei mi abbraccia. E ci stringiamo forte.

«Sai che la canzone che ascolto di più nell'iPod è *Un'ora sola ti vorrei?*» mi fa lei.

E allora, anche se io non piango mai perché piangere è una cosa da uomini, gli occhi mi si inumidiscono. E poco dopo, sento scendere una lacrima. La prima, da tanti, troppi anni. E non mi fermo più.

Gli ultimi giorni

Gli ultimi giorni in via dell'Annunciata chissà perché mi ricordano paradossalmente i primi, quando con Matteo eravamo innamorati, qualsiasi cosa questo significhi, e mettere su casa senza dover pensare ai soldi, come al contrario avevano fatto da giovani i miei genitori, era più che altro un gioco. Certe volte, quando l'appartamento era ancora semivuoto, mi capitava di venirci da sola. Come tutte le ragazze della mia età, sognavo a occhi aperti. Non il Principe Azzurro, quello ero sicura di averlo trovato. Sognavo di riempire le stanze di cose belle. Sognavo di avere un figlio bello. Sognavo di fare una vita bella. So bene che altre al posto mio adesso si abbandonerebbero alla depressione o si butterebbero dalla finestra. Ma il solo fatto che Elettra per la prima volta da non ricordo nemmeno quando abbia deciso di parlarmi mi dà una forza che non sapevo di avere. È per questo, credo, che non mi abbatto nemmeno quando arriva la lettera raccomandata che ci annuncia che la prossima settimana verrà l'ufficiale giudiziario e dovremo lasciare la casa. Di nostra volontà, o costretti dalla forza pubblica. Come fanno quando sgomberano gli zingari. Ma non ce ne sarà bisogno.

Psicanalista

SAI A VOLTE TI PENSO ANCORA. N.

Rileggo l'sms di Niccolò mentre salgo in ascensore dalla psicanalista. Ma che succede? È matto? Prima mi dice una cosa, poi il contrario, poi il contrario del contrario, poi il contrario del contrario del contrario, poi il contrario del contrario del contrario del contrario. Poco fa, parcheggiando in corso Buenos Aires, non ho risposto alla nuova chiamata di mia madre e non ho aggiornato il mio status su Facebook. Immagino che quello di Niccolò proclami sempre INNAMORATO, ma non lo controllo più. Alzo lo sguardo dallo schermo del cellulare. Eccomi nello specchio. Come sono... massì, chissenefrega. Alla fine ho venduto anche l'iPhone, e al posto suo ho preso un telefono qualsiasi. Mi sa che la prossima mossa sarà cambiare anche il numero, così mia madre non mi perseguiterà più. E nemmeno Niccolò, con questi suoi patetici messaggi. Mi rendo conto improvvisamente che i tweet di Francesca Versace e il blog The Blonde Salad non sono più il mio punto di riferimento in questo mondo così confuso. Che spreco, George Clooney.

La porta dell'ascensore si apre. Suono il campanello. Uno scatto. Metto piede nell'ingresso. So già che questa sarà la mia ultima seduta.

«Buongiorno Gaia» mi sorride dall'uscio del suo studio la dottoressa Kullmann.

«Buongiorno dottoressa» le sorrido a mia volta, spegnendo il cellulare.

«Prego, si accomodi.»

«Grazie.»

Mi sdraio sul lettino. Sento la dottoressa Kullmann sedersi alle mie spalle. La mia ora di cinquanta minuti è iniziata.

«Bene, Gaia. La ascolto.»

Ero venuta qui con l'intenzione di spiattellarle gli ultimi bizzarri sviluppi della mia vita, ma a un tratto vengo presa da una vertigine. Dev'essere perché poco fa, in ascensore, ho ripensato a quand'ero ragazza. Quand'ero ragazza. Quand'ero ragazza...

«Ehm» tossicchia la dottoressa Kullmann.

«Dunque... sì, vede, io... come le ho già detto a volte mi succede di avere degli strani incubi... sono incubi molto confusi... non saprei nemmeno raccontarglieli... ma ogni volta tra le facce che li affollano c'è anche quella di mio padre...»

Aspetto che la dottoressa Kullmann dica qualcosa, ma lei tace.

«Ecco... non ne sono proprio sicura... ma credo che questi incubi abbiano in parte a che fare... con il fatto che io... be'...»

Mi blocco. Che mi prende?

«Io...»

Sono come inceppata.

«Mi scusi, dottoressa...» farfuglio.

Aspetto che la dottoressa Kullmann dica qualcosa, ma lei tace.

«Vede... quand'è scoppiata la bomba in via Palestro, che anno era? Il Novantadue? O il Novantatré? So che papà e io stavamo passeggiando in quei giardini... mi stava parlando di un suo progetto... ma io come al solito non lo stavo ad ascoltare... ricordo a malapena frammenti di frasi... a quel punto voleva abbattere tutti i capannoni della Brianza... e sostituirli con alberi... ormai non lavorava più nemmeno in Germania... voleva piantare solo alberi, alberi dappertutto... e mettere panchine... e costruire aree gioco per bambini... e far saltare con la dinamite tutte le costruzioni che avevano deturpato la Liguria, la Sardegna, la Sicilia, l'Italia... si era portato dietro il suo progetto per mostrarmelo... c'era anche un orto botanico in piazza del Duomo... e a un certo punto mentre mi stava riaccompagnando in via Senato... dov'ero andata a vivere con mia madre dopo il loro divorzio... una casa che... allora non lo sapevo... il padre di Matteo aveva regalato a mia madre nell'ambito della loro relazione... cosa di cui, ora sono certa, mio padre era consapevole... sentimmo questa esplosione fortissima... e tornammo indietro anche se era quasi mezzanotte...»

Aspetto che la dottoressa Kullmann dica qualcosa, ma lei tace.

«Comunque riuscimmo a raggiungere via Palestro per andare a vedere... e c'era un viavai di ambulanze e auto della polizia a sirene spiegate... e un vecchio che chiedeva l'elemosina davanti alla Galleria d'Arte Moderna ci disse... che la fine del mondo stava arrivando... e io malgrado tutto quel disastro e le urla e il fumo mi misi a ridere...»

Aspetto che la dottoressa Kullmann dica qualcosa, ma lei tace.

«E poi però vidi che mio padre piangeva... e gli chiesi perché... e lui mi disse che era tutto finito... che ci eravamo illusi, nei giorni di Tangentopoli... che aveva ragione un suo amico di Lampedusa... secondo cui in Italia tutto cambiava per non cambiare mai... e aggiunse che Craxi non mentiva... quando in Parlamento aveva detto che tutti i partiti campavano coi finanziamenti illeciti... ormai non riesco più a lavorare nemmeno a Sesto, mi disse... appalti pilotati... le mani sulla città... altro che Stalingrado d'Italia... infine mi ripeté ancora una volta che dovevo andarmene via, lontano... lasciar perdere Matteo... e farmi una vita altrove... poi a un tratto... strappò il suo progetto per l'orto botanico di fronte al Duomo... oh, mio dio, ma che anno era? Il Novantadue o il Novantatré? Devo chiederlo a mio padre, lui di sicuro se lo ricorda...»

«Ehm» si schiarisce la voce la dottoressa Kullmann. «Io non credo che lei possa chiederlo a suo padre.»

Segue un lungo momento di silenzio.

«Perché?» le faccio.

«Lei lo sa benissimo.»

«No, non lo so.»

«Sì che lo sa. Coraggio, me lo dica.»

A un tratto, scoppio a piangere. È la seconda volta in pochi giorni, e piango come non ho mai pianto in vita mia.

«No, non posso... non posso chiedere a mio padre...»

«Perché non può?»

«Perché...» farfuglio tra i singhiozzi, «mio padre... si è... ammazzato... mio padre si è ammazzato... sparandosi un colpo di pistola in bocca... il giorno dopo lo scoppio di quella bomba... nella nostra vecchia casa di Brera... proprio mentre io... in quello stesso momento... andavo a fare shopping con Matteo in via Montenapoleone... mentre io entravo da Prada lui si chiudeva nel suo studio... mentre io sceglievo un paio di sandali lui prendeva la pistola dal cassetto... mentre io porgevo la mia carta di credito alla commessa lui metteva il colpo in canna... mentre la banca autorizzava la transazione lui s'infilava la canna in bocca... mentre io firmavo la ricevuta lui premeva il grilletto... mentre io uscivo dal negozio felice del mio ultimo acquisto ma già ansiosa di farne un altro lui... lui... io... io non... non me lo sono mai perdonato... per tre anni, dopo, sono stata come assente... Matteo mi ha raccontato che me ne stavo muta la maggior parte del tempo... salvo poi svegliarmi a notte fonda per cantare come un disco rotto *Un'ora sola ti vorrei...* me l'ha fatto ricordare ieri mia figlia... poi non mi alzavo mai prima di mezzogiorno... non andavo più a fare shopping... e nemmeno alle sfilate... non mi interessava più nulla... Matteo mi trascinava agli aperitivi... cercava di tirarmi su con la coca... un giorno mi ha anche presentata a Miuccia nella speranza che la cosa mi aiutasse a venire fuori da quel buco nero... come quando a certi adolescenti in coma fanno sentire la voce del loro cantante o calciatore preferito... Matteo mi ha detto che poi in effetti si è sbloccato qualcosa... e poco dopo sono rimasta incinta del mio primo bambino... che ho perso... e poi è arrivata Elettra... e solo allora mi sono accorta che a Milano le aree gioco sono rarissime... come gli alberi... e le panchine...»

Ormai sono un fiume di lacrime.

«Molto bene» mi fa la dottoressa Kullmann. «La nostra ora è finita. Come d'abitudine, la lascio con una riflessione: Così tutti amavano Siddharta. A tutti egli dava gioia, tutti ne traevano piacere. Ma egli, Siddharta, a se stesso non procurava piacere, non era di gioia a se stesso.»

«La ringrazio, dottoressa Kullmann.»

«Sono trecento euro.»

E sia. Tanto è l'ultima volta che vengo qui. Almeno in auto, visto che ho deciso di vendere anche la mia Range Rover Evoque e di usare il metró.

Bicosa

BICOSA, c'è scritto sul cartello stradale che si vede fuori dai vetri del bilocale che ho affittato per me e per Elettra nel quartiere della cui riqualificazione si occupò il padre di Matteo, quando ormai la Pirelli e l'Ansaldo se n'erano andate. Mio padre mi raccontò di esserci venuto una notte di nascosto, e di aver piantato una quercia tra le colate di cemento, da qualche parte. Mi dico che l'appartamento è piccolo ma tutto sommato confortevole, e che in ogni caso è il primo che sento davvero mio da quando sono al mondo, anche se a dire la verità ce l'ha trovato Lucky, dicendoci che secondo lui faceva bruttissimo, cioè era bellissimo. Per un bizzarro scherzo del destino, nel piccolo giardino qua sotto, l'unico albero è proprio una quercia. Mi chiedo se possa essere quella piantata da mio padre, ma sarebbe troppo bello. Chissà. Mi chiedo anche come sarebbero diventati questi luoghi se avesse potuto occuparsene lui. Se non altro, oggi come oggi da queste parti è pieno di giovani, visto che ci sono il teatro degli Arcimboldi e l'università, e un hangar dove fanno mostre di arte contemporanea. L'Expo ormai incombe, stanno per calare altre tonnellate di cemento firmate dalle solite Archistar. Tutto sommato è meglio che mio padre non veda queste cose. Elettra, che non si concia più da vampiretta e mi ha confidato di aver morsicato il ballerino brasiliano e bruciato le sue pantofole a forma di gatto perché quello le aveva rubato il poster di Robert Pattinson, l'ho iscritta a una scuola pubblica, anche se lei mi ha già annunciato che non appena avrà quattordici anni andrà con Lucky a fare l'acrobata nel circo della nonna del suo amico mezzo zingaro. Che non usa animali, e gira l'Europa: magari a mia figlia riuscirà di lasciare questo Paese, suo nonno ne sarebbe felice. Quanto a me che non l'ho fatto quando avrei dovuto, per il momento dal lunedì al venerdì faccio la donna delle pulizie proprio a Brera. Il posto l'ho trovato grazie a Conchita, e certo è dura. Molto dura. Soprattutto quando mi capita di ripassare davanti alla nostra vecchia casa, quella dove ho trascorso l'infanzia e l'adolescenza, e dove mio padre si è ammazzato, solo come un cane, quel giorno d'estate. Tuttavia, so che sembrerà strano, specie per una come me, ma non ho mai apprezzato così tanto le giornate di sole, almeno quelle rare volte che a Milano lo smog si dirada... non lo so... è come se avessi avuto un brutto incidente, e a un tratto mi ritrovassi con una gamba ingessata. Subito fai una fatica bestiale, e ti viene un'invidia feroce per chi ha il privilegio di fare cose normali, scontate, tipo camminare, mettendo semplicemente un piede davanti all'altro. Ma poi, ti rendi conto di essere ancora viva, nonostante tutto. E finisci per apprezzare anche solo il fatto di riuscire a muoverti, seppur con le stampelle. Grazie alla separazione dei beni, ho scampato sia ulteriori pretese da parte della banca sia le cartelle di Equitalia. Il poco che guadagno non me lo porta via nessuno. Certo, se penso a tutti i soldi che ho speso in vita mia senza mai gustarmi davvero nulla... Comunque, col fatto che ho smesso di andare alle sfilate, mi sento decisamente meglio. Tra l'altro, mi sono tagliata i capelli cortissimi. E mi piace persino prendere il metró, cosa che non facevo da quand'ero ragazza. E credo di aver trovato un posto economico dove mangiare con Elettra, nel fine settimana.

Quando a Elettra

Quando a Elettra ho proposto un BigMac in Galleria lei mi ha detto che in Galleria McDonald's non c'è più. E che in ogni caso anche se Milano è piena di fast-food preferiva andare dove vanno di solito Lucky e suo padre. Immaginavo che posti come questo esistessero solo in periferia. E invece no, ce n'è uno anche in corso Concordia, che è a pochi minuti da San Babila, e a pochi metri da Dolce & Gabbana Gold, un ristorante di quelli che frequentavo, fino a qualche mese o a qualche secolo fa. E soprattutto non è poi così lontano da via dell'Annunciata, dalla nostra vecchia casa finita all'asta giudiziaria e comprata da chissà chi. Quando arriviamo, sul presto come mi è stato consigliato da una signora polacca che fa le pulizie pure lei a Brera, ho una gran paura. Paura della gente che troverò, paura che qualcuno del vecchio giro passando da queste parti magari in Suv ci riconosca qua fuori, paura di tutto. Mai in vita mia mi sarei immaginata di ritrovarmi un giorno a mettermi in coda per tempo davanti a una mensa per i poveri, per giunta insieme con mia figlia. Ho paura anche ad alzare gli occhi da terra, come già al banco di pietà, e cerco di concentrarmi sulle punte dei miei stivali di gomma Hunter, non ricordo nemmeno quando me li sono comprati ma ricordo che ne avevo dieci paia di dieci colori diversi, mentre ora non mi sono rimasti che questi, blu. È così strano trovarsi qui, sperando in un pasto caldo. OPERA SAN FRANCESCO PER I POVERI, leggo sulla facciata quando mi riesce di alzare lo sguardo, CONGREGAZIONE DEI FRATI CAPPUCCINI. Osservo di sfuggita le altre persone in coda come noi, attenta a non incrociare gli occhi di nessuno. Un uomo con le stampelle e un mozzicone di sigaretta all'angolo della bocca ha un'aria cattiva, tipo odiasse il mondo. Una vecchia invece sembra una strega, e non deve lavarsi da moltissimo tempo per quanto puzza. Per tacere del tizio con addosso solo un impermeabile, pare, da cui spuntano due piedi nudi ormai neri come la faccia seminascosta dai capelli e dalla barba. Ma ecco un altro con un'aria da impiegato, con tanto di occhialini rotondi dalla montatura di metallo, che per venire qui si è messo anche la cravatta. E una signora con uno spolverino verde mela che ha l'aria di essere qui per sbaglio. E un anziano col cappello Borsalino un po' gualcito, ma distinto. Persone apparentemente normali. Persone che non mi aspettavo di trovare qui. Persone come noi.

Ma nonostante questo, continuo ad avere paura. Ho paura di entrare. Ho paura di quello che troveremo nei nostri piatti. Ho paura della puzza. Ho paura delle facce di chi siederà accanto a noi. Ho paura di quello che ci aspetta. Ho paura non solo di oggi, ma anche di domani, e di tutti i giorni che verranno. E per un attimo sono tentata di scappare, ma non posso. Guardo Elettra, accanto a me. Sta canticchiando una canzone che non conosco.

«Proverai sbaglierai piangerai pregherai cambierai crescerai capirai sceglierai...» Mi sorride. Ci sono talmente poco abituata che non mi trattengo dal chiederle:

«Elettra, che hai?»

«Sono contenta.»

«Sei contenta? E perché?»

«Perché da un po' di tempo in qua, anche se hai ricominciato a lavorare, tu e io stiamo insieme.»

«Ma che dici?»

«Mi prometti che d'ora in poi ci sarai sempre per me? Mi prometti che farai la mamma?»

La fila avanza.

«Sì, Elettra. Te lo prometto.»

«E verrai a lavorare al circo con me e Lucky? All'inizio potresti fare anche solo la cassiera. Ma i circhi viaggiano, non sono come i supermercati.»

«Vedremo.»

Elettra mi prende per mano. Tocca a noi varcare la soglia. Ed è strano, lo so. Ma a un tratto non ho più paura.

Ringraziamenti

Grazie a Walter e Ada e Francesco ed Elisabetta e Gabriella e Fabrizio e Graziano e Pier Vittorio e Gianandrea e Gianluca e Alberto e Luciano e Francesca e Marilena e Valentina e Antonio. Un grazie speciale a Giulia e Margherita. Un grazie particolare a Valeria. E a Eva. E poi grazie di tutto e per sempre a Barbara. E a Federico. E.

Indice

Arnoldo Mondadori Editore S.p.A.

Questo volume è stato stampato
presso Mondadori Printing S.p.A.
Stabilimento Nuova Stampa Mondadori - Cles (TN)

Stampato in Italia - Printed in Italy